Die hellste Nacht

Helena Kubicek Boye

Die hellste Nacht

Aus dem Schwedischen übersetzt von Christine Heinzius

SAGA Egmont

Die Originalausgabe erschien 2019
unter dem Titel „Den ljusaste natten“ bei Bokfabriken

im Vertrieb bei Egmont Verlagsgesellschaften mbH
Covergestaltung: Stephanie Weischer
Coverabbildungen: Shutterstock
Satz aus der Minion Pro: Karol Kinal, Warschau
Druck und Bindung Mazowieckie Centrum Poligrafii, Marki

ISBN 978-3-98750-051-0

Dieser Titel erscheint auch als E-Book und Hörbuch.

Prolog

Ein beißender Geruch nach verbranntem Fleisch breitete sich vom Grill aus, auf dem noch zwei verkohlte Würstchen lagen, schwarz wie Lakritzstangen. Eine Frau mit blondierten, stufig geschnittenen Haaren und Absätzen, die überhaupt nicht zum Boden passten, eilte am Grill vorbei, ihr gehetzter Blick suchte die Umgebung ab.

„Anette, beruhig dich!" Ein übergewichtiger Mann in einem ausgewaschenen, schwarzen Unterhemd versuchte, ihre Aufmerksamkeit zu wecken, aber sie hörte ihm nicht zu. Sie hob eine Tischdecke an, um unter den Plastiktisch zu sehen, und warf zwei Stühle beiseite. Dann rauschte sie in ein knallrotes Vorzelt und wieder hinaus. Ihr Blick glitt über die Menschen, manche saßen mit einem Bier in der Hand da, andere sangen, und wieder andere tanzten spontan auf dem plattgetretenen Gras des Campingplatzes.

Die Frau begann, zwischen den Wohnwagen und Zelten hin- und herzulaufen, ihre Absätze bohrten sich ins Gras, und einer ihrer Schuhe blieb an einem Grasbüschel hängen. Sie lief mit nur einem Schuh weiter. Die ganze Zeit kam sie zu dem Grill zurück, auf dem die beiden Würstchen lagen und daran erinnerten, dass jemand nicht zum Essen gekommen war.

Obwohl die Sonne auf Säters Campingplatz brannte und die meisten dort durch die Wärme verschwitzt und rosa wie Schweine waren, wurde die Frau immer blasser und ihre Pupillen trotz des starken Sonnenscheins immer größer. Ihr weißer Rock war hochgerutscht und hatte ein paar große, blaue Flecken auf ihren Oberschenkeln entblößt.

Sie spähte zum See hinunter, dessen blaue, glatte Oberfläche die heiße Mittsommersonne reflektierte.

War Moa zum See hinuntergelaufen? Die Frau zog den zweiten Schuh aus und lief zum Wasser. Eine Gruppe Kinder saß am Strand und spielte im Kies, der unter den sanften Wellen glitzerte. Die Glatze eines älteren Mannes schaukelte wie eine Boje etwas weiter draußen auf und ab, und ein verliebtes, junges Paar stand bis zur Taille im Wasser und knutschte heftig. Plötzlich dachte sie, was, wenn Moa niemals die erste Liebe erleben würde?

Die Frau lief wieder zurück zu den Wohnwagen, zwischen den bunten Zelten hindurch.

Jetzt war sie wieder beim Grill und drehte sich langsam um sich selbst, um ein letztes Mal den Platz, an dem die Camper gerade Mittsommer feierten, zu überblicken.

Die Frau öffnete zögernd den Mund, holte tief Luft und schrie dann, so laut sie konnte:

„Moa! Mooooooaaa!"

Alle Blicke richteten sich auf sie. Durch den Schrei verstummte fast die Musik aus den Lautsprechern, und die Ventilatoren, die Kühle bringen sollten, blieben beinahe stehen. Es wurde plötzlich mucksmäuschenstill auf Säters

Campingplatz. Die Leute standen überrascht auf und schauten zu der Frau, deren Stimme wie ein scharfes Messer das Mittsommerfest durchschnitten hatte.

„Mein kleines Mädchen ist weg!"

AM TAG ZUVOR

Kapitel 1

„Achtzehn, neunzehn … zwanzig! Ich komme!"

Liam blickte schnell auf und sah sich um. Er trug rote Shorts und ein schwedisches Fußballtrikot.

Wo sich seine neuen Freunde wohl auf dem Campingplatz versteckt hatten? Er bückte sich und schaute unter den Wohnwagen. Da lagen bloß ein Schlauch und ein Bottich. Ganz still schlich er um die Ecke, nahm Anlauf und flitzte dann ins sonnengebleichte, marineblaue Vorzelt, in dem die Luft stand. Als er einen blauen Crocs unter dem Tisch hervorblitzen sah, warf er sich auf den Boden.

„Hab dich!", schrie er begeistert und klopfte dem anderen Jungen aufs Bein.

„Stimmt …"

Dann liefen sie zusammen aus dem Zelt und begannen mit der Jagd nach den anderen Kindern, die sich versteckt hatten.

Liam fragte sich, wo sich das Mädchen mit der Brille verborgen hielt, das so lange gequengelt hatte, damit sie mitspielen durfte. Sie hatte sicher ein ganz einfaches Versteck gewählt.

Kapitel 2

Die fünf Mückenstiche an Moas Füßen juckten, und sie wollte daran kratzen, hatte aber Angst, sich damit zu verraten. Durch die Hitze der letzten Tage juckten sie stärker. Sie war froh, ein tolles Versteck gefunden zu haben. Die Tür des alten Wohnwagens hatte einen Spalt aufgestanden, und als sie hineingeschaut hatte, war er leer. Schnell war sie hineingesprungen, und jetzt lag sie unter dem Tisch auf dem Boden und wartete darauf, von Liam gefunden zu werden.

In ihrem eigenen Wohnwagen wollte sie heute nicht bleiben. Tony war mal wieder wütend, und Mama schlief. Wenn Mama schlief, durfte Moa sie nicht stören. Tony und Mama schienen am liebsten in den Wohnwagen der anderen zu sein, wo sie Musik hörten und laut sangen.

Seit sie hierhergekommen waren, hatte Moa vor allem im Wohnwagen mit ihren Einhörnern gespielt, aber weil es jetzt so warm war, wollte sie lieber draußen spielen – im Wohnwagen war es zu heiß. Sie hatte fünf Einhörner in Dunkelrosa, Lila, Türkis, Apricot und Mintgrün. Sie waren ihr wertvollster Besitz.

Es stank in ihrem Wohnwagen nach Zigaretten und Bier. Der Wohnwagen, in dem sie sich jetzt befand, war still und roch ganz anders, süß, gut. Sie kroch so weit sie konnte unter den Esstisch und umfasste ihre Beine. Der Teppich war fransig und weich wie Watte. Ganz angespannt fragte sie sich, wann die Jungs sie hier finden würden.

Sie war natürlich sehr froh, dass jetzt, zu Mittsommer, mehr Kinder auf den Campingplatz gekommen waren. Als die Kinder kamen, wurde es auch plötzlich sehr warm. All die Erwachsenen, die die ganze Zeit darüber geredet hatten, dass sie sich Sonne wünschten, beschwerten sich jetzt, dass es zu heiß war.

Wo waren die Jungs denn jetzt? Sie wollte ja gefunden werden. Vielleicht würden sie gar nicht im Wohnwagen suchen?

Auf einmal fühlte sie sich so müde. Heute Nacht im Wohnwagen war es ihr schwergefallen zu schlafen. Mama und Tony hatten sich so sehr gestritten, dass sie die Decke und das Kissen über den Kopf gezogen hatte, um nicht zu hören, wie sie wütend schlimme Wörter schrien.

Dort unter der Decke konnte sie stattdessen immer ihre eigenen Gedanken hören. Das war viel besser. Ihre eigenen Gedanken sagten ihr ganz anderes. Wie zum Beispiel, dass sie mit den Einhörnern in den Himmel fliegen könnte und dass sie bald so viele Süßigkeiten essen dürfte, wie sie wollte.

Moa entspannte sich etwas und legte sich auf den weichen Teppich. Die Augenlider wurden immer schwerer. Sie gähnte laut.

Kapitel 3

Anna saß vor einem Café auf dem Marktplatz mitten in Säters Altstadt und zog ihren Löffel durch den Milchschaum, so dass sich hübsche Muster im Kaffee bildeten. Sie ließ ihn kreisen und sah, wie ein Herz entstand.

Dann hielt sie inne und spürte etwas Wehmut. Nach bald einem Jahr in Säter hatte sie ihre täglichen Routinen, und eine Tasse Kaffee auf dem Marktplatz gehörte zu den angenehmen Momenten außerhalb der Arbeit. Aber meistens war sie allein. Als sie angefangen hatte, in Säter zu arbeiten, war ihre Freundin Lina ihre Kollegin gewesen. Anna seufzte tief. Lina hatte ihr empfohlen, sich in der Rechtspsychiatrischen Klinik in Säter zu bewerben, sie war selbst Ärztin dort. Doch Lina war nicht die, für die Anna sie gehalten hatte.

Jetzt saß Lina im Frauengefängnis, verurteilt wegen Mordes an einem Patienten. Es war immer noch schwer, das zu begreifen, auch wenn seitdem schon einige Zeit vergangen war.

Im letzten Jahr hatte es einige Veränderungen beim Personal gegeben, und so war es heutzutage überall – die Leute wechselten ständig ihren Job, aber die Pflege der verurteilten Patienten war nicht unterbrochen worden, sondern ging wie üblich weiter. Neue Patienten wurden aufgenommen, andere wurden auf den Stationen therapiert, und manche wurden darauf vorbereitet, entlassen zu werden, allein oder in einer Wohngemeinschaft zu wohnen und ambulant betreut zu werden.

Von den gut siebzig schwerkranken Patienten in Säter sprachen nur eine Handvoll regelmäßig mit Psychologen, und Anna hatte durch die Gespräche einige der Verurteilten etwas tiefergehender kennengelernt. Die Risikoeinschätzungen gehörten auch zu ihrer täglichen Arbeit, dabei besprach sie zusammen mit den Ärzten die Krankenakten und traf Entscheidungen über Freigang und Entlassung.

„Entschuldigung, ist der Stuhl frei?"

Anna schaute auf und nickte.

„Ja, klar."

Eine Frau mit Baby auf dem Arm zog den Stuhl von Annas Tisch. Anna bot ihre Hilfe an, aber die Frau lehnte lächelnd ab, legte das Baby sanft dem Vater in den Schoß und trug den Stuhl selbst. Sie sah glücklich aus, diese kleine Familie. Die Eltern mit dem Meisterwerk ihres Lebens und das Kind mit samtigen Wangen, das sie mit seinen kleinen Augen, schwarz wie zwei Knöpfchen, anschaute.

„Ich habe mich nicht getraut, einen von denen dort zu fragen." Die Frau lehnte sich näher in Annas Richtung und deutete auf drei Männer, die am Nebentisch saßen.

Anna sah sie fragend an. Die Frau näherte sich noch mehr.

„Das sind vielleicht Patienten aus Säter. Diesem furchtbaren Ort."

„Mmm, vielleicht sind sie das." Anna tat so, als beträfe es sie nicht. Sie erkannte die Männer nicht, hatte aber keine Lust, zu verraten, dass sie selbst in Säter arbeitete. Denn nach allem, was über die Jahre in der Klinik geschehen war, provozierte das immer so viele Fragen. Gefährliche Patienten, Überfälle aufs Personal, der Skandal der verschwundenen Psychologin, eine Ärztin, die einen Patienten getötet hatte, entlaufene Mörder und Personal, das, nachdem es eine Weile dort gearbeitet hatte, selbst verrückt und drogenabhängig wurde und als Patienten im Krankenhaus endete. Aber trotz alldem mochte Anna ihre Arbeit sehr.

„Seit ich Mutter bin, denke ich so viel häufiger daran, wie schrecklich es ist, zu wissen, dass manche von diesen Typen Freigang haben und hier herumlaufen können. Wenn ich etwas zu sagen hätte, dürften sie nie hinaus."

Der Mann rief nach seiner Frau. Sie drehte sich um, setzte sich und begann, mit dem Baby, das auf seinem Schoß brabbelte, zu kuscheln.

Anna blickte in ihre Tasse. Ja, auf gewisse Weise hatte die Frau recht, aber in der Klinik wurde nichts leichtfertig entschieden. Die Patienten hatten entsetzliche Verbrechen begangen, aber wenn sie als stabil genug eingeschätzt wurden, hatten sie das Recht auf Freigänge und sogar auf Entlassung.

Anna sah zu der kleinen Familie. Würde sie das selbst auch irgendwann mal erleben? Die meisten ihrer Freunde und früheren Kommilitonen hatten inzwischen Partner, einige auch Kinder und ein Haus gekauft. Das hätte sie auch tun können, hätte sie nicht mit ihrem Freund Schluss gemacht, als sie hierher nach Säter gezogen war. Manchmal dachte sie noch an diese Entscheidung, aber sie bereute sie nicht.

Sie passten nicht zusammen. Aber die Folge war, dass sie jetzt allein in einem Café in Säter saß, dreißig Jahre alt und Single. Darüber schien die Chance, hier im Ort jemanden kennenzulernen, minimal. Die Monate vergingen, und sie wurde manchmal unruhig, wusste nicht, wie sie jemanden treffen sollte. War es vielleicht sogar schon zu spät? Hatte sie einfach das Rennen verloren? Vielleicht waren die besten Männer alle schon vergeben, oder eine Paarbeziehung war einfach nichts für sie. Sie fragte sich, wer schon sein Leben mit ihr teilen wollte und wer ein Kind mit ihr haben wollte.

Es war schwer, die Gedanken über die Einsamkeit loszulassen, und heute ganz besonders, da morgen Mittsommer war. Feiertage erinnerten sie immer wieder daran, dass sie Single war, deswegen war sie sehr froh, dass sie arbeiten konnte. In der Hitze, die in Dalarna herrschte, klebte ihre Bluse am Rücken, und plötzlich hatte sie keine Lust mehr, sitzen zu bleiben und ihren Kaffee auszutrinken. Sie stand auf. Die Arbeit rief.

Kapitel 4

Moa spürte eine Hand auf ihrer Schulter und zuckte zusammen. Sie war eingeschlafen.

„Was machst du hier?"

Sie schlug die Augen auf und sah eine Trollfrau. Sie kniff die Augen fest zusammen. Öffnete sie wieder, die Trollfrau war immer noch da, es gab sie wirklich.

Sie legte die Hände vors Gesicht.

„Wie bist du hierhergekommen?" Die Trollfrau hatte eine heisere Stimme.

Moa wagte nicht, hinzusehen, hinter ihren Händen machte sie die Augen fest zu.

„Ich bin nicht gefährlich."

Moa rührte sich nicht vom Fleck, aber sie lockerte ihre Finger etwas, öffnete ein Auge und blickte in ein großes, dickes Gesicht voller Pickel und mit krausem Haar. Sie wollte sich unsichtbar machen. Es vergingen ein paar Momente, es war mucksmäuschenstill.

„Willst du ein Karamellbonbon?", fragte die Trollfrau plötzlich.

Moa spähte noch einmal zwischen ihren Fingern hindurch. Sie hatte doch geträumt, dass sie Süßigkeiten bekommen würde, war das hier ein Traum? Aber sie erinnerte sich auch daran, dass Mama ihr gesagt hatte, niemals Süßigkeiten von Fremden anzunehmen.

Die Augenbrauen der Trollfrau sahen wie kleine, zottelige Hamster aus.

„Ich setze mich hierhin, wenn du ein Bonbon möchtest, sag Bescheid."

Moa hörte, wie die Trollfrau wegging und dann einen kleinen Plumps, als sie sich auf das Sofa am Tisch setzte. In der offenen Tür war ein Streifen Sonnenlicht zu sehen. Sollte sie hinauslaufen?

Kapitel 5

Anna saß in ihrem Büro und blätterte durch die Anmerkungen der vorangegangenen Schicht. Der neue Verurteilte in der Aufnahme, Karim, war manisch geworden und redete ununterbrochen, er hatte die paranoide Wahnvorstellung, dass die Deckenventilatoren ihn einsaugen würden. Jedenfalls hat das Personal es so interpretiert, als er ängstlich darauf gezeigt hatte, denn sie hatten keinen Dolmetscher. Karim war vor ein paar Jahren als Flüchtling nach Schweden gekommen. Er war traumatisiert und hatte psychotische Episoden, während deren er gewalttätig wurde. Jetzt war er wegen eines Überfalls auf eine ältere Frau verurteilt worden. Das Licht, die wenigen dunklen Stunden im Juni, waren ein weiterer Grund, warum er nicht schlief, und Schlafentzug war ein bekannter Auslöser von manischen Episoden bei Psychosepatienten. Der Arzt der Nachtschicht hatte seine sedierenden Medikamente erhöht und mehr Schlafmittel verschrieben.

Sie las weiter. Zwei Patienten hatten dieser Tage Freigang. Den einen kannte sie nicht gut, einen jungen Mann, der ursprünglich aus Moskau stammte und mit einer Kokainpsychose eingeliefert worden war und der vom Personal den

Spitznamen „der russische Torpedo“ bekommen hatte, weil er am Flughafen Arlanda mit einer Waffe festgenommen worden war. Sie waren eigentlich davon ausgegangen, dass er jetzt drogenfrei war, aber einige Pfleger hatten bemerkt, dass er auf Station mehrmals gewirkt hatte, als stünde er unter Drogen. Bei der letzten Bedarfsplanung war er trotzdem als relativ ungefährlich für die Allgemeinheit eingestuft worden, und bei den früheren Freigängen hatte er sich benommen. An Mittsommer durfte er sich ein paar Stunden frei und ohne Pfleger bewegen.

Aber der andere, Carl-Magnus … verursachte Anna Bauchschmerzen. An dieser Entscheidung war sie beteiligt gewesen. Sie kannte ihn nicht sonderlich gut, er war noch nicht bereit für eine Therapie, aber er tat ihr etwas leid. Außerdem war er beim Beurteilungsgespräch, was die Rückfälligkeit anging, nicht negativ aufgefallen. Das hatte ihr Urteil, den Freigang zu gewähren, unterstützt. Keine Psychose. Keine Depression. Keine Ausraster. Beherrscht. Gefasst. Außerdem war er recht sympathisch, einer der bestangepassten Patienten in der Klinik, obwohl in der Abteilung für betreuungsintensive Patienten mit langer Behandlungszeit. Er hatte wirklich sehr darum gebeten, seine alte Mutter im Seniorenheim zu besuchen, über Nacht zu bleiben und am Mittsommerabend zurückzukehren. Sie wurde plötzlich unsicher, ob die Entscheidung wirklich richtig war. Hatte die Frau im Café sie zum Zweifeln gebracht?

Carl-Magnus war zehn Jahre älter als sie, verurteilt, weil er Teil eines größeren Netzwerks für Kinderpornographie war, er war selbst auf Bildern mit kleinen Kindern zu sehen. Hätte sie selbst Kinder, würde sie ihn dann vielleicht anders betrachten? Jetzt sah sie vor allem einen kranken Mann, der sicher selbst als Kind Opfer von Übergriffen gewesen war. Aber war ihr Beschuss, ihm über Mittsommer Freigang zu gewähren, richtig gewesen?

Bei der Risikoeinschätzung hatte er sich tadellos verhalten und in sämtlichen Fragen zur Beurteilung niedrige Werte erzielt, und auch der Assistenzarzt, der daran teilgenommen hatte, hatte ihre Empfehlung für den Freigang unterstützt.

Aber ihr Chef Miro hatte gezweifelt. Genau das beunruhigte sie jetzt, gegen Miro entschieden zu haben. Er war nicht bloß ihr Chef und Chef der gesamten Klinik, sondern auch jemand, den sie sehr respektierte. Aber aus irgendeinem Grund hatten sie und der Assistenzarzt sich in der Diskussion mit Miro engagiert, so dass der schließlich nachgegeben hatte und meinte, er vertraue ihrer Einschätzung. Zwölf Stunden Freigang, eine Zugreise nach Sala und zurück, um mit seiner alten Mutter Hering und Kartoffeln zu essen, war wohl kein übertriebener Wunsch. Carl-Magnus war außerdem bei den anderen Freigängen, die ihm in der Umgebung bewilligt worden waren, noch vor der verabredeten Zeit zurückgekehrt.

Anna trank aus der Wasserflasche, die sie seit heute Morgen bereits zweimal aufgefüllt hatte. Sogar drinnen war es jetzt furchtbar warm, und sie konnte sich vorstellen, wie es auf den Stationen war. Die Ventilatoren in der Klinik schienen der Wärme, die sich gestern über Dalarna gelegt hatte, nicht Herr zu werden. Und laut der Vorhersage würde sie bleiben. Sie wünschte, die Fenster ließen sich öffnen.

Sie öffnete den obersten Knopf ihrer Bluse und befeuchtete ihren Hals mit kaltem Wasser.

An diesem Mittsommerwochenende trugen sie und Miro die Verantwortung. Ihre Psychologenkollegen hatte beide Urlaub, daher war sie die einzige Psychologin in der Klinik.

Miro und sie hatten die Planung durchgesprochen, sie würden sich an die üblichen Routinen halten und trotzdem ein bisschen Mittsommerstimmung in die Klinik bringen.

Ein paar der Krankenpfleger hatten das Mittsommeressen geplant: eine Mahlzeit mit den verurteilten Patienten auf den Stationen und ein Mittsommermittagessen im Personalraum.

Anna erinnerte sich auf einmal an ein Foto der Klinik Säter aus den fünfziger Jahren. Damals hatte man auf dem Gelände eine große Mittsommerstange errichtet, und Patienten und Personal tanzten zusammen um sie herum. Einige der Patienten auf dem Bild trugen Strohhüte, sogenannte Hibernal-Hüte. Es waren diejenigen, die das Neuroleptikum Hibernal gegen Schizophrenie erhielten und dadurch überempfindlich gegen Sonnenlicht wurden und weswegen sie im Schatten bleiben mussten. Auf diese Weise konnte man schnell erkennen, wer schizophren war. Heute bekamen ihre psychotischen Patienten andere Medikamente und mussten wenigstens keine Hüte tragen, dachte sie und lächelte. Manches hatte sich bei der Therapie trotz allem verbessert.

Anna schaute zur Uhr. Es war Zeit, mit einer neuen Krankenschwester als Urlaubsvertretung zu sprechen. Miro und Anna würden sie treffen, bevor sie morgen ihre Schicht begannen. Miro hatte außerdem gesagt, dass er eine Überraschung für sie hatte.

Kapitel 6

Anna vertraute und schätzte ihren Chef Miro, aber seine Schwäche für Frauen, die er meistens nicht mal zu verbergen suchte, störte sie immer wieder. Manchmal verlor er die Konzentration, wenn sie miteinander sprachen, und sein Blick wurde schwärmerisch, weil eine der neuen Krankenschwestern vorbeiging. Es war nicht schwer, seine Gedanken zu erraten.

Miro hatte ein heimliches Verhältnis mit ihrer Freundin Lina gehabt, Anna war die Einzige in der Klinik, die darüber Bescheid wusste. Nicht mal Miro wusste, dass ihr das Verhältnis bekannt war. Es gefiel ihr, dass sie auf diese Weise etwas gegen ihn in der Hand hatte. Vielleicht wäre das eines Tages noch nützlich.

Sicher, er sah gut aus, klassisch männlich, groß, dunkel, grüne Augen. Aber nicht das machte ihn attraktiv. Es war etwas anderes, sein Duft, seine Präsenz, eine Männlichkeit, die inzwischen schon fast ausgestorben war. Bei ihm fühlte man sich geborgen, als wäre er ein Art Beschützer.

In seiner Gegenwart bewegten sich die Frauen in der Klinik anders, weicher, sie kamen etwas näher und lächelten mehr, als sie sollten. Das war Anna schon oft aufgefallen, und zu

Anfang ihrer Arbeit mit ihm hatte sie selbst darauf achtgeben müssen. Es geschah leicht, dass man um seine Zuneigung und Aufmerksamkeit buhlte, sich von ihm beschützen lassen und sein Lächeln beantworten wollte.

„Du siehst frisch aus. Fit und bereit fürs Wochenende?“, fragte Miro und musterte sie mit seinem typischen Lächeln, er saß im spartanisch eingerichteten Besprechungszimmer an der kurzen Seite des Konferenztischs.

„Ja, klar, mir geht's gut. Obwohl es so furchtbar heiß ist.“

„Ich weiß, und laut Vorhersage bleibt es auch so“, Miros Augen wurden schmäler, „wie läuft es denn mit den Freigängern? Sind Torpedo und Carl-Magnus bereit zu gehen?“, fragte er und begann gleichzeitig, in den Akten zu blättern, die vor ihm auf dem Tisch lagen.

Anna nickte. „Ja, wenn sie die Klinik nicht schon verlassen haben, dann tun sie es jetzt.“

„Glaubst du, dass alles läuft wie geplant?“ Er sah sie prüfend an. Sie hatte das Gefühl, ihre Entscheidung verteidigen zu müssen.

„Ja, es ist wohl wie bei allen anderen Freigängen, sie wurden mit dem Personal genau geplant, und Zeiten und Orte werden kontrolliert. Niedriges Rückfallrisiko. Ich denke, keiner von denen wird Probleme machen“, antwortete Anna und bemühte sich, alle Zweifel zu zerstreuen, die sie selbst beim Lesen der Akten vorhin noch hatte.

Miro murmelte etwas zur Antwort, das Anna als Okay verstand. „Kannst du die Vertretung rufen?“

Anna nickte, ging hinaus in den Flur und begrüßte die Frau, die sich als Vertretungskraft über den Sommer beworben hatte. Es gab mehrere Krankmeldungen, und sie waren unterbesetzt und hatten akut zusätzliches Personal anfordern müssen. Es war nicht gerade unerwartet, dass Leute an Mittsommer krank wurden, dachte Anna, und sie hoffte, dass es stattdessen mit dieser Neuen klappen würde.

Die junge Frau vor ihnen blinzelte sie unter ihren langen, falschen Wimpern an. Sie trug ein viel zu tief ausgeschnittenes Top.

So angezogen kann sie jedenfalls nicht auf die Stationen, dachte Anna. Da gab es Männer, die seit Jahren keine Frau mehr so gesehen hatten, außer im Internet, es könnte in einer Katastrophe enden.

„Hallo, Sie sind also Ida?"

Miro sah ganz begeistert aus, als er sie bat, von ihrer Berufserfahrung zu erzählen. Anna fiel auf, dass seine Augen brannten wie zwei kleine Lagerfeuer.

„Ja, ich habe bei einem Pflegedienst gearbeitet und als persönliche Assistentin bei einem Verurteilten, der früher hier gewesen ist."

Anna beobachtete ihren Chef, wie er dasaß und lächelnd Ida zuhörte, die von sich erzählte. Sie fragte sich, wie viel er hörte und wo er mit seinen Gedanken war. Sie versuchte, ihm in die Augen zu sehen.

Anna unterbrach sie, und Miro sah sie etwas erstaunt an.

„Wieso möchten Sie gern hier in Säter arbeiten?"

„Vor allem wegen des Geldes. Ich brauche einen Job, und ich glaube, dass ich eine Hilfe sein kann."

„Okay, ich bin zufrieden", verkündete Miro und lächelte Anna vergnügt an. Sie nickte zustimmend, aber eigentlich war sie nicht so begeistert. Er machte ein Häkchen an den Rand seiner Unterlagen.

„Ida. Sie können morgen, an Mittsommer, hier anfangen. Die Schicht beginnt um 12 Uhr. Bis dann."

Als Ida das Zimmer verlassen hatte, lehnte Miro sich zurück und verschränkte die Arme vor der Brust, er lächelte fröhlich und hob das Kinn an. Dann machte er eine kleine Kunstpause.

„Anna, ich habe doch gesagt, dass ich eine Überraschung für dich habe."

Anna sah ihn fragend an. Was sollte das für eine Überraschung für sie sein? War Lina plötzlich aus dem Gefängnis entlassen worden und kam zurück zur Arbeit? Das wäre ja nun wirklich eine Überraschung!

„Wir suchen doch schon länger über Anzeigen nach einem neuen Assistenzarzt, aber es gab nur wenig Reaktionen … vielleicht liegt's am Ruf der Klinik, keine Ahnung. Aber jetzt haben wir endlich jemanden gefunden. Und ich hoffe, dass der Kollege dir gefallen wird, denn ihr werdet euch ein paar Patienten teilen."

„Aha, wer ist es denn?" Anna spürte, wie sie in Verteidigungshaltung ging, das tat sie oft bei neuen Dingen, aber es lag außerdem auch daran, dass Miro alles wie ein Geschenk an sie präsentierte, was ihr suspekt vorkam.

„Jesper Bergström heißt er, ein Assistenzarzt aus Uppsala. Er kommt morgen. Ihr kommt ja beide nicht von hier, und es ist immer schön, gleichgesinnte Kollegen zu treffen." Er lächelte sie vielsagend an, Anna wurde daraufhin rot und schaute schnell weg.

Miro wusste, dass sie schon länger Single war, und bei einem Betriebsfest hatte sie verraten, dass sie hoffte, irgendwann jemanden kennenzulernen. Erinnerte er sich wirklich daran, oder was deutete er da an?

„Aha, wie schön."

Sie tat so, als wäre sie unbeeindruckt.

Kapitel 7

Moa lag immer noch an ihrem Platz unter dem Tisch und schaute die alte Trollfrau an, die gar nicht so gefährlich schien, wie sie zuerst gedacht hatte. Unter dem grauen Haar sah Moa freundliche Augen, und das dunkelblaue Kleid mit weißen Punkten sah ähnlich aus wie eines ihrer Oma.

„Wohnst du hier?"

„Ja, hier wohne ich." Die Frau schaute von der Zeitung auf und legte sie vor sich auf den Tisch.

„Immer?"

„Ja, tatsächlich immer. Und du, wo wohnst du?" Die Frau sprach langsam und zögerlich, aber Moa verstand sie.

„Wir wohnen nur im Sommer hier. Sonst wohnen wir woanders."

„Aha. Die Bonbons sind … lecker."

Die Frau hielt ihr die Schale hin. Jetzt kannte Moa diese Frau schon etwas, und sie schien gar nicht gefährlich, also konnte sie ruhig ein Bonbon nehmen. Das hätte Mama sicher in Ordnung gefunden.

In der Glasschale lagen Karamellbonbons in buntem Glanzpapier. Moa schnappte sich schnell ein rosafarbenes, wickelte das Bonbon aus und steckte es in den Mund. Das Papier steckte sie in die Tasche.

„Seit wann wohnst du hier?“

„Schon lange.“ Die Frau schwieg, dann wandte sie sich zum Fenster. „Vorher habe ich dort gewohnt ... im Krankenhaus“, sagte sie und zeigte über den See.

Moa stand auf und versuchte zu erkennen, wohin die Frau zeigte. Zwischen den Bäumen auf der anderen Seeseite sah sie große, gelbe Häuser.

„Warum warst du im Krankenhaus? Hattest du Schmerzen in den Beinen?“

„Nein. Ich hatte ... Schmerzen in der Seele.“

Die Frau legte ihre Hand auf die Brust.

„Was ist die Seele?“, fragte Moa.

Die Frau beugte sich vor und streckte ihre Hand zu Moa aus, die zuerst zögerte, aber dann zuließ, dass sie ihre Hand nahm. Vorsichtig legte sie Moas Hand auf die Brust. Moa spürte ihren eigenen Herzschlag durch das T-Shirt.

„Dort sitzt die Seele“, sagte die Frau.

Moa schaute hinunter auf ihre Hand. Dann verstand sie, was die Frau meinte.

„Aha! Da tut es mir auch manchmal weh, aber ich habe gedacht, das wäre der Bauch.“

„Nein, das ist nicht der Bauch, das ist die Seele“, erklärte die Frau bestimmt und lehnte sich wieder auf dem Sofa zurück. Sie schaute zum Krankenhaus.

Jetzt erinnerte sich Moa daran, dass sie ganz vergessen hatte, dass sie mit den anderen Kindern gespielt hatte. Sie musste zurück zu den Jungs und weiterspielen, sie hatten sie nicht gefunden.

„Ich muss meine Freunde suchen“, sagte sie und lief plötzlich aus dem Wohnwagen.

„Komm bald zurück“, rief die Frau ihr nach, „hier bekommst du immer Bonbons.“

Moa blinzelte, als sie in den grellen Sonnenschein trat. Im Wohnwagen war es dunkel und schwül. Wie lang war sie weggewesen? Vielleicht hatte ihre Mama nach ihr gesucht. Sie sah sich um, sie war auf einmal unsicher, aus welcher Richtung sie gekommen war.

Da entdeckte sie ein Stück entfernt die Jungs, mit denen sie gespielt hatte. Sie hatten mit Verstecken aufgehört und spielten jetzt stattdessen Fußball. Sie lief hin. Während sie mit ihren kleinen Beinen rannte, schaute sie auf ihre Füße. Die bewegten sich so schnell. Sie wollte, dass die Jungs merkten, wie schnell sie war.

„Hallo, du dumme Kuh, wo warst du denn?“, rief der Junge mit dem Fußballtrikot ihr zu.

„Ich …“

„Weißt du nicht, wie man spielt?“

Moa drehte sich um und sah die Frau am Fenster des Wohnwagens.

Sie schaute ihr nach.

Moa wusste nicht, was sie den Jungen antworten sollte. Sie fühlte sich traurig, blickte auf ihre Schuhe, bückte sich und kratzte an den Mückenstichen.

Sie sollte nicht hier bei den Jungs bleiben. Sie drehte sich um und sah zu ihrem eigenen Wohnwagen, wo sie ihre Mama sah, dann drehte sie sich um und blickte auf die Frau, die in der Tür ihres Wohnwagens stand.

Kapitel 8

Liv hatte die Tür zugemacht und schaute jetzt vorsichtig aus dem Fenster des Wohnwagens. Sie wünschte, das ganze Mittsommerwochenende wäre vorbei, so dass all die Leute wieder vom Campingplatz verschwänden und sie wieder allein hier wäre, wie die meiste Zeit des Jahres.

Gerade war ein Paar auf dem Platz neben ihr angekommen. Die Frau mit den kurzen Haaren und der viereckigen Brille und ihr Mann stritten sich, wie das Wohnmobil stehen sollte. Sie waren nicht sehr nett zueinander. Der Mann wollte vorne Schatten, aber die Frau nicht. Sie sah sehr entschlossen aus, fand Liv. Aber der Mann schien genauso stur, so wie er in seinem rosa Polohemd dastand und gestikulierte, seine Glatze glänzte im Sonnenschein. Ihr kleiner Hund kläffte wie ein Spielzeug mit Batterie und lief rund um ihre Beine.

Nein, dachte Liv, da ist es doch besser, allein zu sein, als einen Mann zu haben, der einen so annörgelt. Sie griff nach ihrer Zeitung und setzte sich hin, um mit ihrem Kreuzworträtsel weiterzumachen.

Sie hatte jedoch kaum begonnen, da klopfte es fest an die Tür. Sie blieb reglos sitzen. Wenn man von innen nichts hörte, würde derjenige vielleicht wieder gehen. Aber es klopfte erneut laut.

„Hallo, jemand zu Hause?“ Eine Frauenstimme.

Liv stand langsam auf, ging zur Tür und öffnete sie nur einen Spalt breit. Licht fiel hinein, und sie sah die Wohnmobilfrau mit der Brille.

„Macht es etwas, wenn wir etwas näher an Ihrem Platz stehen? Wir müssen nämlich unser Vorzelt aufbauen, wegen der Wärme, Sie wissen schon, und morgen wird ja gefeiert.“

Die Frau lächelte breit, aber nicht sehr freundlich. Das spürte Liv nach all den Jahren, die sie in Säter eingesperrt gewesen war. Sie wusste, wer gut und wer böse war.

Liv hatte eigentlich überhaupt keine Lust auf ein großes Fest direkt neben ihr, aber sie wollte so wenig wie möglich mit Menschen zu tun haben, daher nickte sie kurz und schloss die Tür.

Sie ging langsam zum Fenster über dem Küchensofa und zog die Gardinen fest zu.

Kapitel 9

Ein Mädchen, das ein kurzes, rosa Kleid und weiße, doppelt geknöpfte Sandalen trug, blieb stehen, als sie von der Schaukel gesprungen war, und ihre Blicke trafen sich kurz – ihre unschuldigen, braunen Augen offen für die Welt. Der braune Pony flatterte etwas im Wind. Das Mädchen stand ein paar Sekunden still, dann drehte es sich um und lief zu seiner Mama, die sich gerade über den Kinderwagen beugte und die Decke über dem jüngeren Geschwisterkind richtete.

Sie verließen jetzt den Spielplatz. Sie nahm die Hand ihrer Mutter, und die drei gingen weg. Das Mädchen drehte sich kurz noch einmal um, sein Kleid flatterte um seine kurzen Beine. Ihre Blicke trafen sich noch einmal für einen kurzen Augenblick.

Kindheitserinnerungen kamen hoch. Die schweren Hände auf den Schultern, die dumpfe Stimme, die aus einem tiefen Abgrund drang. Der Gürtel, der geöffnet wurde, die aufgeknöpfte Hose, die dann heruntergezogen wurde. Durch die Erinnerungen verschwand alles andere, und der Körper war wie gelähmt. Die Stimme des Mannes: „Jetzt bist du nett und machst, was wir immer tun." Dann das Gesicht an seinem Geschlecht.

Übelkeit stieg auf, aber vermischte sich im Körper mit der Wärme und der Spannung, das Mädchen mit dem rosa Kleid vom Spielplatz weghüpfen zu sehen.

Kapitel 10

Anna war für heute fertig, sie hatte den Computer heruntergefahren und ihren Kollegen tschüss gesagt. Jetzt nahm sie ihr Fahrrad und fuhr in die Stadt.

Ein Arzt im Praktikum, der während seiner Ausbildung ein paar Wochen in Säter gearbeitet hatte, hatte ihr erzählt, dass er in der ersten Woche überhaupt nicht schlafen konnte, so geschockt war er davon, wie anders alles in der Klinik in Säter war, verglichen mit den anderen Häusern, an denen er gearbeitet hatte. Es war wie eine ganz andere Welt mit eigenen Regeln, hatte er gemeint. Es hatte ihn ziemlich getroffen, als er gesehen hatte, wie fünfzehn Pfleger einen psychotischen Patienten niederrangen, ihn durch den Flur trugen und dann fixierten.

Anna war nur in Säter gewesen, sie konnte also keine Vergleiche anstellen. Aber natürlich begriff sie, dass bestimmte Dinge beeindruckend waren, gleichzeitig wusste sie, dass diese Art von Einsatz das Einzige war, was sie tun konnten, wenn ein Patient gefährlich war, mit Möbeln warf oder jemanden angriff. Aber natürlich wünschte sie sich, dass sie anders mit den Patienten umgehen könnten, wenn solche

Situationen vorkamen. Heute war jedenfalls ein guter Tag gewesen, ohne solche Zwischenfälle.

Das Dunkle, Kranke innerhalb der Wände der rechtspsychiatrischen Klinik in Säter wurde wirklich durch die schöne Umgebung aufgewogen. Die Region Skönvik war ein himmlischer Ort am Ufer des Ljusterns, umgeben von dichten Wäldern.

Das eine bedingt das andere, dachte sie und grüßte auf dem Weg einen Pfleger. Heute wurde nur noch ein Zehntel der früheren Patientenzahl behandelt, daher fühlte man sich manchmal mit all den leeren, alten Häuser rund um das rechtspsychiatrische Zentrum etwas verlassen.

Kleine Wellen kräuselten die Seeoberfläche. Etwas mehr Wind wäre heute nicht verkehrt. Anna spürte, wie der Schweiß ihr über den Rücken lief. Es mussten über dreißig Grad sein. Es hieß, dass das Feuerverbot ausgeweitet würde, und ein Gießverbot war ebenfalls bereits erlassen worden.

Der mandelsüße Holzduft vom Sägewerk lag wie immer schwer über der Bucht, und als sie sich der Stadt näherte und durch die Gassen voller roter Holzhäuser radelte, war es, als würde man direkt in eine Postkarte fahren. Hinter dem Sägewerk sah sie den Campingplatz und den Sprungturm am Schwimmsteg direkt am Strand. Vielleicht sollte sie einen Abstecher dorthin machen und kurz ins Wasser gehen?

Manche Momente würde sie gern mit jemandem teilen. Das hier war ein solcher, und sie spürte wieder mal Wehmut aufsteigen.

Plötzlich blieb ihr Blick an einer etwas entfernten Person hängen. Sie sah die Silhouette eines Mannes, der nach unten zum Campingplatz am Wasser ging. Der Gang war charakteristisch und der Körper gerade aufgerichtet, alles erinnerte eindeutig an Carl-Magnus. Aber er sollte heute doch bei seiner Mama sein und nicht in Säter herumlaufen?

Ein mulmiges Gefühl breitete sich in ihrem Körper aus. Sie blinzelte und legte eine Hand über die Augen, um besser zu sehen. Jetzt kam eine andere Person hoch und trat zu ihm, Seite an Seite gingen sie weiter.

Nein, Anna atmete auf. Das konnte nicht Carl-Magnus sein.

Er musste jetzt ja in Sala sein.

Kapitel 10

Schweiß trat Liv auf die Stirn, und sie spürte, wie sich ihr Herzschlag beschleunigte. Das Paar mit dem Wohnmobil hatte jetzt ihr Vorzelt aufgebaut, das die Aussicht von Livs Wohnwagen blockierte. Jetzt konnte sie den See gar nicht mehr sehen.

Außerdem hatten sie angefangen, Möbel auf ihren Platz zu stellen. Sie wurde unruhig und wütend. Das waren Gefühle, die sie nicht mochte. Sie erinnerten sie zu sehr an die Zeit, als sie im Krankenhaus eingesperrt gewesen war. Als sie keine Tür öffnen konnte.

Vor ihrem inneren Auge blitzte das Bild einer Zwangsjacke auf. Sie hasste diese Jacken. Wenn sie so eine holten, sie festhielten und ihr anzogen und so festzurrten, dass sie ihre Arme nicht bewegen konnte. Dann bekam sie keine Luft mehr und schrie, bis ihr die Stimme brach.

Dann kam die dumme Liv hervor. Die, die nicht nett war, die hässliche Sachen brüllte, die schlug und kratzen und beißen konnte. Von der die Ärzte sagten, dass sie gefährlich sei. Dann bekam sie eine Spritze und schlief ein.

Liv fuhr sich mit der Hand über den Nacken und wurde ganz nass. Konnten sie sie nicht in Ruhe lassen?

In ihr hatte es zu kochen begonnen, wie in einem großen Kessel voller Wasser. Sie saß auf dem Küchensofa und fing an, fest und rhythmisch auf den Boden zu stampfen und die Unterlippe zu kauen.

Sie verzog den Mund so, dass die Lippen kaum mehr zu sehen waren, knetete die Hände und probierte alles, um die dumme Liv unter Kontrolle zu halten.

MITTSOMMERVORABEND

Kapitel 12

Die Nachricht, dass Carl-Magnus Johansson bei seinem Freigang verschwunden war, erreichte Anna, als sie gerade mit ihren Kollegen mit Mineralwasser anstieß und den ersten Bissen Senfhering an Mittsommer im Mund hatte. Es war zwölf Uhr, und sie ließ die Gabel auf den Teller fallen, als die Krankenschwester, die die Tür des Personalraums aufgerissen hatte, kurz und keuchend erzählte, was geschehen war.

Adrenalin schoss wie eine Druckwelle durch ihren Körper. Das durfte doch nicht wahr sein. Sie wiederholte die Worte der nervösen Krankenschwester.

„Carl-Magnus ist also bei seinem Freigang verschwunden … an Mittsommer." Sie drehte sich zu Miro um. Sie sahen einander an.

„Carl-Magnus sollte gestern anrufen, wenn er bei seiner Mutter im Seniorenheim angekommen war, und das hat er getan. Wir nahmen ihn beim Wort. Doch als ich heute im Heim anrief, weil er nach Hause fahren sollte, sagten die, dass er gar nicht da gewesen ist. Seine Mutter schlief im Schaukelstuhl und hatte seit Wochen keinen Besuch mehr gehabt", berichtete die Krankenschwester verängstigt.

„Okay, danke", sagte Miro. Alle Blicke im Raum fielen auf Miro, der ein paar Sekunden lang schwieg.

„Wir müssen es als eine Unregelmäßigkeit behandeln. Wir werden ihn bald wieder haben. An diesen Tagen sind viele Polizisten unterwegs, also wird er bald zurück sein ", fuhr er fort, während er aufstand, seinen Stuhl unter den Tisch schob und sein Handy aus der Tasche nahm.

„Habt ihr es gemeldet?"

„Nein, wir wollten zuerst dir Bescheid sagen", antwortete die Krankenschwester, die sich jetzt aufs Sofa setzte und aufatmete.

„Gut, ich übernehme das Telefonat. Er ist bald wieder hier. Dafür werde ich schon sorgen." Das Letzte murmelte er so leise, dass nur Anna es hörte. Dann legte er das Handy ans Ohr und verließ den Personalraum.

Anna saß vor Schreck gelähmt da und wusste nicht, was sie sagen oder tun sollte. Denn das war ihr schlimmster Albtraum. Sicher, sie vertraute Miro, aber sie wusste, dass es Tage oder Wochen dauern konnte, bis sie Carl-Magnus fanden. Sie bekam Panik, das war ihr Fehler, ihre Fehleinschätzung.

Es waren aktuell viele Menschen in Dalarna, das machte es leicht unterzutauchen. Carl-Magnus konnte sich unter die Leute mischen und sich vor ihnen verstecken.

Anna biss die Zähne zusammen. Es waren Sommerferien. Die Schulen waren geschlossen und viele Kinder unterwegs.

Kapitel 13

Die Mittsommerfeiern in Dalarna waren weithin bekannt, und viele der Gäste auf dem Campingplatz kamen Jahr für Jahr, um die hellsten Nächte des Jahres in Säter zu feiern.

Die Sonne brannte auf die Campinggäste, und es war zu heiß, um unter dem Vorzelt zu bleiben. Die Männer zogen ihre Hemden aus und saßen mit nackten Oberkörpern da, und die Frauen hatten ihre Ärmel hochgerollt oder ein Top angezogen. *„Was für eine schreckliche Hitze! Diese Wärme bringt mich noch um! Man weiß gar nicht wohin. Ach, endlich mal ein warmer Sommer!“*

Viele Familien waren am Badestrand und erfrischten sich im Ljustern.

Anette hatte morgens nach ihrer Tochter gerufen, damit sie Brötchen kaufen geht, aber sie hatte sich nicht blicken lassen. Sie hatte sich dann gedacht, dass sie wohl unterwegs war und mit den Kindern spielte, wie gestern.

Aber jetzt waren mehrere Stunden vergangen, ohne dass sie ihre Tochter gesehen hätte. Panik war in ihr aufgestiegen, und sie spürte, dass jetzt etwas ernsthaft falsch war. Moa war noch nie so lange weggewesen. Also hatte Anette gerufen, im Wohnwagen gesucht, in den benachbarten Zelten, unten am Ljustern und dort alle gefragt. Tony hatte versucht, sie am Arm zu packen, um sie zu beruhigen. Jemand hatte ihr ein eiskaltes Bier gegeben, das sie bloß ins Gras geworfen hatte.

Sie wusste, dass etwas nicht in Ordnung war. Anette sah sich um und erlebte plötzlich alles wie in Zeitlupe. Langsame Bewegungen rund um sie herum. Musik und Stimmen klangen auf einmal wie dumpfe Geräusche aus der Ferne.

Alles verschwamm. Ein unwirkliches Gefühl überkam sie. Durch die Wärme zitterte die Luft. Sie hörte ihr eigenes Herz heftig in der Brust schlagen. Moa war verschwunden. Sie öffnete den Mund und brüllte los: „Moooaaa!“

Kapitel 14

Die Tür zum Personalraum öffnete sich, und ein Mann mit blonden, zurückgekämmten Haaren, den Anna noch nie gesehen hatte, trat ein. Er sah sich unsicher und verwundert um.

„Hallo, ich suche Mirro."

„Miro meinen Sie?" Eine der Krankenschwestern, die auf dem Weg zur Station war, erklärte kurz, dass Miro beschäftigt war, und ging weiter.

Der unbekannte Mann blieb in der Tür stehen und sah verloren aus.

„Kann ich Ihnen helfen?" Anna, die immer noch von der Nachricht von Carl-Magnus' Verschwinden betroffen war und jetzt sich selbst und ihre Entscheidung hinterfragte, stand auf und streckte die Hand aus. „Ich bin Anna."

Ihr fiel auf, dass sein Hemd perfekt gebügelt war und er keinen Ring trug.

„Jesper, hallo, ich bin der neue Assistenzarzt."

„Aha, Miro hat von Ihnen erzählt. Willkommen", sagte Anna. „Miro ist gerade beschäftigt, ein Patient auf Freigang ist verschwunden."

„Ja, das habe ich gehört. Wer war es?"

Anna zögerte, sie wollte im Moment nicht mehr erzählen. Vielleicht hatte sich alles schon geklärt.

„Na, das kann Miro ja mit Ihnen besprechen. Also, das ist ungewöhnlich. Wirklich."

Sie wollte vor allem nicht, dass Jesper an seinem ersten Arbeitstag einen falschen Eindruck von der Klinik bekam. Und auch nicht von ihr. Sie wechselte schnell das Thema.

„Mittagessen?" Sie drehte sich um, nahm ein Stück Knäckebrot aus dem Korb auf dem Tisch und nickte Jesper zu. Doch ihre Gedanken waren ganz woanders. Carl-Magnus musste so schnell wie möglich zurück hinter verschlossene Türen. Vorher würde sie sich nicht entspannen können.

Kapitel 15

Anette füllte die Lungen und brüllte weiter.

„Moa! Moooooaaa! Mein kleines Mädchen ist weg! Hilf mir!“

Tony stand schwerfällig vom Campingstuhl auf und ging zu ihr.

„Jetzt beruhig dich, ich habe doch gesagt, dass sie zurückkommt. Du machst dich zum Narren. Die Kleine ist halt irgendwo und spielt.“

„Nein, sie ist nicht irgendwo und spielt. Sie ist nicht hier, und sie ist nicht da, sie ist nicht da und auch nicht dort.“ Anette zeigte in alle Richtungen, auf Wohnwagen, Zelte und zum Strand. Sie hatte schließlich überall gesucht, und Moa war nirgendwo.

„Beruhig dich.“ Tony packte sie erneut am Arm, aber sie entzog sich ihm und hob die Hand.

Sie war wütend, ängstlich und sauer, alles auf einmal. Ihre innere Kraft war nicht zu übersehen.

„Wag es nicht, mir nahe zu kommen! Ich will jetzt mein kleines Mädchen hier haben. Verstehst du? Fass mich nicht an!“

Tonys Blick verdüsterte sich. Wären sie nicht gerade von Menschen umgeben gewesen, hätte er sich nicht zurückhalten können und hätte sie fest ins Gras geschubst und ihr einen Tritt verpasst.

„Sollen wir die Polizei rufen?" Eine Frau mit einem kleinen Jungen an der Hand trat vor und hielt ihr Handy hoch.

„Ja, rufen Sie an! Moa ist weg, ich weiß es einfach. Ich spüre es." Sie legte die Hände auf die Brust und sah verzweifelt in den Himmel, als würde das Mädchen aus den Wolken fallen.

„Ihr ist etwas passiert, sonst wäre sie jetzt hier."

Die Frau nickte verständnisvoll, ließ die Hand ihres Sohns los, nahm ihr Handy und wählte 112.

Kapitel 16

Ein verschwundenes Kind hatte höchste Priorität, deswegen waren sofort mehrere Polizeistreifen zum Campingplatz nach Säter geschickt worden. Die fröhliche, entspannte Stimmung war schnell durch Geraune ersetzt worden, als die Leute die Anwesenheit der Polizei bemerkten. Ein Teil hatte sich an ihre Wohnwagen zurückgezogen, wo sie jetzt standen und zu den Polizeiwagen schauten und darüber redeten, warum die Polizei wohl auf dem Campingplatz war.

In einem der Polizeiautos auf dem Kiesweg, der durch den Campingplatz führte, saß Anette und beantwortete die Fragen der Einsatzleiterin, Malin Olsson. Malin hatte ihren Chef Sven Järring darum gebeten, am Mittsommerwochenende Dienst zu tun, um nicht über ihr eigenes, elendes Leben nachdenken zu müssen.

„Wann haben Sie Moa zuletzt gesehen?"

„Das war wohl irgendwann heute Morgen."

Malin machte sich Notizen und schaute auf ihre Uhr. Vor drei bis vier Stunden?

Es war kurz vor eins. „Es kann also sein, dass Moa im schlimmsten Fall seit ungefähr zehn heute Morgen verschwunden ist?"

Anette nickte und schluchzte laut.

„Wo haben Sie sie gesehen?"

„Sie war draußen und hat gespielt." Sie zeigte auf den Rasen bei den Wohnwagen.

„Was hatte sie an?"

Die Mutter wand sich, dieses letzte Bier hätte sie nicht trinken sollen. Sie erinnerte sich nicht. Sie versuchte, sich vorzustellen, wie Moa ausgesehen hatte, als sie sie heute Morgen das letzte Mal gesehen hatte.

„Sie muss Sandalen, ein Top und Shorts getragen haben ... oder vielleicht ein Kleid."

„Je mehr Details, umso besser", sagte Malin und blickte sie auffordernd an.

Moas Mama schüttelte verzweifelt den Kopf und schämte sich.

„Haben Sie ein Foto von Moa?"

„Ja, hier im Handy."

Sie schaltete das Handy an, öffnete die Galerie und suchte unter den Fotos.

Welches Bild könnte passen? Das Atmen fiel ihr plötzlich schwer. Sie klickte auf Bilder einer fröhlichen Moa, einer traurigen Moa, einer wütenden Moa, einer ganzen Moa, einer halben Moa, einer verschwitzten Moa.

Malin sah sie mitfühlend an und bot ihre Hilfe an.

„Ich verstehe, dass das hart ist, ich kann ja ein Bild auswählen."

Anette reichte ihr das Telefon und zog gleichzeitig den Rock hinunter. Sie wollte nicht, dass die Polizistin die blauen

Flecken sah. Auch wenn sie schon ein paar Tage alt waren, waren sie immer noch deutlich zu sehen, es würde noch einige Tage dauern, bis sie ganz verschwunden waren.

„Wir gehen natürlich davon aus, dass Moa irgendwo hier in der Nähe ist und dass sie bald wieder bei Ihnen ist", sagte Malin und schaute sie mit viel Empathie an.

Anette trocknete sich die Augen ab. Sie nickte und kämpfte darum, die Tränen zurückzuhalten.

„Ich schicke diese zwei Bilder weiter, die können wir bei der Suche nach ihr verwenden. Ist das in Ordnung?"

„Ja, das ist gut."

Auf dem einen Bild saß Moa auf einer Schaukel und blickte ernst in die Kamera. Das andere hatten sie gemacht, als sie ihren ersten Milchzahn verloren hatte. Es war eine Nahaufnahme des Gesichts, und das Lächeln zeigte nicht nur die Zahnlücke, sondern auch Moas Sommersprossen und ihr hellrotes Haar, hier zu einem Pferdeschwanz gebunden, waren deutlich zu sehen.

„Was macht Moa hier auf dem Campingplatz gern?"

Anette fasste sich an die Stirn, blickte zu Boden und vermied Augenkontakt mit der Polizistin.

„Ich … wir haben uns vor allem … ausgeruht … und …" Sie dehnte das letzte Wort: „… gefeiert."

Die Polizistin nickte.

„Kann es sein, dass Moa weggelaufen ist?"

„Nein, das glaube ich nicht, sie hat gespielt … wie andere Kinder."

„Aha, mit Freunden oder allein?"

„Mit anderen Kindern, glaube ich, Sie wissen doch, wie Kinder sind, die finden immer andere Kinder zum Spielen."

Die Polizistin machte sich Notizen.

„Ja, aber wie ist Moa?"

Anette wand sich.

„Vielleicht ein bisschen schüchtern, ihr fällt es vielleicht nicht so leicht, Freunde zu finden. Aber ich glaube, dass sie ein paar zum Spielen gefunden hat, denn ich habe sie nicht so oft gesehen. Gestern hat sie auf jeden Fall mit anderen Kindern gespielt."

Malin, der die blauen Flecken auf Anettes Bein sofort aufgefallen waren, hatte bewusst nicht direkt danach gefragt, aber jetzt zeigte sie auf ihre Oberschenkel.

„Was ist das?"

Sie zog schnell den Rock hinunter.

„Was denn?"

„Es sieht so aus, als hätten Sie einen großen blauen Fleck auf dem Oberschenkel?"

„Ja, nein, das sieht nur so aus. Vielleicht das Alter oder ich bin gegen irgendwas gestoßen."

Malin brummte und notierte sich etwas. Sie kannte das sehr gut, wie Frauen versuchten, die Taten ihrer fiesen Männer zu verbergen. Diesen Frauen zu helfen, hatte sie sogar zu ihrem ganz persönlichen Kampf gemacht. Schon oft hatte sie Frauen ins Frauenhaus gebracht, um sie vor ihren gewalttätigen Männern zu beschützen. Das Problem war, dass die Frauen oft sich selbst Schuld dafür gaben, geschlagen worden zu sein. Sie vermutete, dass sie mit Anette wieder so eine Frau vor sich hatte.

„Okay, zurück zu Moa. Versteckt sie sich gern?"

„Nein, nicht dass ich wüsste."

„Ist sie früher schon einmal weggelaufen?"

„Nein, so eine ist sie nicht, sie ist vorsichtig."

Das Letzte meinte sie ganz ehrlich, denn Moa war kein Kind, das auf die Straße lief oder sich bei Fremden auf den Schoß setzte. Sie war vorsichtig, sogar schüchtern. Aus ebendiesen Gründen wusste sie, dass jetzt, da Moa nirgendwo zu sehen war, etwas im Argen lag.

„Wie ist es mit Wasser?"

„Was meinen Sie?"

„Ist sie ans Wasser gewöhnt, kann sie schwimmen?"

„Sie ist doch erst fünf!"

„Manche Kinder können in dem Alter schon schwimmen."

„Ja, aber Moa nicht. Was glauben Sie, dass sie vielleicht …?"

„Nein, ich glaube gar nichts, aber der See liegt nun mal direkt da unten. War sie mit Ihnen unten am Strand oder auf dem Steg?"

„Ja, wir sind natürlich hinuntergegangen, es ist schließlich heiß. Ich habe unten am Strand nachgesehen, sie ist nicht da."

„Sehr gut, aber wir werden zur Sicherheit noch mal alles überprüfen. Ja, es ist schon sehr warm". Malin lächelte sie vorsichtig an und deutete auf ihre Uniform. „Was glauben Sie, wie es ist, mit all dem herumzulaufen?" Sie legte ihre Hand auf die Schutzweste an ihrer Brust und lächelte leicht.

Moas Mama nickte.

„Ja, das muss anstrengend sein."

„Das sind mindestens fünf, sechs Kilo extra, plus Uniform. Gut, Sie waren also unten am Strand. Heute?"

„Nein, nicht heute, wir hatten alle Hände voll zu tun, um alles vorzubereiten und dann Mittsommer zu feiern, wie alle anderen."

„Würde Moa allein dorthin gehen?"

„Nein, ich glaube, das traut sie sich nicht."

Ein großer Polizist mit einem Spitzbart tauchte jetzt vor dem Auto auf und öffnete die Tür.

„Wie läuft's hier?"

„Wir sind gleich fertig, ich habe fast alles, was ich brauche", antwortete Malin schnell.

„Wir haben schon angefangen, die Leute in der Nähe zu befragen."

„Gib mir noch einen kleinen Moment!" Sie nickte ihm zu, und die Tür wurde wieder geschlossen.

Anette folgte ihm mit dem Blick und sah, dass er zu Tony ging.

Ihr fiel plötzlich das Atmen schwer, und sie holte ein paar Mal tief Luft. Malin bemerkte ihre Angst und sah sie fest an.

„Werden Sie oder Moa bedroht?"

Kapitel 17

Anna hatte angeboten, Jesper nach dem Mittagessen in die Arbeit in Säter einzuführen. Eigentlich war das Miros Aufgabe, aber sie hatte ihn seit dem Alarm wegen des verschwundenen Freigängers nicht mehr gesehen. Sie vermutete, dass er genug damit zu tun hatte, mit der Polizei und dem restlichen Personal zu sprechen.

Sie hatte Jesper kurz beschrieben, wie ihre Arbeit als Psychologin in Säter aussah. Ihre Hauptaufgaben bestanden darin, das Rückfallrisiko der Patienten einzuschätzen, Tests und Untersuchungen zu machen und Patienten, die dafür bereit waren, zu therapieren.

Die Arbeit der Ärzte war, wie immer, die Medikation zu überwachen, medizinische Gutachten anzufertigen, Diagnosen zu stellen, an Therapiebesprechungen teilzunehmen und Entscheidungen rund um den Behandlungsplan der Patienten zu treffen sowie bei solchen zu Entlassungen und Risikoeinschätzungen mitzuwirken.

Jesper hatte nicht viele Fragen, und da er ihr etwas leidtat, weil er gerade in dieser stressigen Situation ankam, hatte sie ihm gesagt, dass er schnell mit der Arbeit beginnen könnte.

Dann hatten sie eine Runde durch das Gebäude gemacht und ihm die unterschiedlichen Stationen gezeigt. Schließlich war sie mit ihm zu einem Büro gegangen und hatte die IT-Abteilung angerufen, damit die ihm halfen, ins System zu den Krankenakten zu kommen.

Sie war etwas abgelenkt, wusste nicht so genau, was sie tun sollte. Das Einzige, woran sie denken konnte, war der Fehler, den sie bei Carl-Magnus gemacht hatte.

Die Gedanken rasten ihr durch den Kopf, als sie auf der Toilette saß, und selbst als sie fertig war, schaffte sie es kaum, aufzustehen. Sie legte ihr Gesicht in die Hände. Ihr war schwindlig. Dann putzte sie sich ab, stand widerwillig auf und wusch sich die Hände.

Sie betrachtete sich im abgenutzten, alten Spiegel. Die kotzgelben Wände fühlten sich klaustrophobisch an, und ihr Atem beschleunigte sich.

Seit sie in Säter angekommen war, hatte sie abgenommen. Seltenere Restaurantbesuche, regelmäßige Laufrunden im Wald und guter Schlaf waren das Rezept. Aber sie fühlte sich auch unsicher, wenn sie sich im Spiegel betrachtete oder jemanden traf, den sie attraktiv fand. Jesper war freundlich und sah gut aus. Kein Zweifel, Miro hatte recht gehabt.

Das Telefon vibrierte vor ihr in der Seifenschale, eine Push-Nachricht. Sie hob es hoch, und wegen der Schlagzeile hielt sie ein paar Sekunden lang geschockt die Luft an.

„Fünfjähriges Mädchen auf Säters Campingplatz verschwunden."

Anna lief aus der Toilette durch den Flur und riss die Tür zu Miros Büro auf, obwohl die Ampel darüber rot leuchtete.

Da saßen Miro und Jesper sich am Schreibtisch gegenüber, und beide drehten sich schnell mit überraschten Mienen zu ihr um.

„Was ist passiert?"

„Habt ihr es gesehen?"

„Mehr als dass wir den heißesten Tag des Jahrzehnts haben und einen Pädophilen auf der Flucht?"

Anna nickte ernst, ging zu ihnen an den Schreibtisch und hob ihr Handy hoch. Beide Männer lehnten sich zum Display vor und lasen. Miro atmete tief ein und sank zurück in den Stuhl. Sorgenfalten standen auf seiner Stirn, wie Anna es erst einmal bei ihm gesehen hatte, nämlich als die Polizei Lina weggebracht hatte, nachdem sie wegen Mordes an einem Patienten verhaftet worden war.

„Auch wenn das nichts mit uns zu tun hat, ist das nicht gut", meinte Miro und lehnte sich zurück.

Anna nickte und verstand, was er dachte. Die Medien werden eins und eins zusammenzählen und darauf achten, dass es zwei ergab, das heißt, sie werden schreiben, dass eine Unaufmerksamkeit in der Klinik Säter ein kleines Mädchen einem Pädophilen ausgeliefert hat.

Jesper sah schockiert aus. Anna merkte, dass er versuchte, etwas zu sagen, aber keine Worte fand.

„Ja, es gibt sofort Action. Willkommen in Säter, Jesper!", stellte Miro fest.

Jesper schwieg und blickte zwischen Anna und Miro hin und her.

„Was tun wir jetzt, Miro?“, fragte Anna und merkte, wie ihr fast die Stimme versagte.

„Nichts, denke ich. Das ist die Aufgabe der Polizei. Und wir sehen natürlich keinen Zusammenhang zwischen dem Verschwinden des kleinen Mädchens und des Patienten. Das wäre im Augenblick reine Spekulation.“

Anna nickte zustimmend, aber war kein bisschen beruhigt. Jesper sah sie intensiv an, und sie konnte seinen Blick nicht deuten.

Kapitel 18

Nachdem er mit den Pflegern gesprochen hatte, die Details zu Carl-Magnus' Freigang und sein Verschwinden kannten, berief Miro ein Personaltreffen ein. Er bereitete sich in seinem Büro vor, fuhr sich mit den Händen durch die Haare und richtete den Hemdkragen. Das Geschehen an sich war nicht sonderlich bemerkenswert – solche Planabweichungen sind schon früher passiert –, aber das Festwochenende und die Hitze trugen zu dem Eindruck bei, dass irgendwas nicht so war, wie es sein sollte. Er musste das hier gut bewältigen, sowohl extern wie intern, um nicht selbst in Frage gestellt zu werden. Klinikchefs vor ihm hatten schon wegen weniger gehen müssen.

Konnte Carl-Magnus all das geplant haben, oder ist er ganz spontan abgehauen? Er musste sich die Krankenakte und die Risikoeinschätzung noch mal ansehen. Wie hatte Anna eigentlich argumentiert, als sie das Risiko eingeschätzt und darauf bestanden hatte, dass Carl-Magnus' Bitte um Freigang nachgegeben wurde? Er war schließlich trotz allem ein Patient mit höherem Therapieaufwand, andererseits hatte er sich immer tadellos verhalten.

Miro wollte seine Mitarbeiter kurz darüber informieren, dass Carl-Magnus verschwunden war, nachdem er Säter verlassen hatte, dass die Polizei nach ihm suchte und dass ihre Arbeit hier in Säter wie üblich weiterlief.

Aber er würde seine Mitarbeiter darum bitte, aufmerksamer darauf zu achten, was andere Patienten sagten, für den Fall, dass das etwas zur Lösung der Situation beitragen könnte. Und Besucher sollten besonders kontrolliert werden und nicht einfach nur durch einen Scanner gehen und Sachen abgeben, sondern auch tiefergehende Fragen beantworten. Sie mussten einfach auf eine erhöhte Wachsamkeit achten. Auch wenn Carl-Magnus' Verschwinden ein isoliertes Geschehen war, mussten sie vorsichtig sein, ob nicht noch mehr in der Klinik vor sich ging.

Während er sich die Haare kämmte, beschloss er, beim Personal das verschwundene fünfjährige Mädchen nicht zu erwähnen, das konnten sie selbst erfahren, wenn sie die Nachrichten lasen. Der zeitliche Zusammenhang war unglücklich, das machte ihm Sorgen, aber das würde er seinen Mitarbeitern nicht zeigen. Carl-Magnus würde bald gefunden, und dann wäre alles wieder in Ordnung.

Plötzlich öffnete sich seine Tür. Es war noch mal Jesper.

Kapitel 19

„Anna, kannst du mal kurz in mein Büro kommen?"

Miro hatte Jesper zum Personaltreffen mitgenommen und ihn nach den aktuellen Informationen zum Freigang vorgestellt. Jetzt wollte er gern ein paar Worte allein mit Anna wechseln. Sie gingen zusammen zu seinem Büro, dann schloss er die Tür.

„Du hast das gut dargestellt. Einfach und klar", lobte Anna.

„Ja, ich dachte nur, wir sollten uns etwas abstimmen."

„Ich muss ehrlich sein, Miro, mich belastet das alles", sagte Anna mit gesenktem Blick. „Es ist mein Fehler, dass er verschwunden ist."

„So darfst du nicht denken, Anna, ich stehe hinter deiner Entscheidung. Aber angesichts des verschwundenen Mädchens … und weil du an der Risikoeinschätzung mitgearbeitet hast, kann es sein, dass die Polizei mit dir sprechen will, und natürlich wird es auch an die Presse durchgestochen."

Anna nickte, dann schwiegen beide.

Miro nahm an, dass Anna bei der Suche sowohl nach Carl-Magnus als auch nach dem Mädchen eine Schlüsselrolle zukam. Die Polizei würde versuchen, Informationen aus ihr herauszupressen, daher war es gut, wenn er dem zuvorkam und sie über alles informierte, von dem er dachte, dass sie es wissen sollte. Er musste in dieser Lage die Kontrolle über die ganze Situation behalten, auch über Anna.

Er vermutete, dass Kommissar Sven Järring, der in dem Fall ermittelt hatte, bei dem in Säter eine versteckte Frau in einem Geheimraum namens Zimmer 55 entdeckt worden war, schon mit den Hufen scharrte. Järring war für seine unkonventionellen Methoden bekannt. Miro verdächtigte den Kommissar, es sich zur Lebensaufgabe gemacht zu haben, alles, was hinter den Mauern von Säter geschah, aufzudecken. Er würde nicht zögern, Anna in die Ermittlungen einzubeziehen, um Zugang zu Säter zu bekommen. Manchmal konnte man von sich auf andere schließen, dachte Miro.

„Sei also auf der Hut, falls dich jemand kontaktiert, ruf mich dann gern an. In Ordnung?"

„Ja, ich weiß, was jetzt passieren kann."

„Nun, dann heißt es jetzt, die Wärme zu ertragen." Diese schreckliche Hitze war stressig, dachte er erneut. Egal, was er anzog, der Schweiß lief. Dass sie die Klinik aber auch nicht besser kühlen konnten! Er löste den Hemdkragen, der im Nacken festklebte.

„Ja, es gab heute Morgen zwei Zwischenfälle, zu denen es sicher nicht gekommen wäre, wären die Stationen normal temperiert", sagte Anna und fächelte sich mit den Händen Luft zu.

„Okay, dann weißt du Bescheid. Kontaktiere mich, bevor du mit irgendjemandem sprichst, dann wird alles gut, Anna. Mach dir keine Sorgen."

Er machte sich Sorgen, dass Anna in ihrem Eifer, alles wieder in Ordnung zu bringen, zu viel oder auch zu wenig verriet, so dass die Polizei anfangen würde, den Betrieb in Säter genau zu untersuchen. Das wollte er möglichst vermeiden.

Miros Plan war außerdem, Anna nur einen Teil der Informationen zu Carl-Magnus zu geben, aber bestimmte, ausgewählte Teile, die nur sehr wenige kannten, wegzulassen. Er hatte das Gefühl, dass Carl-Magnus deutlich schwieriger zu finden sein würde als ein durchschnittlicher Verurteilter.

Kapitel 20

Gut dreißig Kerle mit hochgekrempelten Hemdsärmeln stellten die blumengeschmückte Mittsommerstange unten in Säterdalen auf. Eine Ansammlung Frauen und Kinder rundherum klatschten, lachten und feuerten sie an. Die Spielleute begannen, ihre Fiedeln zu bearbeiten, und mehr Menschen strömten herbei und verteilten sich um die Blumenstange. Es war Mittsommer, das hieß Tanz, Lachen, Gesang, Erdbeeren mit Sahne. Am wolkenfreien Himmel brannte die Sonne wie ein großer Safranpfannkuchen. Die Schafe auf den Weiden neben den Holzhütten blökten ab und zu, und auf dem Kirmesplatz wurden die letzten Schrauben angezogen, bald würde er öffnen und in der Wärme Fahrten anbieten. Mehr und mehr Menschen kamen ins Tal hinunter, um die hellste Nacht des Jahres zu feiern.

Mitten im Gewimmel bewegten sich zwei Zivilpolizisten, um nach Carl-Magnus zu suchen, ein Foto des fünfjährigen Mädchens hatten sie ebenfalls dabei.

Der eine Polizist kratzte sich an der Stirn. Er trug Jeans, und unter den Ärmeln seines grauen T-Shirts wuchsen

Schweißflecken. Der Mann neben ihm, in Shorts und Polohemd, ließ den Blick über die Menschen um sie herum schweifen. Abgesehen von ihren Sorgenfalten gab es keinerlei Hinweis darauf, dass sie auf der Suche nach einem der kränksten Pädophilen des Landes suchten. Hätten die Menschen im Tal das gewusst, hätten sie ihre kleinen Flachsköpfe ganz festgehalten und vielleicht das Fest abgebrochen. Wenn sich jemand in einer Menschenmenge verstecken wollte, dann war das hier sicherlich einer der besten Orte dafür.

Die Polizisten spähten rund um sich, und auch wenn sie beide wussten, wie sie vorgehen sollten, gab es etwas, das sie daran hinderte, sich durch die Menschenmasse zu bewegen, nämlich die Angst, einen schönen Moment, den es nur einmal im Jahr gab, zu stören.

Kapitel 21

Anna hatte sich gesammelt und ging wieder ihren üblichen Aufgaben nach, sie war auf einer Station gewesen und hatte kontrolliert, wie es zwei Patienten ging, aber jetzt war sie wieder in Miros Büro. Nach seinen Ermahnungen, sie solle vorsichtig bei Polizei- oder Pressekontakten sein, hatte er sie wieder zu sich gebeten, um mehr über Carl-Magnus zu erfahren.

Miro zog den Stuhl an den Schreibtisch und den Computer und setzte eine Brille mit Metallgestell auf. Anna blickte ihn erstaunt an.

„Du trägst eine Brille?"

Er sah zu ihr hoch.

Sie stand ihm gut, er sah fokussierter und kompetenter aus. Er lächelte sie an.

„Das Alter. Hübsch, oder?", brummelte er. „Dann sehen wir mal … Carl-Magnus Landgren, geboren in Stockholm." Miro saß vor dem Computer, Anna setzte sich neben ihn auf einen Stuhl und lehnte sich zum Bildschirm vor.

„Miro", sprach Anna ihn an. „Ich wollte dir noch etwas erzählen."

Miro schaute vom Bildschirm auf.

„Ich glaube, ich habe Carl-Magnus gestern gesehen, wie er in Richtung Campingplatz ging."

Er zog die Augenbrauen hoch. „Hast du das der Polizei erzählt?"

„Nein, das habe ich nicht. Sie haben sich ja noch nicht bei mir gemeldet."

„Was hast du gesehen?"

„Einen Mann, der ihm ähnlichsah. Aber dann habe ich einen weiteren Mann bei ihm gesehen und dachte, er war es wohl doch nicht, und habe den Gedanken verworfen. Soweit ich weiß, kennt er hier in der Stadt niemanden."

Miro runzelte die Stirn und klickte dabei auf die Krankenakten, und zwar so, dass alle geöffnet wurden, nicht nur die letzten Anmerkungen. „Nein, soweit wir wissen, hat er keine Kontakte hier in Säter. Aber du solltest es trotzdem der Polizei melden. Vielleicht dieser Polizistin, Malin. Sie war dabei, als ich mit ihnen gesprochen habe, sie wirkte vernünftig."

Anna merkte sich den Namen.

„Ich bin mir wirklich nicht sicher, ob er es war."

Miro klickte und überflog die Texte.

„Was trug er denn, als er losgegangen ist?", fragte Anna.

„Ich selbst habe ihn nicht gesehen, aber die Pfleger sagen, dass er wie üblich aussah. Gute, ordentliche Kleidung, Chinos, T-Shirt, sorgfältig gekämmt. Du weißt ja, dass er nicht in Jogginghosen herumläuft, wie die meisten anderen."

Anna nickte und dachte an den Mann, den sie gesehen hatte. Es könnte Carl-Magnus gewesen sein. Oder vielleicht bildete sie es sich auch nur ein.

Sie hatte oft darüber nachgedacht, wie schwierig es war, mehrere Wochen, Monate oder Jahre später eine Zeugenaussage zu machen, weil man etwas beobachtete hatte. Oberflächlich betrachtet war sie sicher eine glaubwürdige Zeugin, aber sie zweifelte manchmal selbst an dem, was sie gesehen oder gehört hatte. Wie sollten sich da Menschen, die unter Drogen standen oder psychische Probleme haben, an etwas erinnern?

Miro scrollte weiter.

„Seine kognitiven Fähigkeiten liegen über der Norm. Er könnte Probleme, die auf der Flucht auftauchen, leicht lösen", meinte Anna.

„Und er verfügt über finanzielle Mittel … Den Tests zufolge liegt er im oberen Bereich des IQ", murmelte Miro, „ich wollte mir auch noch mal die Ergebnisse der Persönlichkeitstests anschauen."

Anna hatte selbst schon viele Tests und Interviews gemacht, um die Persönlichkeiten der Verurteilten zu klassifizieren, damit sie auf bestmögliche Weise behandelt und therapiert wurden. Aber bei Carl-Magnus hatte ihre Kollegin Karin Vinterberg, die jetzt in Urlaub war, alles gemacht.

Hatte Carl-Magnus eine antisoziale, narzisstische oder paranoide Persönlichkeitsstörung? Anna war inzwischen gespalten, was die Diagnosen betraf, mit denen die Patienten abgestempelt wurden, gleichzeitig brauchten sie diese.

„Bei ihm wurde ein SCIDII gemacht. Er hat narzisstische Züge."

Miro las laut aus der Krankenakte vor, und Anna verfolgte gleichzeitig den Text auf dem Bildschirm.

„Ich weiß, dass Vinterberg, die den Test gemacht hat, gesagt hat, dass er völlig kalt war … das hat sie hier nicht notiert."

„Wie, kalt?", wollte Anna wissen.

„Also schrecklich rational, er zeigte keinerlei Reue über die Tat, er fand, er könne das hinter sich lassen und einfach weiterleben."

Anna schauderte, das hatte sie bei der Risikoeinschätzung nicht einbezogen. Das war ein Fehler, der folgenschwer sein könnte. Sie hatte seine Geschichte übersehen und war nur von der gegenwärtigen Lage ausgegangen.

Miro schüttelte den Kopf. Psychopathische Züge – eine Diagnose, die bei den klinischen Beurteilungskriterien nicht zugelassen war, die sie aber trotzdem manchmal nutzten – mit fehlender Empathie und einer Tendenz, sich selbst über andere zu erheben, andere zu den eigenen Gunsten auszunutzen. Sie hatten es nicht mit einem Anfänger zu tun.

Sie sah aus dem Fenster. Hier hatten sie schon oft gesessen und über Patienten, neue wie alte, diskutiert. Sie blickte auf den See, erkannte den Campingplatz auf der anderen Seite. Kleine, blaue Punkte und weiße Vierecke, Zelte und Wohnwagen. Aber etwas fehlte. *Jemand.* Ein Mädchen.

Carl-Magnus konnte doch nicht von seinem Freigang verschwunden und dann ausgerechnet zum Campingplatz in Säter gegangen sein, um dort ein kleines Mädchen zu entführen?

„Hör mal, wenn er wirklich so intelligent ist und die – jedenfalls logischen – Konsequenzen seiner Taten erkennt, dann würde er doch nichts so Offensichtliches tun, wie ein kleines Mädchen zu entführen oder was eben geschehen ist …?"

„Nein, aber ich bin mir nicht sicher. Pädophilie ist ein sehr starker Trieb, und er war ja *sehr* krank, hatte Zwangsgedanken und sie sogar praktisch umgesetzt. Aber in letzter Zeit hatte er so große Fortschritte gezeigt, dass er mehr Freiheiten erhalten hat. Du weißt ja selbst, dass wir den Antrag deswegen bewilligt haben. Aber wir können uns geirrt haben."

Miros starke Betonung von „sehr" war nicht gut.

„Glaubst du, dass man mehr als krank sein kann, also sehr, *sehr* krank?"

„Wir haben es mit einem Mann zu tun, der über viele Jahre mit allem durchkam. Er hat neben seiner Familie und seiner Arbeit über lange Zeit ein Doppelleben geführt. Er hat im Internet oder auf Reisen extrem viel in die Tat umgesetzt. Er war außerdem …" Miro suchte in den Akten.

„Was …?"

„Ja, hier steht es, er war Turntrainer. Sein Sohn hat in einem Verein trainiert, und da war er Ehrenamtlicher."

Anna lehnte sich zurück. So ein Mensch befand sich dort im Schlaraffenland, ohne dass jemand davon wusste. Sie erinnerte sich selbst an einem Sportlehrer, den sie in der Unterstufe gehabt hatte, der offensichtlich nur deswegen dort war, weil er kleine Jungs mochte. Nach jeder Stunde beobachtete er das Duschen, damit sie sich ordentlich wuschen. Es schüttelte sie bei dem Gedanken. Wie hatte er nur bleiben können?

„Was soll man dazu bloß sagen? Schrecklich, dabei ist es furchtbar oft so. Man muss allen dankbar sein, die sich trauen und davon erzählen, damit alle aufmerksamer werden."

Anna dachte an einen der verurteilten Pädophilen, der bei ihr in Gesprächstherapie war. Die Person litt wirklich unter ihrer Krankheit, inklusive massivem Selbsthass. Er hatte sich für die chemische Kastration als Behandlung entschieden und für angstlösende Medikamente. Dieser Patient, der als

Kind selbst Übergriffe eines älteren Verwandten erlebt hatte, beging sie nun selbst. Er hatte, genau wie Carl-Magnus, Übergriffe im Internet dokumentiert und verbreitet. Und sich angesehen.

Zum Glück war das Gesetz verschärft worden, so dass inzwischen auch der Konsum von Kinderpornographie illegal war, dachte sie. Die Opfer gab es so oder so. Sie wollte nicht daran denken, spürte sofort Schmerz, Dunkelheit, Bosheit. Und jetzt war es ihr Fehler, dass ein Täter, Carl-Magnus, nicht in Säter war, sondern frei in der Gesellschaft unterwegs.

„Sollte ich noch etwas wissen, wenn die Polizei sich bei mir meldet?"

„Schauen wir mal. Das, was wir besprochen haben, ist ja mehr oder weniger öffentlich. Dass Carl-Magnus verurteilt wurde und seit zwei Jahren hier ist, dass er ein bekannter Pädophiler ist und eine manipulative Persönlichkeit hat, aber ich glaube nicht, dass wir mit etwas herausrücken sollten, was die Menschen unnötig in Angst versetzt. Stell dir nur mal vor, wenn die Menschen wüssten, welche kranken Leute immer noch in der Gemeinschaft leben."

„Du meinst im offenen Vollzug?"

„Na ja, ich meine alle, die wir ambulant behandeln. Mörder, Pädophile, Vergewaltiger, Pyromanen …"

Anna schüttelte sich und legte die Arme um sich, ihr stellten sich die Haare auf, und sie dachte an die Mutter im Café, die ausgesprochen hatte, was sie fühlte. Es fühlte sich übrigens wie eine Ewigkeit an, seit sie dort gesessen und in Ruhe und Frieden den guten Kaffee getrunken hatte.

„Aber ist das richtig? Sollten wir die Leute nicht dazu auffordern, jetzt wachsamer zu sein?"

„Wir wollen keine Panik verbreiten. Und auch nicht selbst in Frage gestellt werden. Nach außen spielen wir es hinunter, aber …"

„Aber?"

Miro schloss die Krankenakte, legte die Brille auf den Tisch und stand auf.

„Er ist, wie gesagt, sehr gefährlich, mit seiner Mischung aus Narzissmus, Intelligenz und Pädophilie. Er hat sicherlich das große Bedürfnis, etwas zu tun."

„Seufz …" Anna stand auf. Hätte sie an all das gedacht, hätte sie ihn niemals als berechtigt für den Freigang eingestuft.

Ihr lief es eiskalt den Rücken hinunter.

„Anna, du sollst nicht mehr daran denken. Offiziell und nach außen ist er nicht gefährlich. Wir werden ihn bald wieder auf Station haben."

Anna seufzte noch einmal. Die Angst wegen des Fehlers, den sie begangen hatte, fühlte sich jetzt fast überwältigend an.

„Aber nach außen ist es also ein Zwischenfall, den wir hinunterspielen, es darf sich keine Panik ausbreiten", sagte Miro.

Sie nickte und verstand mehr, als sie wollte. Aber sie würde so handeln, wie Miro es ihr empfahl. Ein relativ ungefährlicher Pädophiler war ausgerissen, aber er wäre schon bald wieder in der Klinik.

Als Anna Miros Büro verließ, fühlte es sich plötzlich so an, als schlössen sich Säters Korridore um sie herum, dasselbe Gefühl hatte sie in ihrer ersten Zeit in der Klinik gehabt. Die Stille fühlte sich bedrohlich an, nicht beruhigend.

Sie legte die Arme um sich, als sie zu ihrem Büro ging. Sie wollte nach Hause und sich ins Bett kuscheln, auf den

Schoß von jemandem, oder einen Spaziergang machen und das Licht und die Düfte dieses Mittsommerabends genießen. Im Moment fühlte er sich alles außer hell und warm an, in ihr hatte sich eher Dunkelheit ausgebreitet.

Aus einem Impuls heraus nahm sie ihr Handy. Hatte sie jemand angerufen? Manchmal war es, als hoffte sie darauf, dass etwas geschehen würde, dass sich plötzlich jemand meldete und dass dieses Gespräch ihr Leben auf eine Weise verändern würde, die sie sich nicht vorstellen konnte. Aber wer sollte das sein? Sie allein hatte die Macht, ihr Leben zu verändern, wie sie ihren Patienten zu sagen pflegte.

Miro hatte ihr vorgeschlagen, für heute nach Hause zu gehen. Die Routine auf den Stationen lief ab wie immer, aber außerhalb der Klinik war definitiv nichts wie immer. Sie würde seinem Rat folgen, fühlte sich aber etwas verloren.

Wo sollte sie hin? Sie wollte am Mittsommerabend nicht allein zu Hause in ihrer kleinen Wohnung sein. Gleichzeitig war sie verschwitzt, müde und aufgewühlt.

Sie öffnete die Tür zu ihrem Büro. Durch das Fenster fiel Licht auf sie. Die Sonne war stark und intensiv, ganz im Gegensatz zur Dunkelheit in der Klinik. Sie nahm ihre Handtasche und beschloss, nach Hause zu gehen. Sie schloss die Tür hinter sich, drehte sich um und sah, wie im selben Moment weiter unten eine Tür geöffnet wurde.

Sie hörte Jespers Stimme. Ein weißer Kittel und ein blonder Kopf tauchten auf.

„Hallo, Anna!“

Kapitel 22

Miro schielte nach draußen, in die Umgebung der Klinik. Wälder, der See, Waldpfade, Kieswege, Landstraßen, Busse und Züge. Es gab viele Möglichkeiten, von hier wegzukommen, wenn man die Klinik wirklich verlassen wollte. Gleichzeitig gab es viele Orte, an denen man sich verstecken konnte. Er strich über seine Bartstoppeln.

Carl-Magnus' Verschwinden würde zu Kritik an ihm als Chef führen, und das konnte er sich nicht leisten. Wo steckte der Mann, verdammt? Er wollte mehr über den letzten Tag von Carl-Magnus erfahren. Nicht durch Krankenakten und die offiziellen Berichte der Pfleger. Es gab Dinge, die man in Säter weder sah noch laut besprach, und es reichte nicht, an der Oberfläche zu kratzen, wenn er das hier als Chef überleben wollte. Als verantwortlicher Klinikchef hatte er sich an die Regeln der Klinik gehalten und alles gemeldet, damit die Polizei nach Carl-Magnus suchen konnte, aber er musste mehr herausfinden. Er hob den Telefonhörer, wählte seine Station und bat die Pfleger, die mit Carl-Magnus gearbeitet hatten und mit denen er vorhin kurz gesprochen hatte, in sein Büro zu kommen. Es dauerte nicht lang, da klopfte es an seiner Tür.

Eine erfahrene Frau mittleren Alters mit hennarotem Haar und ein jüngerer Mann mit unverhältnismäßig großem Bizeps und Tätowierungen traten ein. Er sah, dass beide zögerten.

„Ihr braucht keine Angst zu haben, ich sehe es so, dass von eurer Seite aus keinerlei Fehler gemacht wurden. Alles verlief wie geplant. Der Bericht über das Verschwinden und die Meldung an die Sozialbehörde waren reine Routine."

Beide nickten, wirkten durch die gebeugten Nacken allerdings schuldbewusst.

„Aber ich will mehr wissen. Jedes Detail." Er schaltete die Ampel über der Tür auf Rot.

Die beiden sahen einander unsicher an. „Erzählt, was ihr über die Stunden vor Carl-Magnus' Verschwinden wisst."

„Das haben wir schon der Polizei erzählt."

„Ja, das weiß ich, das ist super, aber erzählt es mir einfach noch einmal."

Der Typ mit den Tätowierungen blickte zu der Frau, als bitte er um Erlaubnis, anfangen zu dürfen. Sie nickte.

„Also, bei den anderen Freigängen, die er hatte, hat er sich gut verhalten. Da hatte er nur einen halben Tag, ein paar Stunden, in denen er sich draußen bewegen durfte, einmal einen ganzen Tag, sowohl ohne als auch mit Personal. Er war immer pünktlich und zur verabredeten Zeit zurück. Dieses Mal sollte er ja etwas länger wegbleiben, bei seiner Mutter schlafen und zwölf Stunden unterwegs sein."

„Was hat er bei den anderen Freigängen gemacht? Detaillierter, die grundlegenden Rahmen dafür kenne ich ja."

„Da ist er hier in der Gegend spazieren gewesen, einmal war er im Hallenbad schwimmen. Im Kiosk, solche Sachen halt."

„Und euch ist nie irgendetwas Merkwürdiges aufgefallen?"

Beide schüttelten den Kopf. Der Mann sprach weiter: „Naja, schon, manchmal hat er von unserem Telefon aus jemanden angerufen, aber das ist nicht so seltsam. Wir haben gefragt, wer es ist, und er hat gesagt, es sei ein alter Freund, und das ist ja erlaubt, wenn es Teil der ursprünglichen Planung ist."

Miro sah nachdenklich aus und zog die Augenbrauen zusammen.

„Und dann wurden seine Freigänge länger, und ihm wurde erlaubt, die Umgebung zu verlassen. Wisst ihr etwas darüber, das ich nicht weiß?"

Die Pfleger wechselten einen raschen Blick und schüttelten den Kopf.

„Nein, er hat einmal seine Mutter besucht. Ein paar Stunden war er im Einkaufszentrum. Einmal wollte er ins Hallenbad in Borlänge, und ein anderes Mal war er in Falun und hat mit einem Freund Kaffee getrunken. Vielleicht der, den er angerufen hatte."

„Was war das für ein Freund?"

„Ein alter Freund, ein jüngerer Typ, wenn ich mich recht erinnere."

Miro nickte und machte sich Notizen. Vielleicht könnte diese Person interessant sein.

„Also auch das Hallenbad …" Das war vielleicht nicht ideal.

Miro dachte direkt an Carl-Magnus in der Sauna, mit Jungen, die dort waren und mit Freunden spielten oder mit ihren Eltern schwammen. Öffentliche Saunen waren ein bekannter Ort für Pädophile.

„Also jedes Mal ein bisschen was anderes? Habt ihr ihn begleitet?"

„Die ersten Male waren wir dabei, danach hatte er eine Fußfessel. Aber jetzt durfte er sich frei bewegen, also morgens hier wegfahren und abends zurückkommen", warf die Frau ein.

„Er war ja auch immer so ordentlich, hat sich gut benommen, und war ansonsten nie von den Regeln abgewichen, und er hat seine Medikamente genommen. Ich glaube wirklich nicht, dass er etwas getan hat."

Miro dachte nach und schaute wieder durchs Fenster. Dieser Kerl konnte Frauen anscheinend täuschen, diese Schwester und Anna schienen ihn für zurechnungsfähig zu halten.

Die Medikamente waren angstlösend und dämpften auch Zwänge, aber ganz konnte man die ja nicht unterdrücken. Was hatte dieser Teufel vor, und wo war er jetzt? Wieso riskierte er, seine Strafe zu verlängern? Irgendeinen Mist musste er entdeckt oder geplant haben. Er musste noch mal zurückrudern, er hatte irgendetwas übersehen.

Plötzlich wurde ihr Gespräch von Hubschrauberdröhnen unterbrochen, und sie gingen alle ans Fenster.

„Ja, da hört ihr es, jetzt suchen sie." Miro sprach aus, was alle drei dachten.

„Und das ausgerechnet an Mittsommer", sagte die Frau und seufzte laut.

„Was für ein Mist."

„Ja, das kann man wohl sagen."

Miro wandte sich noch einmal an seine Mitarbeiter.

„Habt ihr in den letzten Stunden Nachrichten gesehen?"

„Nein." Der tätowierte Mann sah ihn fragend an. „Wir haben unsere Handys auf Station ja nicht dabei." Miro hatte den Verdacht, dass er log, aber der Mann sah unschuldig und unwissend aus.

Miro schaltete sein Handy an und hielt es ihnen hin.

Jetzt war das verschwundene Mädchen die Schlagzeile auf der ersten Seite: *„Suche nach der Fünfjährigen in Säter wird ausgeweitet."*

Er sah, wie sie die Augen aufrissen und alle beide blass wurden.

„Oh mein Gott!" Die Frau war jetzt kreidebleich und legte die Hand vor den offenen Mund. „Glaubst du, das war Carl-Magnus? Sollte er das Mädchen gekidnappt haben?"

Miro zuckte mit den Achseln, verschränkte die Arme vor der Brust und schüttelte ernst den Kopf.

„Ich weiß nicht. Aber wenn er gestern nicht in den Zug gestiegen ist und noch nicht gefunden wurde und das Mädchen zuletzt heute Morgen gesehen wurde, ist das alles ein sehr unglücklicher Zufall. Erzählt mir noch mal von dem Morgen, bevor Carl-Magnus die Station verlassen hat, alles, woran ihr euch erinnern könnt!"

Kapitel 23

Nachdem die beiden sein Büro verlassen hatten, stand Miro auf und blickte über den See. Er sah die Hubschrauber wie Riesenmücken über Wälder und Seeufer fliegen. Könnte Carl-Magnus dem Mädchen etwas angetan haben? Hatte er sie nur mitgenommen? Oder hing beides gar nicht zusammen? Man glaubt, seine Patienten zu kennen, aber das tat man nicht. In kontrolliertem Umfeld konnten sie sich auf eine Weise verhalten, aber unter anderen Umständen und wenn sie Triggern ausgesetzt waren, konnte die Krankheit ausbrechen und ganz übernehmen. Hatte er geplant, wegzulaufen, oder war das die Impulstat eines sehr kranken Menschen?

Und war noch jemand darin verwickelt?

Carl-Magnus hatte sich auf den anderen Freigängen die ganze Zeit tadellos benommen, und Anna hatte das Risiko für Regelverstöße oder einen Rückfall niedrig eingeschätzt. Sie hatte bisher bei den meisten Sachen recht gehabt. Er fühlte mit ihr, wusste, dass sie sich jetzt schuldig vorkam.

Es klopfte an der Tür, er stand auf und öffnete.

„Jesper, ja, was kann ich für Sie tun?“

Der schon wieder, dachte Miro und war ein bisschen genervt.

Jesper hatte Aufgaben erhalten, die eigentlich für den Rest des Tages reichen sollten.

Er sah seinen Chef unsicher an.

„Also, ich dachte eigentlich, *ich* könnte vielleicht etwas tun. Ich habe die Runden gemacht, wie ich sollte, und bin die Medikamentenlisten durchgegangen."

Miro nickte und hob einen Daumen.

„Ich dachte, ich könnte mir Carl-Magnus' Krankenakte mal anschauen, um etwas mehr zu erfahren?"

Miro zögerte ein paar Sekunden und sah seinen neuen Kollegen von der Seite an.

„Ja, also einerseits möchte ich gern helfen, und dann wird das sicher einiges an Arbeit erfordern, und da ist es doch nur gut, wenn mehr als nur Sie involviert sind."

Damit hatte Jesper natürlich nicht unrecht, Miros andere Ärzte hatten frei, und der Vertretungsarzt war immer nur kurz da. Jesper könnte eine Weile auf Station bleiben.

„Ja, schauen Sie nur mal rein, aber Sie wissen, dass man sieht, wenn Sie in der Krankenakte gelesen haben."

„Natürlich, aber ich dachte, ich mache das unter Ihrer Anweisung."

Miro nickte zustimmend. Jesper lächelte.

„Dann setze ich mich mal und lese mich ein. Sagen Sie mir Bescheid, wenn ich noch etwas tun kann."

„Ja, da wäre noch etwas."

Jesper blieb stehen.

„Anna, die Psychologin, sie könnte hierbei etwas Unterstützung gebrauchen. Es wäre gut, wenn Sie ihr etwas Rückhalt geben könnten, auch wenn Sie neu sind, ist das kollegial gesehen wichtig."

Kapitel 24

Plötzlich war eine halbe Stunde vergangen, seit Jesper zu ihr gekommen war, um zu fragen, ob sie ein bisschen reden wollte. Die Zeit war verflogen, sie hatte von der Klinik erzählt und wie es ihr hier ging. Es war nett, dass er ihr zuhörte. Seit Lina aufgehört hatte, hatte sie niemanden mehr, dem sie sich anvertrauen konnte. Ein gleichaltriger Kollege fühlte sich super an. Sie schaute auf die Uhr.

„Huch, die Zeit ist ja gerast! Ich wollte auf dem Nachhauseweg noch eine Runde spazieren. Es war ein ereignisreicher Tag."

„Hast du für den Abend schon was geplant?", fragte er unerwartet.

Wollte er das wissen, weil er einfach nur freundlich sein wollte, weil er niemanden sonst fragen konnte oder weil er den Abend tatsächlich mit ihr verbringen wollte? Aber eigentlich war es egal, jetzt saßen sie beide hier.

„Nein, eigentlich nicht. Ich wollte eine Weile hinunter ins Tal gehen, dort versammeln sich ja alle an Mittsommer."

Jesper legte den Kopf schief.

„Sollen wir vielleicht zusammen hingehen?"

Sie zögerte erst ein paar Sekunden, das war doch wohl kein Date? Das war doch bloß ein Treffen mit einem Kollegen. Und das war doch nicht verkehrt.

„Ja, klar, können wir das", sagte sie und stand auf. „Ich will nur vorher noch nach Hause und mich umziehen. Sollen wir uns unten, hinter dem Bahnhof treffen? Du weißt schon, wo der Zug ankommt, dort geht es hinunter ins Tal."

„Ein bisschen kenne ich mich tatsächlich schon aus. Ich weiß, wo das ist."

Anna erwiderte sein Lächeln, drehte sich dann um und ging durch den Flur. Es war das erste Mal heute, dass die Angst und der Kloß im Magen etwas nachließen. Sie war froh und dankbar für ihren neuen Kollegen.

Kapitel 25

Die Zivilpolizisten im Park hatten sich aufgeteilt, um durch die Menschenmenge zu gehen. Sie lächelten die Feiernden an, als wären sie bloß hier, um Mittsommer zu feiern, dabei suchten sie tatsächlich nach einem besonderen Gesicht: Carl-Magnus.

Blondes, welliges Haar, wahrscheinlich gegelt. Beim Verlassen der Klinik trug er ein weißes Hemd und eine helle Hose, Loafers und vielleicht ein dunkelblaues Jackett. Bei der Hitze hatte er das wahrscheinlich nicht an. Die Polizisten fanden beide, dass es eine recht sinnlose Suche war, und trafen sich vor dem Eingang zur Tanzfläche. Niemand von denen, die sie gefragt hatten, hatte ihn gesehen. Niemand im Tal glich ihm.

„Was meinst du, hier finden wir ihn jedenfalls nicht. Wieso sollte er ausgerechnet hierher kommen, zu all den Leuten?“

„Ich stimme dir zu. Wir machen Meldung und brechen die Suche hier ab. Anscheinend haben sie dafür sowieso größere Pläne.“ Er zeigte zu einem Hubschrauber, der seit einer Weile über das Tal flog.

„Komisch, dass hier keiner groß auf den Lärm reagiert?“

Der andere Polizist blickte auf die ungerührten Mittsommerfeiernden. Das Hubschraubergeräusch weckte bei den Leuten aus Säter keine Aufmerksamkeit.

„Daran sind sie wahrscheinlich schon gewohnt.“

Kapitel 26

Als Anna zu Hause duschte, piepste ihr Handy, das auf dem Waschbecken lag. Sie streckte den Kopf aus dem Vorhang und schielte aufs Display.

Die Nummer von Kommissar Sven Järring hatte sie eingespeichert, als sie früher, wegen der anderen Geschehnisse in Säter, Kontakt zu ihm gehabt hatte, und auch wenn sie erwartet hatte, den Namen des freundlichen Mannes auf dem Display zu sehen, spürte sie eine nervöse Unruhe. Sie hatte eigentlich keine Lust, mit ihm über das zu reden, an dem sie teilweise Schuld hatte, und sie dachte an Miros warnende Worte. Es war schließlich teilweise ihr Fehler, dass Carl-Magnus verschwunden war. Und sie wollte nicht riskieren, Dinge zu enthüllen, die die Klinik in schlechtes Licht rückten. Oder auch sie selbst. Sie antwortete nicht, sondern duschte fertig, trocknete sich ab und sprühte sich Balsam ins Haar.

Erst als sie die Haare geföhnt und das Gesicht eingecremt hatte, nahm sie ihr Handy und rief an.

„Hallo, Sven, hier ist Anna!"

„Hallo, Anna, wie gut, dass du so schnell zurückrufen kannst. Geht's dir gut?"

„Ja, alles in Ordnung“, sagte sie, blickte in den Spiegel und zog einen Scheitel. Sven klang genauso wie in ihrer Erinnerung. Ruhig und freundlich, aber sie wusste, dass sie sich in Acht nehmen musste. Der Kommissar war ein schlauer Fuchs.

„Zuallererst mal: alles Gute zu Mittsommer.“

„Danke, Sven. Dir auch. Wie kommt's, dass du an Mittsommer anrufst?“

„Na, ich vermute, das weißt du. Wir suchen sowohl nach einem Patienten aus Säter als auch nach einem verschwundenen Mädchen. Ich denke, von dem Mädchen hast du auch gehört?“

Anna brummte. „Ja, das habe ich.“

„Jede Information ist jetzt wichtig für uns, um alles in den Griff zu bekommen und vor allem, um das Mädchen zu finden.“

„Das verstehe ich.“

„Hast du etwas in der Klinik gehört, zum Beispiel, ob bei dem Freigang alles korrekt verlief ... ist dir etwas Ungewöhnliches aufgefallen oder zu Ohren gekommen?“

Anna zögerte, besorgt, etwas zu sagen, das sie nicht sagen sollte.

„Nein, nichts, ich weiß nur das, was auch in den Zeitungen steht, und das, worüber Miro euch und auch die Presse vermutlich informiert hat. Ich denke, wenn du mehr Fragen hast, solltest du sie ihm stellen.“

Sven machte eine kurze Pause und schien das, was sie gerade gesagt hatte, zu ignorieren.

„Ich habe von einem Insider gehört, dass du Carl-Magnus kennst und Gutachten über ihn geschrieben hast.“

Sie erstarrte. Woher wusste Sven das? Das waren Angaben, die der Geheimhaltung unterlagen. Hatte jemand vom Personal aus dem Nähkästchen geplaudert? Es wäre jedenfalls nicht das erste Mal.

„Das kann ich nicht kommentieren."

„Ich verstehe, dass du nichts erzählen kannst, aber denk daran, dass es um Leben und Tod eines kleinen Mädchens gehen kann. Ich würde gern wissen, ob ihr darüber diskutiert habt, ob es einen Zusammenhang zwischen den beiden Verschwinden gibt?"

Anna schwieg einen Moment lang, wog die Wörter, dachte nach, auch wenn sie Sven von früher vertraute, wollte sie nichts Falsches sagen. Sie war ihrem Arbeitsplatz und Miro gegenüber immer loyaler geworden, und es war etwas Besonderes, in Säter zu arbeiten, unter Umständen, die Außenstehende nicht immer verstanden, selbst, wenn man es ihnen erklärte. Sie selbst hat eine Weile gebraucht, um zu begreifen, dass Säter eine eigene Welt war und dass das auch die Bedingung dafür war, dass dort alles funktionierte.

„Also, es gibt ja einen zeitlichen Zusammenhang, aber wir sehen keine anderen Verbindungen. Carl-Magnus wurde natürlich wegen Übergriffen auf Kinder verurteilt, aber er war bisher wirklich zuverlässig. Sonst hätte er ja keinen Freigang erhalten."

Das Schweigen am anderen Ende ließ sie vermuten, dass Sven sich Notizen machte und nachdachte.

„In Ordnung, Anna, Folgendes: Könntest du uns trotzdem helfen? Es ist Mittsommer und deswegen schwer, schnell Unterstützung von woanders zu bekommen. Außerdem verdächtige ich nicht nur Carl-Magnus, sondern auch andere

Patienten aus Säter. Wir müssen breit gefächert denken, das verstehst du sicher?"

„Und zwar?"

„Es gibt ja auch entlassene Patienten, wie du natürlich weißt. Kann einer von denen damit zu tun haben? Ich habe vor allem einen in Verdacht."

Als Sven das sagte, klingelten ihr gleichzeitig Miros Warnungen im Ohr. Sie durfte hier nicht mitmachen, kein Teil der Polizeiarbeit werden, aber da war die Schuld, die sie empfand. Sie wollte alles in Ordnung bringen. Das Mädchen retten, wenn sie die Chance hätte.

Sie wollte ihren Fehler wiedergutmachen, und vielleicht wäre es doch eine Chance dafür, wenn sie aktiv daran mithalf, dass Carl-Magnus gefasst und das Mädchen gefunden wurden. Miro musste ja nicht über alles, was sie in ihrer Freizeit tat, Bescheid wissen, und vor allem konnte er nicht über sie bestimmen, jedenfalls nicht, wenn sie nicht auf der Arbeit war.

Sie überlegte, bis zu welcher Grenze sie gehen konnte. Solange sie nicht die Schweigepflicht verletzte und Interna aus Säter verriet, müsste sie eigentlich auf der sicheren Seite sein.

„Ich weiß nicht, Sven, das hängt ein bisschen davon ab, was ich für dich tun soll."

Anna verließ das Badezimmer und klemmte das Telefon zwischen Ohr und Schulter ein, dann legte sie die Kleider heraus, die sie anziehen wollte.

„Hallo, bist du noch da?" Sven sprach lauter.

„Ja, natürlich! Erzähl mir, was du denkst."

„Ich glaube, dass du uns helfen kannst, das Denkmuster einer kranken Person auf der Flucht zu verstehen. Dann glaube ich, dass du auch etwas dazu sagen kannst, was ein Kind in diesem Alter sich denkt und worauf es da kommt. Vielleicht kannst du Dinge erkennen, die wir übersehen haben, vielleicht kannst du uns dabei helfen, mit einigen Beteiligten Gespräche zu führen, auf dem Campingplatz mit einer oder mehreren Personen reden, die vielleicht Informationen haben, die für uns wichtig sind. Alte Patienten …?"

„Hmm … das ist ja ziemlich viel, Sven, aber ich verstehe, was du meinst. Das kann ich aber nicht … ich muss vorher mit Miro sprechen."

Sven unterbrach sie.

„Könntest du nur mit dem Campingplatz anfangen? Ich hätte da gern bei einer Sache deine Hilfe."

Annas Gedanken rasten. Was sollte sie dort finden, das die Polizei noch nicht entdeckt hatte? Sie war Psychologin, keine Polizistin. Als sie das hinterfragte, wiederholte Sven seine Argumente: *Sie als Psychologin, mit ihrem Wissen, ihren Erfahrungen, ihrer Fähigkeit, Menschen zu lesen und zu verstehen, vielleicht sogar, Kinder in diesem Alter zu verstehen, könnte eventuell etwas bemerken, das die Polizisten übersehen haben?* Außerdem war sie jemand, mit dem die Camper angstfrei sprechen würden, sie hatte ja ein freundliches, offenes Auftreten. Denn einige Camper waren skeptisch gegenüber der Polizei. Aus Angst, selbst angeklagt zu werden, hielten sie sich lieber zurück und schwiegen. Und es war Mittsommer und dadurch schwer, einen externen Psychologen zu bekommen.

Mehr Argumente brauchte Anna nicht, sie fühlte sich verpflichtet, eher persönlich als beruflich, also musste sie nicht allzu lange nachdenken. Sie ließ sich überreden, sie hatte hierbei nichts zu verlieren, konnte sie helfen, dann wollte sie das. Alles zu tun, damit das Mädchen wiedergefunden wurde, das stand über allem anderen.

„Jetzt wollte ich nach Säterdalen, aber danach …"

Järring unterbrach sie.

„Ja, ich verstehe, dass du feiern möchtest, aber dann könntest du in einem Aufwasch doch auch gleich noch beim Campingplatz vorbeischauen."

Järring war entschlossen, und sie verstand, dass die Zeit knapp war. Er erinnerte sie an die düstere Tatsache, an die sie selbst ständig dachte, dass jede Minute zählte, wenn ein Kind weg oder in Gefahr war. Sie nickte.

„Okay, dann gehe ich dahin. Wir hören uns bald wieder, Sven."

„Ja, wir sprechen uns später."

Anna warf einen Blick auf die Uhr, es war fast drei.

Sie musste sich beeilen, sich schnell fertig machen. In einer Viertelstunde sollte sie Jesper in Säterdalen treffen.

Kapitel 27

Malin, die Festtage hasste, seit sie geschieden war, weil sie sie daran erinnerten, dass sie ihre Kinder nur alle zwei Wochen sah, war eine der zwei Polizisten, die versucht hatten, mit Tony zu reden. Ihr war jedoch sehr schnell klar geworden, dass es schwierig wäre, etwas Vernünftiges aus ihm herauszukriegen, solange er nicht wieder nüchtern war. Es bestand jedoch kein Zweifel daran, dass Tony bei der Suche nach Moa wichtig war.

Malin war sich sicher, dass der Mann nicht ganz ehrlich war – das sah man ihm schon von Weitem an. Er würde auf jeden Fall vernommen werden, sobald er wieder nüchtern war. Aber im Moment wiederholte er nur, dass er nicht mehr wusste, als er bereits gesagt hatte, und dass er der Meinung war, Moa wäre freiwillig verschwunden. Er hatte eine Fahne, und Malin war vor seinem Atem zurückgewichen.

Der See Ljustern und der Strand waren immer noch höchste Priorität. Eine Staffel suchte unten am See, und eine war gerade auf dem Weg vom Siljansee hierher, vielleicht würden sie bald auch Taucher einsetzen. Die Staffel aus Siljan hatte einen Hund dabei, damit er suchen könnte, sollten sie konkrete Tipps bekommen.

Malin schüttelte ihre Haare, die ihr im Nacken klebten, und sah zu ihrem großen, schlaksigen Kollegen, der den Polizisten mit Spitzbart abgelöst hatte. Dessen Schicht war zu Ende, und er war nach Hause gefahren, um mit seiner Familie zu feiern. Es war das erste Mal, dass sie mit dem hochgewachsenen, schmalen Polizisten arbeitete, und sie wusste noch nicht genau, wie er tickte und wie loyal er war, aber er war auf jeden Fall ihrem Plan gefolgt.

Während sie mit Tony gesprochen hatte, hatte ihr Kollege weiter die Leute in der Nähe befragt, ob sie Moa oder irgendetwas Auffälliges gesehen hatten. Er hatte ihnen sogar das Foto von Carl-Magnus gezeigt.

Sie trafen sich jetzt zwischen zwei leeren Zelten.

„Irgendwelche Treffer, Arne?", fragte Malin. Sie nahm ein Lipgloss und strich es sich über den Mund, während sie ihm zuhörte.

„Nein, ich finde, wir sollten wieder zurück ans Wasser gehen, ich habe hier oben bei den Wohnwagen nichts gefunden. Ein paar waren leer, oder es hat niemand geöffnet, als ich angeklopft habe, da müssen wir also noch mal hin. Aber die Leute sind wohl unterwegs und feiern. Oder sie sind unten und baden."

„Bei mir auch keine Treffer, aber ich muss die Eltern noch genauer vernehmen."

Arne nickte, deutete zum See und ging los. Dann wandte er sich noch einmal Malin zu.

„Hast du einen Verdacht, was geschehen sein könnte?"

Malin blinzelte, sah zu ihm hoch.

„Anette, die Mutter, hat blaue Flecke am Oberschenkel."

Arne verzog den Mund und schüttelte ernst den Kopf.

„Okay, gut zu wissen, aber dass man seine Partnerin schlägt, bedeutet nicht, dass man ihrem Kind Schaden zufügt."

Malin stimmte zu. Da hatte er natürlich recht.

„Aber gibt es einen Verdacht, dass das Kind vernachlässigt wird?"

Der Kollege blieb stehen und hob den Fuß an, er war auf ein Kaugummi getreten, das in der Wärme geschmolzen war, und versuchte genervt, es am Gras abzustreifen.

„Das beste Szenario ist, dass sie sich irgendwo versteckt oder sich verlaufen hat und dass jemand sie schon bald findet."

Er nickte und zog seinen Fuß über den Kies, um den klebrigen, dreckigen Kaugummiball loszuwerden.

„Wenn sie am Morgen verschwunden ist, ist sie jetzt sechs, sieben Stunden weg. Das ist ziemlich lang für eine Fünfjährige."

„Ja, und wo zum Teufel steckt dieser Pädophile? Die Informationen aus der Klinik waren ziemlich spärlich."

„Was meinst du?"

„Dieser Chefarzt hat sicher nicht alles erzählt. Er wusste ganz genau, was er sagen sollte, als wir da waren, um die Meldung aufzunehmen, er hat kaum auf unsere Fragen geantwortet. Ich glaube, der Regelverstoß ist schlimmer, als er zugibt."

Die beiden Polizisten gingen weiter hinunter zum Ljustern.

Eine Gruppe Kinder spielte am Ufer, aber als sie die Polizisten kommen sahen, hörten sie auf und zeigten auf sie. Zwei der Kinder verließen die anderen und liefen zu ihnen.

Bald hagelte es Fragen.

„Was macht ihr hier? Warum seid ihr hier? Seid ihr echte Polizisten?"

„Ja, wir sind echte Polizisten."

Malin und Arne wechselten einen Blick und lächelten. Kinder konnten sehr gut Dinge erkennen, die Erwachsene übersahen.

„Wir sind hier, weil wir nach einem Mädchen suchen, sie heißt Moa. Wir helfen ihren Eltern bei der Suche."

Die Kinder spritzten Wasser und Sand aufeinander.

„Habt ihr sie vielleicht gesehen? Wohnt ihr auf dem Campingplatz?"

„Jaaaa!"

Das einstimmige Ja der Kinder war nicht zu überhören.

Malin nahm das Foto von Moa heraus und zeigte es ihnen.

„Hat einer von euch sie gesehen?"

Die Kinder hüpften herum und schauten hin, aber nicht sehr genau.

„Neeee!"

Die Kinder lachten und schrien alle: „Nein, nein."

Arne lächelte die Kindergruppe an und schüttelte an Malin gewandt den Kopf.

„Nein, die wissen anscheinend nichts."

Doch im selben Moment, in dem er das sagte, fiel Malin ein Junge auf, der nicht nein sagte, sondern stattdessen nach unten auf den Sand sah und mit seinem Crocs kickte. Er erinnerte sie an ihren eigenen jüngsten Sohn, und sofort vermisste sie ihn schmerzhaft. Aber jetzt waren es nur noch wenige Tage, dann sah sie ihn und seinen Bruder wieder. Malin beugte sie zu ihm hinunter.

„Hast du vielleicht das Mädchen gesehen?"

Der Junge sah zu ihr hoch. Hinter ihnen tauchte jemand auf, und sein Schatten fiel über das Kind.

„Hallo Sie, Entschuldigung, was machen Sie da? Sprechen Sie mit Kindern, ohne deren Eltern zu fragen?"

Die Stimme gehörte einem Mann mit nackter, breiter Brust und blauer Badehose. Malin stand auf.

„Hallo, Malin Olsson, Dalapolizei." Sie reichte ihm die Hand. „Wir haben ein akutes Anliegen. Wir suchen nach einem verschwundenen Mädchen, Sie haben sicher davon gehört. Und Ihr Sohn hat sie vielleicht gesehen."

Er begriff den Ernst der Lage und drehte sich zu seinem Sohn um.

„Liam, hast du sie gesehen?"

Der Junge sah plötzlich ängstlich aus und schaute seinen Papa flehend an.

Kapitel 28

Anna erkannte Jesper kaum wieder, wie er da am Schild nach Säterdalen stand und auf sie wartete. Er trug knielange Shorts, ein T-Shirt und blütenweiße Sneaker. Die Haare zurückgekämmt. Sie hatte ein seltsames Gefühl, als sie ihn sah, konnte ihn schlecht einschätzen. Wer war er überhaupt? Ein Upperclass-Typ aus Stockholm? Ein Arzt aus Uppsala? Ein zukünftig erfolgreicher Psychiater? Ein Kollege? Ein mögliches Date?

„Es ist echt warm", sagte er lächelnd und wischte sich über die Stirn. „Wie geht's?"

„Gut, ich kann nur nicht so lange hier unten bleiben." Anna war zwiegespalten. Einerseits hatte sie Lust, etwas Nettes zu unternehmen, andererseits wog ihr schlechtes Gewissen schwer, sie hörte Järrings Worte, dass sie eigentlich keine Zeit für Spaß hatte, sie sollte umkehren. Jesper merkte ihre Ambivalenz.

„Ist was Neues passiert?"

„Nein oder doch …" Anna zögerte, was sollte sie erzählen? Einen Teil konnte sie ruhig erzählen, Jesper war schließlich vor allem ihr Kollege. „Die Polizei hat mich kontaktiert und bittet mich, jetzt an der Suche teilzunehmen."

Jesper zog die Augenbrauen hoch. „Ach ja, in welcher Funktion denn?"

„Eigentlich keine spezielle, aber sie benötigen alle Ressourcen und jede Unterstützung, die sie bekommen können. Wenn ein Kind verschwunden ist, ist das ja akut und hat höchste Priorität."

„Haben sie neue Tipps wegen Carl-Magnus bekommen?"

Anna schüttelte den Kopf „Nein, davon weiß ich nichts."

„Was denkst du, wo sie gesucht haben?"

Anna zögerte erst, was durfte sie erzählen? Aber sie wusste ja nichts, was nicht auch in den Medien stand. „Sie haben wohl dort gesucht, wo sie immer zuerst suchen, in der nahen Umgebung, in Bussen, dem Zug, haben Autos angehalten, so arbeiten sie halt."

Jesper nickte, und trotz ihres Zögerns ging Anna weiter auf dem Kiesweg hinunter ins Tal.

„Ich kann dir helfen, wenn du möchtest, und mitkommen, wenn du etwas machst."

Anna dachte kurz nach und blieb abrupt mitten auf dem Weg stehen. Sie sahen einen Patienten vorbeigehen, bedeutete Jesper, stehen zu bleiben.

„Was ist?"

„Ach, ich weiß auch nicht. Oder doch, du bist ja ein Kollege. Ich habe gerade einen Patienten gesehen."

„Aha ... haben noch mehr Freigang?"

„Nein, er wohnt hier im Ort, wurde ins betreute Wohnen entlassen. Aber trotzdem, er ist schon sehr krank." Sie machte eine kurze Pause. „Und jetzt draußen, unter ... ja, wie soll ich sagen, ganz normalen Menschen? Ich frage mich, ob die eine Ahnung haben, dass er … jemanden ermordet hat."

Jesper zog die Augenbrauen hoch, nickte.

„Das bezweifle ich, oder sie wissen es, und es ist egal. Ich glaube, die Leute hier sind daran gewöhnt, dass schräge Typen hier herumlaufen. Wegen der Klinik und der Reform und allem. Den Entlassungen. Wenn du möchtest, dass ich helfe, dann tue ich das gern, also bei dem, was die Polizei möchte. Ich wollte übrigens später noch zur *Missing-People*-Suche gehen."

„Was ist das?"

„Hast du das nicht auf Facebook gesehen, in der Säter-Gruppe? Heute Nacht gibt es eine große Aktion, um nach dem Mädchen zu suchen. *Missing People* ist eine Freiwilligen-Organisation, die der Polizei und den Angehörigen bei der Suche nach verschwundenen Personen hilft."

Anna schüttelte den Kopf, nein, das hatte sie nicht gesehen. Da sollte sie mitmachen, sie nahm ihr Handy, um auf Facebook nachzuschauen, dabei entdeckte sie eine SMS von Järring. „Hast du schon etwas beobachtet? Jetzt zählt jede Stunde."

Sie spürte, wie ihr Pulsschlag schneller wurde, öffnete die App und ging auf die Säter-Gruppe. „Du hast recht, das Treffen ist unten am Campingplatz, ich will auch mitgehen."

Ihr wurde gleichzeitig klar, dass sie sofort umkehren sollte, weil das wichtiger war als sie.

„Möchtest du ein Eis?", fragte Jesper in derselben Sekunde.

Sie spürte, wie die Frustration anstieg und der Herzschlag sich beschleunigte.

Kapitel 29

Der Junge blickte hin und her, wich Augenkontakt aus und versteckte sich hinter dem Bein seines Vaters. Malin hockte sich neben ihn. Sie lenkte ganz bewusst seine Aufmerksamkeit ein paar Minuten ab und hob ein Stück Rinde auf, das im Sand am Ufer lag.

„Glaubst du, du findest einen Ast, den wir als Mast nehmen können? Dann hätten wir ein Boot!"

Der Junge schaute zuerst zögerlich auf sie, lief aber dann los und suchte. Das war Malins Chance, ungestört mit dem Vater zu sprechen.

„Wie gesagt, wir suchen nach diesem Mädchen. Falls Liam sie gesehen hat, dann kann das sehr wichtig sein. Wissen Sie, was Ihr Sohn heute Morgen gemacht hat?"

Der Mann hatte sich jetzt beruhigt, und sein Brustkorb fiel, als wäre die Luft daraus abgelassen worden.

„Meine Frau und ich haben alles für das Fest vorbereiten, aber er war unterwegs und hat gespielt. Ich habe gesehen, dass sie eine Gruppe Kinder waren, die zusammen herumliefen. Ich glaube, sie haben Verstecken gespielt."

„War ein Mädchen dabei?"

Der Mann schaute zum See.

„Ja, da war eins dabei. Ja, ich habe bei den Jungs ein Mädchen gesehen."

„Kann das Moa gewesen sein?"

Malin zeigte dem Mann noch einmal das Foto. Er schaute jetzt genauer hin.

„Schwer zu sagen." Er hielt das Foto etwas weiter weg, blinzelte. „Ja, das war sie wohl."

Kapitel 30

Die Spielleute bearbeiteten ihre Fiedeln, und die Noten kratzten in Annas Ohren, als sie in der Eisschlange anstanden, eine Großfamilie vor sich und ein paar halbbesoffene Jugendliche hinter sich. Sie hatte Jespers Bitten nicht widerstehen können, aber ihr fiel das Stillstehen schwer, die ganze Zeit schaute sie sich um.

Jesper stand neben ihr, den Blick auf die Eisliste gerichtet und überlegte, welches er nehmen sollte.

Anna hatte sich bereits für ein Schokonusseis namens 88 entschieden, aber er wollte anscheinend Kugeln und Sahne.

„Du schaffst ja kaum, alles zu essen, bevor es schmilzt."

„Nein, da hast du wohl recht, aber ich muss es probieren, so ein Rieseneis ist für mich eine Kindheitserinnerung."

Anna nickte, für sie auch, sie erinnerte sich, dass Eis in der Waffel mit Streuseln, Sauce und manchmal noch Sahne der größte Luxus war.

Obwohl sie sich bemühte, das gute Gefühl von Mittsommer zu behalten, dachte sie immer wieder an die Klinik und wo Moa die ganze Zeit stecken könnte. Und Carl-Magnus. Jesper schien davon unberührt.

„Hattest du eigentlich Probleme, hier eine Wohnung zu finden?“, fragte Jesper.

„Nein, ich habe schnell eine gefunden, als ich vor etwas mehr als einem Jahr hergekommen bin, gab es eine Reihe leerstehender Wohnungen.“

„Aha, es war nämlich gar nicht so leicht, wie ich dachte. Ich musste eine Weile suchen.“

„Ach ja? Wie komisch.“

„Die Vermieter meinten, dass jetzt viel mehr nach Säter ziehen und es nicht mehr so viele freie Wohnungen gibt.“

„Aus dem Ausland?“

„Nein, weißt du, was man sagt?“ Jesper lachte leise.

Die Frau hinterm Eisstand war jetzt mit der Familie fertig und rief sie an die Reihe.

„Ein 88“, sagte Anna schnell und hielt einen Zwanziger hin.

„Ich lade dich natürlich ein“, meinte Jesper und schob ihren Schein beiseite.

„Ich hätte gern drei Kugeln in der Waffel, Minz-Schokolade, Pekannuss und Heidelbeere.“ Nachdem er das gesagt hatte, lächelte er Anna zufrieden an, dabei strahlten seine Augen wie bei einem Kind an Heiligabend. Anna fragte sich, wie Jespers Kindheit war, ob er wirklich so perfekt aufgewachsen war, wie sein Äußeres vermuten ließ.

„Und Sahne und Karamellsauce.“

„Das ist aber eine ordentliche Portion!“, kommentierte Anna.

Sie warteten auf sein Eis, er bezahlte und begann sofort seitlich und oben zu lecken, weil das Eis durch die Hitze in Rekordtempo schmolz. Anna biss großzügig in ihr Eis am Stiel. „So schnell habe ich wohl noch nie ein Eis gegessen, aber was haben die Vermieter denn jetzt gesagt?“

„Die meinten, dass Säter plötzlich beliebt geworden ist. Dass es früher viel Negatives über die Klinik und alles gegeben hat, aber irgendwer hat einen Krimi über den Ort und die Klinik geschrieben, und das hat der Stadt einen sehr positiven Schubs gegeben."

„Wie lustig, ich habe ihn nicht gelesen, dabei geht es darin ja merkwürdigerweise um eine Psychologin, die in Säter arbeitet."

Jesper nickte und lächelte, die Mundwinkel voller Eis, zwischendurch wischte er sich hektisch mit der Serviette ab.

Ein paar Minuten lang hatte sie ihre Sorgen vergessen können, und es war auch gut, dass sie ein bisschen Eis gegessen hatte, sie spürte, wie es kühlte und sie aufmunterte. Aber jetzt musste sie hier weg. Sie warf die Serviette in den Mülleimer hinter dem Eisstand.

„Das war lecker, aber jetzt muss ich los."

„Ich könnte dich doch begleiten, wenn du willst? Wohin musst du eigentlich?"

Nein, das wollte sie nicht, das musste sie verhindern.

„Ich muss allein zum Campingplatz, darum hatte man mich gebeten. Aber ich rufe dich an, wenn ich etwas brauche, okay?"

Anna fand, dass er enttäuscht aussah oder vielleicht auch leicht genervt. Anna bekam ein schlechtes Gewissen. Was war sie denn für eine Kollegin, die zuerst beschloss, etwas zusammen zu unternehmen, und sich dann aus dem Staub machte und seine angebotene Hilfe abwies. Das fühlte sich nicht gut an.

Sie schwitze, zog die Bluse nach vorn und pustete sich auf die Brust. Aber sie hatte eine Aufgabe erhalten und musste sie jetzt abarbeiten.

Kapitel 31

Malin hatte es geschafft, aus Liam herauszubekommen, dass sie Verstecken gespielt hatten und dass Moa fast sicher eine Zeitlang mitgespielt hatte. Aber der Junge war maulfaul und wortkarg, und es würde weitere Befragungen brauchen, damit alles wirklich sicher feststand.

Malin schaute zu ihrem Kollegen hoch, der selbst im Sitzen einen Kopf größer war als sie.

„Wir müssen das hier vertiefen und weiterverfolgen, denke ich."

Die Nachricht über die verschwundene Moa stand jetzt bei allen Medien auf der ersten Seite, und als sie im Auto das Radio anschalteten, sprach die Frau der Nachrichtensendung *Dagens Eko* über die Geschehnisse in Säter.

Malin seufzte tief, ließ kurz das Lenkrad los und knetete die Hände. Hatte sie ihre Kinder zunächst sehr vermisst, war sie jetzt dankbar, dass ihre eigenen Jungs Mittsommer nicht in Dalarna feierten, sondern recht weit entfernt an der Westküste, mit ihrem Papa und seiner neuen Freundin. Sie wusste nicht, was sie getan hätte, wäre einer ihrer Jungen verschwunden. Sie würde Kraft entwickeln, um Autos umzuwerfen, und leicht ihre Waffe ziehen, um denjenigen, der ihnen etwas angetan hatte, zu erschießen.

„Glaubst du, dass er etwas verschwiegen hat?“, fragte Malin.

„Schwer zu sagen.“

„Er hat gesagt, dass sie mit ihnen gespielt hat, mehr nicht. Er hat sie nicht mehr gesehen, als sie mit dem Versteckspiel aufgehört haben.“

„Ja, so habe ich das auch verstanden.“

Sie hatten dem Jungen gesagt, dass er alles erzählen konnte, woran er sich erinnerte. Er hatte immer wieder zwischen den Polizisten und seinem Papa hin- und hergesehen. Wieso er so unsicher war, konnte Malin nicht richtig einschätzen.

Vielleicht war er ein schüchternes Kind, das Angst hatte, von seinem Vater ausgeschimpft zu werden, oder er war so wie viele Kinder gegenüber der Polizei etwas verschreckt. Zivilpolizisten hätten mit ihm sprechen sollen, das funktionierte meist am besten, aber die Zeit hatte dafür nicht gereicht.

„Ich glaube, wir haben nicht alles erfahren. Das ist jedenfalls mein Gefühl“, sagte Malin und schaute über die Wohnwagen.

Sie mussten so schnell wie möglich nachfragen. Ein schrecklicher Gedanke kam ihr – was, wenn die Kinder etwas mit Moas Verschwinden zu tun hatten, es gab schließlich Fälle, in denen man Kinder verurteilt hatte, die andere Kinder umgebracht hatten. Sie schüttelte sich und spürte leichte Übelkeit aufsteigen. Sie würden das Mädchen unverletzt wiederfinden. Malin hatte der Mutter versprochen, alles in ihrer Macht Stehende dafür zu tun. Und dieses Versprechen würde sie halten.

Kapitel 32

Miro seufzte tief und merkte, dass er am liebsten zum Flughafen Arland fahren und sich ein Flugticket nach Kroatien ohne Rückflug kaufen würde. Um die ganze Psychiatrie hinter sich zu lassen, mit seinen Verwandten Pivo zu trinken, im türkisen Meer zu schwimmen und Fleisch und Wurst auf den Grill zu legen.

Dass es in seinem Heimatland mal einen Krieg gegeben hatte, war schwer zu begreifen, wenn man jetzt als Tourist in den Süden, an die Küste fuhr. Auf dem Handy vor sich verfolgte er, was die Reporter über Carl-Magnus schrieben. Sie hatten eine kleine, neue Info ergänzt, die er den Reportern gegeben hatte, die bei ihm angerufen hatten, „sie arbeiten daran, dass Carl-Magnus zeitnah wieder in Säter ist, und es gibt keinerlei Grund zur Sorge der Öffentlichkeit, aber man kann sich mit Tipps gern bei der Polizei melden". Miro wollte nicht, dass Unmengen an Leuten in Säter anriefen.

Eine Schlagzeile etwas weiter unten ließ ihn jedoch erstarren: „*Wer ist verantwortlich dafür, dass ein Pädophiler auf der Flucht ist?*" Er las seinen eigenen Namen, sah ein Interview mit einem anderen Experten und Sachkundigen und ein Bild eines Reporters direkt vor der Klinik. Miro wurde sauer und schaltete sein Handy aus. Er gab Interviews, war behilflich, und trotzdem kritisierten sie ihn.

Jetzt wusste er jedenfalls, dass die Reporter sich vor Ort in Säter befanden, und er hatte das Gefühl, dass er bald angerufen würde. Er sollte Anna warnen, dass die Geier jetzt in der Stadt waren.

Er nahm erneut sein Telefon, wählte ihre Nummer, und sie antwortete nach zwei Mal klingeln.

„Anna."

„Hallo, Anna! Wie geht's? Gibt's was Neues?"

„Alles okay. Ich mache gerade eine Runde, schaue mir das Fest an."

„Hör mal, falls dich ein Reporter anruft, verweise ihn einfach an mich. Ich habe sie gerade hier in Säter gesehen, sie wollen dich sicher treffen und interviewen oder so. Nur damit du vorbereitet bist."

„In Ordnung, nein, mich hat niemand angerufen, aber wenn, werde ich es so machen. Soll ich heute noch mal vorbeikommen, wie läuft es bei der Hitze auf den Stationen?"

„Scheint alles unter Kontrolle zu sein. Ich rufe an, wenn es nötig sein sollte, aber im Moment wirkt alles ruhig."

„Dann sehen wir uns morgen oder vielleicht schon heute Abend. Miro, hast du gesehen, dass *Missing People* für heute Nacht eine Suchaktion plant? Jesper hat mir gezeigt, dass sie jetzt gerade über Facebook organisiert wird. Vielleicht sollte man mitmachen?"

Miro dachte nach. Es könnte gut sein, sich daran zu beteiligen. „Wo findet man die Info?"

„Du kannst auf Facebook nachsehen, aber auch auf ihrer Homepage, glaube ich."

„Gut, ich denke darüber nach", antwortete er und massierte seinen Nacken. „Noch eine Sache … Hat die Polizei dich kontaktiert?"

Er wusste, dass er sich darauf verlassen konnte, dass sie ihm ehrlich antworten würde. Und wenn nicht, dann würde er es merken und könnte noch mal nachhaken. Dass sie mit der Antwort zögerte, sagte ihm, dass die Polizei angerufen hatte.

„Ja, Sven hat mich angerufen."

„Ah, Järring. Das hatte ich mir ja gedacht. Was hat er gesagt?"

„Eigentlich nichts Spezielles." Sie schwieg kurz. „Er möchte, dass ich zum Campingplatz gehe, um zu sehen, ob mir als Psychologin dort etwas auffällt."

„Ach? Nichts Spezielles sagst du?", meinte Miro „Ich finde es ziemlich speziell, dass du zum Campingplatz gehen sollst."

„Findest du, ich sollte nicht hingehen? Es kann doch nicht schaden?"

„Nein, natürlich nicht. Ich denke da vor allem an dich. Willst du nicht versuchen, dich herauszuhalten?"

Er wusste, dass seine Worte Gewicht hatten, aber er konnte natürlich nicht über sie bestimmen.

„Das sehe ich dann, ich bin fast da."

„Tu natürlich, was du willst. Jetzt hast du auf jeden Fall frei, und ich kann dir nur als Kollege Ratschläge geben. Es ist Mittsommer, also genieß den Abend, wir sehen uns morgen wieder hier. Wir müssen einfach hoffen, dass sowohl das kleine Mädchen als auch Carl-Magnus bis dahin gefunden wurden."

Während er noch mit Anna sprach, hatte er die Website aktualisiert. Der Feed auf der Nachrichtenseite veränderte sich, eine neue Schlagzeile tauchte auf, dazu nebeneinander zwei Fotos, von Carl-Magnus und Moa. Jetzt hatten die Reporter, die vor Ort in Säter waren, eins und eins zusammengezählt. Miro holte tief Luft und seufzte so laut, dass man es weit hörte.

„Hat Schwedens gefährlichster Pädophiler die 5-jährige Moa entführt?“

Miro biss die Zähne zusammen. Er hatte Lust, selbst hinauszugehen und nach Carl-Magnus zu suchen, gerne bewaffnet.

Kapitel 33

Als Anna das Gespräch mit Miro beendete, war sie auf dem Campingplatz angekommen. Ein gut geplantes Ferienidyll am Seeufer, in dem Erwachsene und Kinder einen schönen Sommer verbrachten. Kinder in den Schulferien, wohlverdiente Ferienwochen und ein Aufenthalt, von dem man lange zehren konnte.

Doch an dieses Mittsommerwochenende würden sie sich aus ganz anderen Gründen erinnern. Und das könnte ihre Schuld sein. Sie spürte, wie ihr Herz heftiger pochte.

Ein unheimliches Gefühl überkam sie, als sie sich umsah. Könnte es einen Verbrecher geben, der Moa von hier entführt hatte? Ein Mann, der mit seinem Dackel Gassi ging, blieb stehen und sah sie an. Eine Frau mit einem Bottich und zwei Töpfen in der Hand warf ihr einen misstrauischen Blick zu. Sahen sie in ihr einen Eindringling?

Mitten auf dem Rasen stand eine verlassene Mittsommerstange. Auf dem von der Sonne verbrannten, gelben Gras lag ein verlorener Kinderschuh, und irgendwer hatte nach dem Tanz seine Decke und den Picknickkorb stehen gelassen.

Gab es jemanden auf dem Campingplatz, der Geheimnisse hatte und mehr wusste, als er der Polizei erzählt hatte? Und die arme Mutter des Mädchens. Wo war sie jetzt? War sie noch auf dem Campingplatz? Obwohl Anna selbst keine Kinder hatte, konnte sie die Panik nachvollziehen, die man fühlen musste, wenn das eigene Kind verschwunden war.

Ihre Familie hatte selbst gecampt, als sie Kind war. Sie hatte es geliebt. Da war die gesamte Familie zusammen. Ein Abenteuer war es immer gewesen. Die richtigen Heringe zu finden und die richtige Richtung für die Öffnung, dann alles so zu verschließen, dass keine Stechmücken hineinkamen. Oft war es nicht perfekt, das sollte es beim Campen ja auch gar nicht sein, aber selbst wenn das Zelt schief stand oder Mücken eindrangen, so schliefen sie immer gut, und die Ferien hatten ihr immer viel bedeutet.

Sie betrachtete weiter die Menschen, die ihre Zelte richteten, Schalen mit Essen und Bierflaschen trugen, redeten und an ihren vorübergehenden Heimen werkelten. Aber all das geschah auf eine merkwürdig stille Weise.

Zwei kichernde Mädchen im Teenageralter mit kurzen T-Shirts und einer Dose Energydrink in der Hand grüßten sie, als sie zwischen den Wohnwagen herumlief.

Sie bog ab und ging weiter, bis sie den See sah, dann erst blieb sie stehen. Sie versuchte, die Welt mit den Augen einer Fünfjährigen zu sehen. Was hatte sie selbst beim Campen gemacht? Anna ließ den Blick wandern. Wer, wo, wann, wie, was?

Da fiel ihr Blick auf einen Wohnwagen, der anders aussah als die anderen. Der hätte sie als Kind selbst neugierig gemacht.

Kapitel 34

Liv hatte ihre Gardinen zugezogen, seit die Frau vom Wohnmobil angeklopft hatte, und die Tür hatte sie nicht mehr geöffnet, obwohl es heute mehrmals geklopft hatte. Sie wollte nicht, dass irgendwer wusste, dass sie im Wohnwagen war. Mehrere unterschiedliche Personen hatten an ihre Tür geklopft. Sie hatte Stimmen von Männern und Frauen gehört.

Sie fragte sich, was da draußen eigentlich los war, doch obwohl sie neugierig war, hatte sie nicht zwischen den Gardinen hinausgesehen, sonst riskierte sie, entdeckt zu werden.

Und dann würde man sie sicher wegen irgendetwas ausschimpfen. So waren die Menschen, sie nahmen nur Kontakt auf, wenn sie wütend waren. Stattdessen hatte sie den ganzen Tag flach auf dem Bett gelegen und sich immer wieder die Ohren zugehalten.

Doch jetzt musste sie aufs Klo und stand auf, um ganz vorsichtig und leise zu gehen, damit niemand da draußen etwas hörte und wieder anfing, an die Tür zu klopfen. Doch auch, wenn sie sich bemühte, leise zu gehen, so schlurften die Pantoffeln über den Boden, ihre Beine waren inzwischen geschwollen und daher schwer und steif, so dass sie sie nie ganz anheben konnte. Auf der Toilette zog sie die weite Unterhose hinunter und das Kleid hoch. Sie atmete aus und pinkelte so heftig, dass es rauschte. Das Geräusch konnte sie nicht dämpfen, stattdessen hielt sie sich die Ohren zu.

Dann musste sie etwas essen. Liv musste essen. Das mussten alle Menschen. Das hatte ihre Mama immer gesagt. Du musst essen, Liv. Das ist das Einzige, das du wirklich musst.

Sie öffnete den Kühlschrank und nahm einen Liter Schwedenmilch heraus. Da gab es auch gekochte Kartoffeln, Brot und Butter. Wenn sie Eier, Kartoffeln und Milch dahatte, dann war das mehr als genug. Und noch ein bisschen Süßkram. Süßigkeiten waren toll, im Krankenhaus hatte sie jahrelang keine bekommen.

Sie hatte dem kleinen Mädchen mehr Bonbons geben wollen, aber jetzt war das Mädchen nicht mehr hier. Liv stopfte ein Bonbon in den Mund und verzog ihn dabei. In der Dunkelheit blitzten ihre Augen auf.

Kapitel 35

Annas Telefon vibrierte, und sie nahm es aus der Tasche, um zu antworten. Eine unbekannte Nummer ließ sie ein paar Sekunden zögern. Könnte das ein Reporter sein?

„Anna Varga, hallo."

„Anna, hier ist Lina."

Anna blieb abrupt stehen. Lina! Sie hatten sich seit Monaten nicht mehr gesprochen.

„Ich habe ein Telefonat erlaubt bekommen, es ist ja Mittsommer."

„Ja, natürlich. Wie geht es dir?"

Ein paar Sekunden lang herrschte Stille. Anna sah vor sich, wie ihre Freundin nachdachte und leicht lächelte, so dass ihre Grübchen auftauchten.

Sie vermisste Lina plötzlich.

„Es ist … eigentlich ganz in Ordnung. Mir fehlt mein kleines Baby manchmal so sehr, dass mein ganzer Körper wehtut, aber ich lebe für die Momente, in denen ich sie sehen darf, und für den Tag, an dem ich herauskomme und mich selbst um sie kümmern kann."

Anna wusste, dass Lina vor ein paar Monaten eine Tochter geboren hatte, das Mädchen befand sich bis auf weiteres in einer Pflegefamilie.

Lina durfte sie manchmal treffen, aber ihre Gefängnisstrafe war lang, daher stellte sich die Frage, ob ihre Tochter jemals bei ihrer Mutter leben würde.

„Ich habe ihr jetzt einen Namen gegeben."

„Erzähl!"

„Sie heißt Stella."

„Wie schön, ich freue mich schon, sie eines Tages zu sehen. Lina, hast du darüber nachgedacht, … es Miro zu erzählen? Vielleicht könnte Stella zu ihm, anstatt in einer Pflegefamilie zu leben?"

Es wurde still in der Leitung.

„Ja, natürlich habe ich darüber nachgedacht, schon oft. Findest du, ich sollte es tun?"

„Ja, das finde ich, aber es ist deine Entscheidung. Miro wäre natürlich sehr überrascht, aber ich glaube, er würde seine Verantwortung übernehmen. Ich fände es vor allem wegen Stella gut."

„Wie geht es Miro?"

„Es scheint okay zu sein. Er ist jetzt ja der Chef, hat viel zu tun, und gerade im Moment, das hast du vielleicht im Internet gelesen, … herrscht hier etwas Chaos."

„Ja, darüber habe ich gelesen und an dich gedacht, auch deswegen wollte ich dich anrufen."

„Ich kann nicht mehr erzählen, als dass es sich nicht gut anfühlt."

„Das verstehe ich."

„Aber hör mal, ich finde, dass du es Miro irgendwie sagen solltest, schließlich ist die Bindung gerade ganz zu Anfang so wichtig."

„Ja, ich weiß."

„Wenn Stella bei ihrem Papa sein darf, kann sie ja eine gute Bindung zu ihm aufbauen, wenn du nicht da sein kannst. Das kann für ihre Entwicklung superwichtig sein."

Wieder wurde es still in der Leitung.

„Aber was, wenn sie dann in Zukunft nur an ihm hängt, dass ich als Mama gar nichts bedeute, das habe ich gedacht … Ich will sie nicht verlieren, jetzt, wo ich sie habe. Sie wird dann vielleicht nur bei ihrem Papa sein."

„Du als Mama kannst nie ersetzt werden. Das weißt du. Aber gib ihr die Chance, beides zu haben, eine Mama und einen Papa."

Die Sonne stand noch hoch, obwohl es schon später Nachmittag, fast Abend war. Anna schaute im Sonnenlicht zum See, und während sie mit Lina sprach, versuchte sie gleichzeitig, die Leute um sich herum zu beobachten.

Geschah im Moment etwas, das sie wahrnehmen sollten, irgendein kleines Detail? Was passierte jetzt auf dem Campingplatz, da es Abend wurde, die Hitze etwas nachließ und eine leichte Brise vom See aufkam?

„Was, denkst du, was wird Miro sagen, du kennst ihn inzwischen ja etwas?"

„Keine Ahnung, er wird auf jeden Fall sehr überrascht sein. Er weiß ja nicht einmal, dass du ein Kind bekommen hast."

Anna und Lina teilten einen Augenblick der Stille, der Nähe. Sie hörte ihre Freundin atmen und sah einem Vogelschwarm zu, der über den Himmel zog.

„Ich wollte dir noch etwas erzählen, Anna. Sitzt du?"

Anna ging ein paar Schritte, sah eine Bank und steuerte darauf zu.

„Nein, noch nicht, aber gleich."

Anna setzte sich auf die Bank, die sich ganz warm anfühlte. Vor sich sah sie den alten Wohnwagen, der sich von den anderen unterschied. Sie sah, dass sich hinter den Gardinen etwas bewegte. Jemand schaute hinaus, wollte aber nicht gesehen werden.

„Dann schieß los, Lina."

„Ich habe Ronny nicht umgebracht."

Kapitel 36

Liv war auf der Toilette gewesen, hatte Schwedenmilch getrunken und die gekochten Kartoffeln gegessen. Sie sah zur Wanduhr, es war nach neun. Sollte sie es wagen, hinauszuschauen? Es war jetzt ruhiger und stiller als vorhin. Sie wollte wissen, was das für ein Trubel gewesen war. Wieso so viele an ihre Tür geklopft hatten.

Sie stellte sich an die Wand und zog die Gardine mit der Gabel vorsichtig zur Seite. Licht fiel ein, und sie musste die Augen schließen, weil sie sich so sehr an die Dunkelheit gewöhnt hatte. Jetzt musste sie sich ans Licht gewöhnen.

Die Frau aus dem Wohnmobil war jedenfalls nicht zu sehen, Liv atmete auf. Ein kleiner Junge mit einem Fußball lief vorbei. Eine Frau in Shorts und weißer Bluse, die nicht wie eine Camperin aussah, saß auf einer Bank, direkt vor ihrem Wohnwagen, und telefonierte. Sie sah nett aus.

Plötzlich sah Liv, wie die Frau zu ihrem Wohnwagen blickte, und zwar direkt durchs Fenster. Ihre Blicke trafen sich für einen kurzen Moment.

Jetzt sah Liv, dass die Frau das Telefon neben sich auf die Bank legte und ihre Arme schlapp seitlich hängen ließ. Es war sehr merkwürdig, so etwas ausgerechnet an Mittsommer zu tun. War jemand unfreundlich zu ihr gewesen? Hatte ihre Mutter mit ihr geschimpft?

Nein, Liv durfte nicht fantasieren und spekulieren, das hatte man ihr gesagt, über gar nichts, das würde sie nur verrückter machen, also ließ sie die Gardine schnell los und setzte sich aufs Sofa.

Am besten, nicht hinausschauen oder etwas mit Leuten zu tun haben, davon bekam sie nur komische Ideen.

Kapitel 37

Was Lina gesagt hatte, schockte Anna. Ihre Gesprächszeit war kurz nachdem Lina es gesagt hatte zu Ende. Wie, sie hatte Ronny nicht ermordet? Sie hatte doch behauptet, ihn getötet zu haben, erst mit einer Überdosis, dann hatte sie ihn erstickt. Wie konnte es sein, dass sie es nicht getan hatte?

Anna wurde schwindlig, und jetzt vibrierte ihr Handy auf der Bank schon wieder. Sie warf einen Blick darauf. Auf dem Display stand, dass es Sven Järring war. Sie nahm den Anruf an.

„Hallo, Anna hier."

„Hallo Anna, warst du auf dem Campingplatz?"

„Ja, ich bin gerade da."

„Ist dir etwas aufgefallen, irgendeine Atmosphäre, Menschen, Abweichungen, Verhaltensweisen? Irgendwas?"

„Nein, ein paar Teenagermädchen, Leute, die aufräumen und Sachen richten, eine verlassene Mittsommerstange. Das war's so ziemlich."

„Auf dem Campingplatz wohnt eine Frau, die aus Säter entlassen wurde."

Anna schüttelte sich, ließ den Blick schweifen. So ziemlich überall im Ort gab es Patienten. Sie hatte selbst ja gerade einen davon in Säterdalen gesehen. Bei dem Gedanken schauderte sie.

„Die meisten sind doch in betreuten Wohngemeinschaften."

„Ja, ich weiß, aber nach der Reform, als ganze Teile der Klinik geschlossen wurden, haben einige eigene Wohnungen bekommen. Das war vor deiner Zeit, Anna."

„Ich weiß davon, aber die sind doch inzwischen alt. Die meisten leben nicht mehr."

„Ja, viele sind nicht mehr am Leben, aber einige waren sehr jung, als sie nach Säter kamen, und standen mitten im Leben, als sie entlassen wurden, hatten aber schwere Verbrechen verübt. Die Polizei hat sie etwas im Auge behalten."

Anna saß auf der Bank und nickte.

„Okay." Sie wedelte eine Fliege weg, die sie nervte, weil sie um ihr Gesicht summte, anstatt zu verschwinden.

„Kennst du diejenige, die auf dem Campingplatz wohnt, hattest du mit ihr zu tun?"

Anna schüttelte den Kopf.

„Nein, hatte ich nicht."

„Kannst du für mich etwas mehr über sie herausfinden?"

Sie überlegte, was lag innerhalb und was außerhalb ihrer ethischen Richtlinien und ihrer Verschwiegenheitspflicht als Psychologin und was war sie bereit zu tun, um das Mädchen zu finden?

„Was meinst du, Sven?"

„Also, ich nenne dir einen Namen und möchte, dass du diese Person in eurem Archiv suchst, und eventuell könntest du auch mit ihr sprechen."

Anna dachte nach. Sich auf dem Campingplatz umzusehen war akzeptabel, aber in alten Akten zu wühlen, wie Sven es vorschlug, überschritt eine Grenze. Sie könnte dafür angezeigt werden. Das würde sie nicht tun.

„Ich verstehe, worauf du hinauswillst, aber das wird schwierig für mich."

„In Ordnung, ich weiß, aber mach dir keine Sorgen, ich halte dir den Rücken frei, sollte etwas sein. Ich bin einfach davon überzeugt, dass du hier ein paar Puzzleteile beitragen könntest."

„Das verstehe ich, Sven, aber ich muss dieses Mal vorher darüber nachdenken. Die Arbeit ist für mich sehr wichtig, weißt du, ich will nichts riskieren. Und die Klinik ist inzwischen mein zweites Zuhause."

„Das kann ich nachvollziehen, aber die Zeit läuft gegen uns, also denk schnell nach. Und es geht darum, dass wir einem kleinen Mädchen das Leben retten."

„Ja … dessen bin ich mir vollkommen bewusst. Wir hören später voneinander, Sven. Jetzt kann ich nicht mehr reden."

Anna drückte das Gespräch schnell weg, bevor der Kloß im Magen wieder größer wurde. Sie überdachte schnell die unterschiedlichen Möglichkeiten.

Wenn es alte Papierakten waren, könnte man nicht nachvollziehen, dass sie hineingesehen hatte. Etwas anderes war es mit den neuen, digitalisierten Akten, wenn man da eine Akte öffnete, war es unmöglich, nicht registriert zu werden. Und man durfte nur die Akten von seinen eigenen Patienten öffnen oder solchen, bei denen man einen anderen Grund hatte, um sie zu lesen, wenn man zum Beispiel jemanden anleitete oder indirekt für den Patienten verantwortlich war.

Welche Wohnwagen sahen aus, als gehörten sie einer früheren Patientin? Sie sah sich um. Es gab alle Möglichen. In dem luxuriösen Wohnmobil schräg gegenüber von ihr wohnte sie sicherlich nicht. Vielleicht war der alte Wohnwagen, den sie sich angesehen hatte, von einer alten Psychiatriepatientin bewohnt. Das war nicht ganz unwahrscheinlich.

Sie stand auf und ging auf dem Weg zurück, der vom Campingplatz wegführte. Plötzlich raschelte etwas unter ihrem Fuß. Sie hob ihn hoch, und da lag ein flaches, kirschrotes, glänzendes Bonbonpapier. Sie nahm es vorsichtig hoch und hielt es in die Sonne, so dass das Licht hindurchfiel. So ein Bonbonpapier hatte sie schon lange nicht mehr gesehen. Das war wirklich eine alte Sorte, die Erinnerungen weckte.

Bei seinem Anblick hatte sie sofort den Geschmack von Honigkaramell mit etwas Zitrone im Mund, fühlte, wie der Karamell im Mund schmolz und dann an den Zähnen klebte.

Diese Art Bonbons waren superlecker, und sie erinnerte sich, dass sie als Kind solche von ihrer Oma bekommen hatte. Anna steckte das Papier in die Tasche und sah sich um. Wer hatte heutzutage solche Bonbons?

Kapitel 38

Sven Järring befand sich in der Polizeistation in Borlänge.

Die Station in Säter war vor ein paar Jahren geschlossen worden, die Touristeninformation war stattdessen dort eingezogen. Als es die Polizeistation noch gab, war sie oft unbemannt gewesen. Sven dachte daran, wie die Station eines nachts von einer der gefürchtetsten Gangs aus Borlänge, die „Die Familie“ genannt wurde, überrannt worden war. Sie waren eingebrochen, hatten Polizeiuniformen geklaut und mit den Waffen geschossen, die sie bei einem früheren Einbruch beim Militär in Falun erbeutet hatten. Deswegen wurden diese Ermittlung und dieser Einsatz von Borlänge aus geleitet.

Als Einsatzleiter durfte er keine Chance verpassen, Informationen darüber zu erhalten, was mit dem Mädchen geschehen war. Er hatte dafür gesorgt, dass es jetzt Suchtrupps am See, im See und entlang der Landstraßen gab, dazu Haustürbefragungen, Vernehmungen der Angehörigen und Durchsuchungen der Wohnwagen. Seine Mitarbeiter arbeiteten trotz der Hitze gut und mussten sich außerdem auch noch um die Betrunkenen und Konflikte kümmern, die jetzt am Abend eskalieren würden.

Komischerweise hatten seine Mitarbeiter bisher noch niemanden gefunden, der das Mädchen oder Carl-Magnus gesehen hatte. Es hatte ein paar Tipps gegeben, die sie überprüft hatten, aber sie waren nicht korrekt. Im Moment war es, wie nach der Nadel im Heuhaufen zu suchen. Hätten sie nur eine Spur, dann könnten sie in der Umgebung zielgerichteter mit Hundestaffeln suchen. Vielleicht würde der Einsatz von *Missing People* heute Nacht zu etwas führen.

Die Kinder, die mit dem Mädchen gespielt hatten, haben sie wohl als Letzte gesehen.

Er dachte wieder an die frühere Patientin auf dem Campingplatz und die anderen, die sich frei bewegten. Sie könnten wie alte Minen auf einem Feld sein. Lagen ruhig da, bis jemand einen falschen Schritt machte … Er brauchte wirklich Annas Hilfe, um herauszufinden, wer sie waren und vor allem, welchen Hintergrund sie hatten. Er vertraute darauf, dass sie der Presse auch nichts über seinen Verdacht erzählen würde. Es wäre eine absolute Katastrophe, wenn Namen früherer Patienten an die Öffentlichkeit kämen.

Er merkte, dass sein Magen knurrte. Er hatte noch die Zeit gehabt, mit seiner Frau, den erwachsenen Kindern und den Enkeln zu Mittsommer zu essen. Das war wie immer ein Moment des Glücks gewesen. Aber dann hatten sie die Mitteilung bekommen, dass Carl-Magnus abgehauen war, und direkt danach, dass das kleine Mädchen verschwunden war.

Ein Blick auf seine Armbanduhr und er rechnete aus, dass das Mädchen inzwischen schon fast zehn Stunden verschwunden war, wenn die Informationen, die sie bisher gesammelt hatten, stimmten. Mit jeder Stunde, die verging, stieg das Risiko, dass es sich um ein Verbrechen oder ein ernstes Unglück handelte. Er musste an seine eigenen Enkel denken, die heute Morgen auf dem Gras herumgehüpft waren, kleine, unschuldige Menschen mit blauen Augen, aufgeschlagenen Knien und dem ganzen Leben noch vor sich.

Der Teufel sollte Carl-Magnus holen, falls der dem Mädchen ein Haar gekrümmt hatte. Und dann hätte Säter mal wieder ein Problem. Wie hatten sie ihm an Mittsommer Freigang gewähren können? War Anna wirklich daran beteiligt gewesen, wie er von seiner Quelle im Krankenhaus gehört hatte? Aber er ignorierte es. Sie war zu wichtig für ihn, und er würde sie dabei nicht unter Druck setzen. Die Presse würde diese Fragen stellen.

Er drückte auf den Knopf am Funk für die Leitstelle, die eingerichtet worden war, und bat um ein Update mit den neuesten Informationen. Streifen in Säter, Säterdalen und Umgebung, besonders auf dem Campingplatz, Hundestaffeln, Hubschrauber mit Wärmekameras, nichts hatte bisher zu Resultaten geführt. Mit anderen Worten, nichts Neues, er atmete schwer und sank auf seinen Stuhl.

Durch die Hitzewelle könnte das Mädchen dehydriert und erschöpft sein, andererseits wäre ihr dadurch auch warm, sollte sie sich im Wald verlaufen haben. Aber wie weit konnte ein kleines Kind eigentlich kommen, wenn es in einem bestimmten Tempo in eine bestimmte Richtung lief?

Er stand auf und öffnete den Aktenschrank, in dem alte Karten lagen, die vor der Digitalisierung genutzt worden waren. Er rollte eine Karte von Süd-Dalarna auf und suchte den Campingplatz in Säter. Dann bewegte er den Stift in unterschiedliche Richtungen, als wären es kleine Kinderschritte.

Wenn das Mädchen mit ihren kurzen Beinen in die eine oder andere Richtung gelaufen war, wie weit wäre sie in dieser Zeit gekommen? Oder, falls sie sich versteckt hatte, in welchen Höhlen, Grotten oder Verstecken könnte sie gelandet sein? Schließlich zog er immer größere Kreise um die Umgebung. Es gab Straßen, Fahrradwege, Fußpfade, Bachläufe, den Wald hinter dem Campingplatz, den Bereich am Seeufer ... er legte die Stirn in tiefe Falten. Und dann mittendrin den See. Auch die Suche dort hatte noch kein Ergebnis gebracht.

Wo zum Teufel war sie? Sie konnte sich ja schließlich nicht in Luft aufgelöst haben?

Kapitel 39

Miro legte das Telefon seufzend auf den Schreibtisch. Er hatte mit einem weiteren Reporter gesprochen. Auch wenn er eigentlich den ganzen Tag und die ganze Nacht in der Klinik sein sollte, musste er mal nach Hause fahren, sich frisch machen und eine kurze Pause von alldem einlegen. Er würde später oder morgen früh wiederkommen, und durch das Handy war er ja immer zu erreichen und in Bereitschaft.

Er ging schnell zum Auto, es war immer noch taghell, obwohl keine Sonne zu sehen war und es fast Mitternacht war. Das hier war anders als alles, was er bisher in der Klinik mitgemacht hatte. Er ging schnellen Schrittes auf den Parkplatz, machte am Türgriff des Tesla eine Handbewegung, und schon war der Wagen offen. Er öffnete die Tür, stieg ein, ließ sich auf den Sitz sinken und gab Gas, wodurch der Wagen kaum hörbar anging. Er fuhr rückwärts aus dem Parkplatz.

Ein schwankendes Paar ging Arm in Arm über die Straße, und er musste bremsen. Die intensive, helle Liebe einer Mittsommernacht. Was konnte besser sein? Miro lächelte.

In aller Dunkelheit gab es immer Licht. Er gähnte laut und fuhr los. Etwas weiter vorn, beim Sägewerk, sah er eine große Gruppe Menschen, die in breiten Reihen gingen. Vielleicht waren das die Leute, die Anna erwähnt hatte, die nach dem Mädchen suchten? Vielleicht hatten sie mit der Suche bereits begonnen.

Er bremste und blieb stehen, um sie zu beobachten und vorbeizulassen. Er gähnte noch einmal und lehnte sich im Sitz zurück.

Plötzlich klopfte es ans Seitenfenster. Miro erschrak. Er drehte sich um, und da stand Ida, die Urlaubsvertretung, die heute ihr Bewerbungsgespräch gehabt hatte. Ein dicker, blonder Zopf hing über ihre nackte Schulter.

Ihr weißes Kleid bedeckte gerade so ihren Hintern, als sie sich zum Auto vorbeugte. Sie schaute ihn durchs Fenster mit ihren Rehaugen an. Er öffnete das Fenster.

„Ja, hallo, Miro, du bist das also in diesem schicken Auto. Auf dem Weg nach Hause?"

Miro nickte. „Ja, eine kurze Stippvisite, dann geht's wieder zurück. Und deine Schicht ist zu Ende?"

„Ja, ich will auch nach Hause, ich wollte mit dem Bus fahren, allerdings scheint der nicht zu kommen." Sie zeigte zur Haltestelle. „Man hat wegen dem, was passiert ist, allen öffentlichen Verkehr eingestellt."

Miro nickte, er verstand, dass sie damit den verschwundenen Freigänger meinte.

„Und ich erreiche auch kein Taxi, heute gibt's sicher Verkehrsprobleme, viele Besoffene und Chaos." Sie wirkte ein bisschen verzweifelt.

„Soll ich dich nach Hause bringen?"

„Ja, das wäre supernett!“ Sie sah erleichtert und begeistert aus.

Miro hatte natürlich nichts dagegen. „Steig ein!“ Er machte eine Geste, sie solle um den Wagen herumgehen.

Obwohl er eben noch todmüde war, wurde er plötzlich wieder fit. Sie war sehr attraktiv, wie viele andere seiner Kolleginnen, aber nach seiner heimlichen Beziehung mit Lina hatte er darauf geachtet, sich nicht zu sehr für jemanden am Arbeitsplatz zu interessieren.

Außerdem war er inzwischen Chef, und MeToo war durch die Gesellschaft gerauscht, so dass er deutlich zurückhaltender und vorsichtiger geworden war. Er wollte nicht riskieren, angezeigt und hingerichtet zu werden. Aber diese Frau würde ja nicht lang im Krankenhaus arbeiten, daher war das was anderes.

„Wo wohnst du?“

Die Frau sah ihn flirtend an.

„Vielleicht kann ich ja mit zu dir nach Hause fahren?“ Sie warf ihm einen tiefen, neckischen Blick zu. Ihre Gedanken waren leicht zu erraten.

Seine Intuition beim Vorstellungsgespräch, dass zwischen ihnen eine sexuelle Spannung herrschte, so stark wie ein kleines Kernkraftwerk, war also mal wieder korrekt.

„Das können wir machen!“ Er startete den Wagen, sagte ihr, sie solle sich festhalten. Er liebte die Beschleunigung des E-Autos. Es fuhr los, und sie wurde in den Ledersitz gepresst.

Sie plauderten über alles Mögliche, nur nicht über die Arbeit und auch sonst über nichts Wichtiges. Eigentlich hätten sie all das auch überspringen und direkt hier im Auto vögeln können, aber zu Hause bei ihm wäre es ja doch besser. Miro spürte, wie er immer geiler wurde. Die Autofahrt wurde zum perfekten Vorspiel und Energieaufladen.

Er wohnte in Hedemora in einer Dachwohnung mit Blick über die Stadt. Ida schien begeistert, aber er hielt nur einen Finger auf ihren Mund, als sie oben ankamen. Sie zog nicht als Erstes ihre Schuhe aus, sondern er öffnete vorsichtig den Reißverschluss an ihrem Kleid, so dass es zu Boden fiel. Sie stand in hochhackigen Schuhen, BH und Slip vor ihm. Miro spürte das Blut durch den gesamten Körper rauschen. Sie war unglaublich attraktiv und sexy, genau wie in seiner Fantasie.

„Was für ein Glück, dass wir beide gerade jetzt frei haben. Und dann vergessen wir mal für eine Weile, dass ich dein Chef bin", murmelte er und küsste sie sanft auf den Hals.

„Ja, stimmt." Sie stöhnte leise und flüsterte, dann ging sie näher auf ihn zu.

Ihre Körperwärme verschmolz, und die Sehnsucht nach Sex, die er in den letzten Tagen gespürt hatte, war wie ein Hunger, der jetzt langsam gesättigt wurde, und er wollte immer noch mehr. Er nahm einen tiefen Atemzug und sog ihren Duft ein. Sie duftete wie eine Blume, wie ein Sandstrand, wie Himmel und Meer, süß und salzig auf einmal.

Er schloss die Augen, und als sie sich streckte und ihn küsste, durchfuhr es ihn wie ein Blitz, und innerhalb von Sekunden war er steinhart.

Er küsste sie weiter und hob sie hoch, so dass sie rittlings auf ihm saß. Obwohl sie fast genauso groß war wie er, war sie leicht wie eine Feder. Er trug sie zum Sofa und legte sie vorsichtig hin, knöpfte sein Hemd auf und zog es aus.

„Nimm mich, Miro, das wollte ich, seit ich dich das erste Mal gesehen habe." Sie begann, seine Hose aufzuknöpfen, und Miro half ihr mit dem Gürtel.

Er kniff sie zart durch den BH in die Brustwarzen, und sie stöhnte laut. Seine Hand glitt nach unten zu ihrem Slip. Der war warm, und er spürte die Feuchtigkeit dahinter. Er bewegte sich langsam mit dem Mund in Richtung des Slips und begann ihn zu küssen.

„Darf ich?" Er bat sanft, aber bestimmt darum, ihren Slip auszuziehen, und sie nickte mit halboffenen Augen. Er liebte es, ihr Vergnügen zu sehen.

Er zog ihren Slip aus und leckte sie. Ihr Geschmack erfüllte ihn, und er genoss es, ihr Stöhnen zu hören.

Jetzt war er so hart und pochend, dass er es nicht mehr aushielt. Er musste einfach in sie hinein.

Ein lautes Klopfen am Fenster ließ ihn zusammenzucken.

„Alles in Ordnung?"

Eine rundliche Frau in einem gelben Top, das kaum die üppige Brust bedeckte und in einer Jeansshorts steckte, stand neben seinem Auto. Miro sah verschlafen auf. War er im Auto eingenickt? Wie lange stand er schon hier?

„Ja, alles in Ordnung." Er streckte sich.

„Wir sind ein paar Freunde, die beschlossen haben, rauszugehen und nach dem kleinen Mädchen zu suchen, das verschwunden ist", sagte die Frau.

„Ach so, ja." Miro war von der Situation immer noch verwirrt – wie konnte er hier im Auto am Straßenrand einschlafen? – und gleichzeitig genervt, weil diese Frau ihn bei einem der schönsten Träume seit langem gestört hatte.

„Alles okay, ich arbeite in der Klinik, ich bin der Leiter, Miro Cilic.“

Die Frau, die zunächst misstrauisch ausgesehen hatte, entspannte sich jetzt und entschuldigte sich.

„Ach Gott, jetzt erkenne ich Sie auch von den Nachrichten, entschuldigen Sie bitte.“

„Das macht nichts“, erwiderte Miro lächelnd. „Aber jetzt muss ich weiter. Viel Glück bei der Suche und toll, dass Sie sich engagieren.“

Er schloss das Fenster und fuhr fort.

Kapitel 40

Anna fiel auf, dass sie ihr Handy versehentlich auf lautlos gestellt hatte, und entdeckte vier verpasste Anrufe ihrer Mama. Wahnsinn, wie oft sie anrief! War dieses Mal vielleicht wirklich etwas Ernstes passiert? Aber sie vermutete, dass ihre Eltern die Nachrichten aus Säter gesehen hatten und wissen wollten, wie es ihr geht.

Sie müsste sie zurückrufen, bevor sie zu Bett gingen. Sie wählte ihre Nummer, und es klingelte.

Gleichzeitig ging sie durch Säters Stadtkern, durch die kleinen Gassen mit den roten, grauen, rosa und weißen Häusern. Der Duft der Sommernacht und der erwärmten Holzfassaden hing in der Luft, ein sinnlicher Duft, sogar romantisch. Anna lächelte und atmete die warme Luft ein. Sie stellte sich vor, an Mittsommer verliebt zu sein oder sich zu verlieben, das hatte sie eigentlich noch nie richtig erlebt, und das wäre auch zu schön, um wahr zu sein.

„Ja, hallo, Mama, entschuldige, dass ich erst jetzt anrufe. Der Tag heute war sehr voll."

„Hallo, Süße, wie geht es dir? Papa und ich machen uns solche Sorgen. Du hast doch hoffentlich nichts mit dem, was da passiert, zu tun?"

Anna blieb vor der Kirche von Säter stehen, eine große Kirche für einen solch kleinen Ort, dachte sie immer. Aber Säter brauchte seine große Kirche, die im Zentrum ruhte und über all die Dunkelheit und das menschliche Leiden wachte, die sich wegen der Klinik in der Stadt ansammelten. Weiß und hübsch stand sie in der Mitte und reckte sich über alle Häuser. Der Duft der Rosen auf dem gepflegten Kirchhof wehte zu ihr, und sie ließ ihren Blick über die Gräber schweifen.

„Nein, alles in Ordnung, mir geht's gut."

„Aber dieser Pädophile, ist das dein Patient?"

„Das darf ich eigentlich gar nicht sagen, aber nein, ist er nicht." Sie wollte nicht mit der ganzen Wahrheit herausrücken, das würde ihre Eltern nur belasten und aufregen.

„Und dann dieses kleine Mädchen, das ist ja schrecklich. Die armen Eltern."

„Ja, das ist wirklich ein Albtraum. Aber ich weiß auch nicht mehr, als in der Zeitung steht."

„Sicher? Papa und ich haben solche Angst, dass du wieder in etwas reingezogen wirst. Wie beim letzten Mal, als das Krankenhaus in einer Krise steckte und du eine Auszeit bekommen hast und alles."

„Ihr müsst euch um mich keine Sorgen machen, das hat überhaupt nichts mit mir zu tun." Sie merkte, dass ihre Stimme unsicher klang, als sie das sagte. Es gefiel ihr nicht, ihre Eltern anzulügen.

Sie wechselte das Thema und wusste, dass das Wetter immer funktionierte.

„Wie ist das Wetter bei euch? Die Hitzewelle macht uns hier ganz fertig."

„Hier regnet es nicht, es ist schrecklich heiß. Wir dürfen den Garten nicht mehr gießen. Mein Rasen ist ganz gelb, die Blumen verdorren."

„Ja, es ist wirklich ein ganz anderer Sommer. Ich gehe jetzt nach Hause und ins Bett."

„Dann hoffen wir, dass das Mädchen bald gefunden wird. Und dieses … Schwein", ergänzte ihre Mutter.

„Ja, das ist wohl nur noch eine Frage der Zeit. Aber er ist nicht gefährlich, glaube ich."

„Ist gut, wir wissen nicht, was wir glauben sollen, aber wir machen uns auf jeden Fall Sorgen um dich."

„Das müsst ihr nicht, schlaft gut und bis morgen."

Als sie aufgelegt hatte, sah sie, dass sie während des Gesprächs mit ihrer Mutter einen Anruf von Miro verpasst hatte.

„Miro, hallo, wie geht's?"

„Alles in Ordnung, ich wollte nur kurz sagen, dass ich bei dem Suchtrupp nicht mitmache, es scheinen sich schon genug Leute in dieser Stadt zu engagieren, aber ich fände es toll, wenn wir zeigen, dass wir uns beteiligen. Also, wenn du mitgehen würdest."

„Ja, das sehe ich genauso, ich gehe hin, es ist nach Mitternacht, komische Zeit, aber das liegt wohl daran, dass es dann sowieso hell ist und die Leute noch wach, und im Moment zählt ja jede Stunde."

„Ja, so ist es."

„Gut. Bis bald!" Sie legte auf und schaute hoch in den klaren, blauen Himmel.

Wenn man den Blick auf einen ganz besonderen, schönen Punkt konzentrierte, verschwanden alle Probleme für einen

Augenblick. Sie war dankbar für alles, was sie als Psychologin gelernt hatte. Man konnte seine Gedanken und seinen Fokus immer bestimmen. Im Moment brauchte sie das, ansonsten ging ihr zu viel durch den Kopf: Carl-Magnus, die Patienten, die in der Stadt wohnten, was mit der kleinen Moa geschah und dass Lina den Patienten doch nicht ermordet haben sollte? Und war es ihre Schuld, dass das Mädchen verschwunden war? Die Schuld wog schwerer mit jeder Stunde, die verging. Würde sie damit leben können, dass das Mädchen von Carl-Magnus entführt oder schwer verletzt worden war? Der Gedanke war zu schrecklich, sie verdrängte ihn.

Nein, Gott sei Dank ist der Himmel hinter den Wolken immer blau, und heute Nacht gab es nicht mal Wolken.

Kapitel 41

Kinder, Kinder, Kinder, sie waren überall. Wie sollte man sich dagegen wehren? Wie konnte man leben, ohne ständig auf sie zu stoßen? Ein isoliertes Leben, ohne Kontakt zu irgendwem? Ein häufiger Gedanke und manchmal war das die einzige Lösung. Einfach nur dazusitzen und die Wand anzustarren, wenn die Besessenheit zu groß war. Wenn die Begierde übernahm, wenn das Einzige im Gehirn der Wunsch war, sich einem Kind zu nähern, diese Spannung und Erleichterung zu erleben. Gleichzeitig waren diese Gedanken die schlimmsten der schlimmen. Gedanken, die dazu führten, dass Dinge geschahen, die nicht geschehen durften. Gedanken, die Katastrophen auslösten.

Der Selbsthass übernahm, die Dunkelheit und oft das Gefühl, dass es am besten wäre, das Leben zu beenden, damit der innere Kampf aufhörte.

Der Therapeut hatte gesagt, dass es häufig die Menschen waren, die als Kinder selbst Missbrauch erlebt hatten, die sich dann an Kindern vergriffen. Wenn der Mann mit den schweren Händen und der dumpfen Stimme nicht getan hätte, was er getan hat, wäre all das vielleicht niemals passiert.

Der Therapeut hatte natürlich nicht alles erfahren. Niemand wusste es.

Der Selbsthass und die Verachtung waren wie ein Schwarzes Loch im Weltall und schluckten die schlimmsten Ereignisse.

Es galt, sich zu verbergen, sich so gut wie möglich anzupassen und sich nicht zu verraten. Der Mann mit den Händen hatte die gesamte Kindheit zerstört, aber das wusste niemand, und jetzt ging es weiter. Auf dem Computerbildschirm berührten zwei Männer das Geschlecht eines kleinen Kindes, und ihr ganzer Körper zitterte. Es war doch besser, es sich nur anzusehen, aber nichts selbst zu tun?

Kapitel 42

Die Kirchenglocke dröhnte, als sie die Stunde schlug, das hörte man bis in den Vernehmungsraum der Polizeistation in Borlänge, dessen Wände eigentlich besser schallisoliert sein sollten. Aber heute klang das Geläut gemütlich, so zeitlos und über allem stehend. Egal, was geschah, die Kirchenglocken läuten, und das war irgendwie beruhigend. Selbst wenn ein kleines Mädchen verschwunden und ein Pädophiler auf der Flucht war, so hatten gewisse Dinge Bestand.

Malin und Arne hatten den Auftrag, eine vertiefende Befragung von Moas Mutter Anette und vor allem von ihrem Freund Tony durchzuführen.

Malin hatte mit Tony begonnen, und jetzt saßen sie in dem isolierten Raum einander gegenüber. Der Mann wurde inzwischen wieder nüchtern, und um den Prozess zu beschleunigen, hatte Malin ihm Wasser und eine große Tasse Kaffee angeboten. Er war genervt, weil seine Mittsommernacht ruiniert worden war. Das hatte er ihnen mehrmals gesagt, und sie hatten ihm zugestimmt, obwohl Malin ihm am liebsten eine verpasst hätte. Er dachte nur an sich selbst, obwohl Moa verschwunden war.

„Sogar hier drin ist es warm“, sagte sie, um die Stimmung zu normalisieren. Sie brauchte seine Zeugenaussage, und zwar eine ehrliche. Hatte er Anette oder Moa etwas angetan?

Er nickte zustimmend.

Sein Aussehen sprach auf jeden Fall gegen ihn. Er sah wirklich wie ein Krimineller aus, dem man fast alles zutraute.

„Wie schon gesagt, benötigen wir alle Details zu den letzten vierundzwanzig Stunden von Moa. Sie ist ja noch nicht wiedergefunden worden, und alles, was geschehen ist, kann wichtig dafür sein, wie und wann wir sie finden.“

Tony wand sich und blickte in die Kaffeetasse in seiner Hand. Malin fiel auf, dass er eine Speckrolle im Nacken hatte und mindestens zwanzig Kilo Übergewicht. Ohne könnte der Typ ganz okay aussehen, aber jetzt war er vor allem ein Stiernacken mit Glatze und breiter Nase. Wenn sie so darüber nachdachte, könnte er ein ehemaliger Boxer sein.

Sie hatte ihn überprüft, vor fünfzehn Jahren war er wegen Körperverletzung verurteilt worden, danach nichts mehr.

„Was können Sie uns erzählen?“

Tony sah zu ihr hoch.

„Ehrlich gesagt habe ich nicht viel zu sagen, das Mädchen kommt meist allein klar.“

„Sie ist doch erst fünf Jahre alt, das kann also nicht stimmen. Dafür ist sie zu klein.“

„Nein, aber Anette kümmert sich, ich mische mich da nicht ein.“

Malin seufzte tief und sah zur Tonaufnahme, auf der die Sekunden und Minuten weiterliefen.

„Fangen wir mal ganz vorn an, Tony. Was glauben Sie, was ist mit Moa passiert? Tony, wo ist Moa?“ Sie sah ihm in die Augen.

Er starrte zurück und schüttelte den Kopf. Seine mattgrauen Augen leuchteten leicht gelb. Sein Aussehen ekelte sie an.

„Woher zum Teufel soll ich das wissen? Seit wir auf dem Campingplatz sind, bin ich voll. Anette übrigens auch. Und ich bin sowieso froh, dass die Kleine fort ist."

Malin musste die Faust fest ballen, sie hatte große Lust, ihren Stock zu zücken und ihm über den fetten Nacken zu braten, aber sie riss sich zusammen, stand einfach nur auf, ging hinaus und knallte die Tür zu.

Sie wollte nicht noch mehr Zeit mit diesem Idioten verschwenden. Er war zwar ein Schwein, aber Moa hatte er nicht entführt.

Kapitel 43

Malin stand mit Arne vorm Zimmer und trank eine eiskalte Cola. Tony konnten sie abhaken, er wurde mit gutem Grund verdächtigt, Anette zu misshandeln, aber nicht, Moa entführt zu haben.

Und Arne hatte bei der Befragung auch nichts Neues aus Anette herausbekommen. Offensichtlich hatten beide ein Alkoholproblem. Anette hatte sicherlich panische Angst davor, wie das Jugendamt ihre Elternschaft einschätzte. Malin hatte eine Meldung an das Jugendamt in ihrem Wohnort geschickt, das musste sie tun, auch wenn Moa noch nicht wiedergefunden worden war.

„Noch irgendwelche Gedanken?“, fragte sie Arne.

„Ja, die arme Mutter, nein, es ist eigentlich nichts Neues herausgekommen. Wir haben noch ein paar Einzelheiten über ihren Aufenthalt hier erfahren. Das Mädchen war allein gewesen und hat die meiste Zeit mit Plastikpferden gespielt.“

„Einhornponys?“, fragte Malin und schaute aus dem Fenster.

„Äh, ja, Einhörner.“ Arne sah sie überrascht an.

„Ja. *My Little Pony*, ich habe die als Kind auch geliebt.“

„Aha. Dann hat sie mit ein paar Kindern auf dem Campingplatz gespielt, da hat die Mutter sie das letzte Mal gesehen. Aber das wussten wir ja schon.“

„Ja, mit diesen Kindern müssen wir sprechen. Du weißt schon, dieser kleine Junge am Strand, Liam. Er hat noch mehr zu erzählen, davon bin ich überzeugt."

„Ja, das hat er, da stimme ich zu, ich hatte dasselbe Gefühl. Wir müssen ihn und die Eltern noch mal einbestellen. Irgendwas Neues von der Suche?"

Malin, die gerade erst die neuesten Infos bekommen hatte, schüttelte betrübt den Kopf.

„Nein, leider nicht, außerdem müssten wir uns jetzt auch noch um lauter Besoffene und Streitereien kümmern, so dass alle Streifen gut zu tun haben."

Malin stellte die Limodose ab, fuhr sich mit der Hand durchs Haar und seufzte. Die Nacht würde lang, zum Glück waren es die hellsten Nächte des Jahres, außerdem war es angenehm warm. Aber wie ging es dem Mädchen, wenn es überhaupt noch am Leben war? Bei diesem Gedanken krampfte ihr Magen. Je mehr Zeit verging, umso mehr Szenarien, was dem Mädchen passiert sein könnte, konnte sie sich vorstellen. War sie weggelaufen und hatte sich verirrt, war sie entführt, gekidnappt, getötet, ermordet, vergewaltigt oder erwürgt und zerstückelt worden? Es klang immer mehr nach einer Entführung. Wie um die Gedanken und Bilder loszuwerden, schüttelte sie den Kopf.

Ein totes Kind war immer ein riesiges Versagen. Wenn es heißt, es braucht ein Dorf, um ein Kind großzuziehen, so sollte ein ganzes Dorf ein Kind doch auch schützen können.

Und falls Moa tot war, dann hatte Säter massiv versagt.

Malin trat zur Seite und rief Sven an, um von den Vernehmungen von Anette und Tony zu berichten.

Kapitel 44

Ein unnormal geringer Schlafbedarf war schon immer Miros Vorteil gewesen. Manche hatten einfach dieses Gen, wodurch man mit fünf Stunden pro Nacht auskommt. Thatcher hatte es und vielleicht auch Einstein, vielleicht gehörte er selbst ebenfalls dazu.

Heute Nacht musste er sich mit ungefähr zwei Stunden Schlaf begnügen, danach musste er zurück in die Klinik.

Vielleicht hätte er Carl-Magnus gar nicht erst als Patienten annehmen sollen? Um ihn hatte es immer etwas mehr Geheimhaltung und besondere Anforderungen gegeben. Er war von höheren Instanzen in Säter untergebracht worden. Miro hatte eine Ahnung, dass dahinter etwas anderes lag als das, was er wusste. Könnte es sein, dass jemand Carl-Magnus schützte? Dass es jemanden gab, der wollte, dass Carl-Magnus ausgerechnet nach Säter kam, und dass derjenige jetzt etwas mit seinem Verschwinden zu tun hatte?

Verschwörungstheorien lagen Miro eigentlich nicht, aber aus dem Balkankrieg wusste er, dass hinter dem, was man sah, oft etwas anderes steckte und dass man seinem Nachbarn eigentlich nie vertrauen konnte. Und während seiner ersten Zeit in Säter war Bjurberg der Chef gewesen und Teil eines

Netzwerks namens *Die Anderen*, einer Geheimorganisation von hohen Beamten aus dem gesamten Land. Nach dem Fund der Frau in Zimmer 55 wurde das Netzwerk aufgedeckt und aufgelöst. Miro selbst war indirekt ein Teil des Netzwerks gewesen, aber er war davongekommen und zum Klinikchef befördert worden. Außerdem musste er zugeben, dass all das eine gewissen Spannung bot, vor allem, ob die Suche zu Anhaltspunkten oder sogar zu Carl-Magnus selbst führen würde.

Ihm ging durch den Kopf, was er tun würde, wenn er ihn fände. Wäre er geistesgegenwärtig und professionell genug, um alles ohne Gewalt zu regeln, oder würde er sich auf den Typ stürzen und ihn erschlagen? In den letzten Stunden hatte er mehrmals an die Pistole gedacht, die in seinem Handschuhfach im Auto lag. Sie lag immer dort, aber er hatte sie noch nie einsetzen müssen.

Alle Menschen hatten Seiten, die nicht leicht vorherzusagen waren. Und Miro wusste aus dem Krieg, dass Menschen zu viel mehr fähig waren, als man glauben konnte. Er hatte es mit eigenen Augen gesehen. Auch wenn er damals bloß ein Kind gewesen war, so waren die Bilder in sein Gedächtnis gebrannt.

Er knöpfte sein Hemd auf, zog die Hose und die weiße Boxershorts aus und warf alles in den Wäschekorb. Ein paar Sekunden lang stand er nackt vor dem Badezimmerspiegel. Noch war er gut in Form, er strich sich über die behaarte Brust. Dann machte er das Wasser an, und als es warm genug war, stieg er unter die Dusche.

Nach der Dusche aß er ein paar Brote mit Salami und Schinken, legte sich dann aufs Sofa und stellte einen Wecker. Er schlief sofort ein, und schon bald hörte man seine tiefen Atemzüge in der ansonsten absolut stillen Wohnung.

Kapitel 45

Anna wollte sich an der Suchaktion beteiligen, daher stellte sie ihren Wecker in drei Stunden. In drei Stunden, um zwei Uhr nachts, würde sie wieder aufstehen.

Sie ging auf die Facebook-Seite von *Missing People*, um nachzusehen, ob noch etwas ergänzt oder geändert worden war. Sie überflog die Informationen und ging auf deren Homepage. Unter dem Punkt „Suchmeldungen“ gab es ein Bild von Moa. Ihr Magen zog sich zusammen. Das Gesicht des kleinen Mädchens war nur eines von vielen. Aber sie unterschied sich von allen anderen auf der Liste, weil sie das einzige gesuchte Kind war.

Anna scrollte weiter und begann über all die Menschen zu lesen, die verschwunden waren und deren Angehörige wissen wollten, ob man sie gesehen hatte. Ein Dreiundzwanzigjähriger aus Lund, der aus dem Zug gestiegen war und danach nie wieder gesehen wurde. Eine Vierzigjährige aus Borås, die nach einem Abend, an dem sie draußen unterwegs gewesen war, nie wieder nach Hause gekommen war. Oder der Fünfzigjährige, der vor drei Jahren seinen Arbeitsplatz verlassen hat und nie zu Hause angekommen war.

Hinter wie vielen von diesen Fällen steckten Verbrechen, und wie viele waren freiwillig verschwunden oder hatten Selbstmord begangen? Sie hoffte inständig, dass Moas Bild nach der nächtlichen Suche nicht mehr hier wäre. Sie legte das Handy neben das Bett und schaute noch einmal auf die Uhrzeit. Drei Stunden Schlaf waren besser als gar nichts.

Sie zog sich komplett aus, sogar die Unterhose war schweißnass. Dann zog sie den Bettbezug von der Zudecke, legte sich nur unter die Bettwäsche, schloss die Augen und schlief in wenigen Augenblicken ein.

MITTSOMMERTAG

Kapitel 46

Es war bereits nach Mitternacht, als Miro wieder in die Klinik kam, und das Personal im Bereitschaftsdienst hatte sich hingelegt. Miro wollte die Dinge jetzt selbst in die Hand nehmen. Die Polizei war ein paar Mal in der Klinik gewesen, hatte Fragen gestellt, mit dem Personal gesprochen und Carl-Magnus' Zimmer überprüft. Aber sie schienen nichts gefunden zu haben. Miro hatte das Gefühl, dass etwas nicht stimmte.

Konnte es in Carl-Magnus Zimmer etwas geben, das erklärte, was geschehen war, und das die Polizei übersehen hatte? Miro wollte hingehen und nachschauen. Als Klinikchef kam er schließlich mit allem durch, sollte jemand Fragen stellen. Er konnte sagen, dass er nachschauen wollte, ob Medikamente im Zimmer waren oder irgendetwas anderes, das nicht dorthin gehörte.

Die Leuchtröhren schalteten sich nacheinander ein, während er durch die Korridore ging.

Er öffnete die Tür zur Station, die er mit seiner Karte aufgeschlossen hatte. Ein Pfleger, der auf dem Sofa lag, schaute erstaunt zu ihm hoch.

„Hallo, 'n Abend, alles in Ordnung hier?"

„Hallo Miro, absolut, vollkommene Ruhe. Alle schlafen."

Der Pfleger setzte sich auf dem Sofa auf.

„Irgendwer fixiert?"

Er schien nachzudenken.

„Ja, Ali war vorhin fixiert, aber wir haben ihm etwas Beruhigendes gegeben, und jetzt ist er auf seinem Zimmer. Wir haben die Gurte einen nach dem anderen gelöst, und er hat sich ordentlich verhalten. Also konnten wir ihn ganz losmachen."

Miro nickte.

Gurte … sie mussten aufpassen. In den letzten Jahren waren verschiedene Fälle durch die Medien gegangen, in denen Patienten gestorben waren, nachdem sie mehrere Tage lang fixiert worden waren. Sie hätten mindestens alle vier Stunden kontrolliert werden sollen, aber das wurde nicht immer gemacht. Es war eine erbärmliche Methode, Miro konnte sich kaum vorstellen, wie es sich anfühlen musste, in einem Bett komplett fixiert zu werden, darüber hinaus in einer so verletzlichen Lage mit entblößtem Brustkorb.

Aber wenn die Patienten psychotisch wurden, aggressiv und gewalttätig, hatte man keine Wahl. Ihre inneren Stimmen schrien und brüllten, und die Patienten brüllten und schrien zurück, wanden sich und versuchten loszukommen und sich zu drehen. Sie spuckten und schlugen wild nach allen, die sich ihnen näherten. Am liebsten würde man wegschauen und die Tür schließen. Was leider manchmal auch geschah. Aber nach den Medienberichten in letzter Zeit waren sie vorsichtiger.

„Ich wollte nur Carl-Magnus' Zimmer überprüfen." Miro deutete auf seine Tür.

Der Pfleger nickte, stand auf und schloss die Tür auf.

„Wir haben dadrinnen nichts berührt. Es ist alles genau so, wie er es hinterlassen hat."

„Gut."

Miro ging hinein und machte eine Kopfbewegung, damit der Pfleger ihn allein ließ. Er schloss hinter sich die Tür, rümpfte die Nase wegen der abgestandenen Luft, die immer noch voller körperlicher Ausdünstungen war. Er legte eine Hand vor die Nase.

Es fiel Miro nicht schwer, sich in kranke Menschen hineinzudenken. Er sah sich um und wusste sofort, wo er mit der Suche beginnen sollte. Er ließ einfach nur den Blick durchs Zimmer schweifen.

Unter den Kleiderhaken standen drei Paar Schuhe perfekt aufgereiht. Er hob das erste Paar hoch, dann das zweite und schließlich das dritte. Das war schwerer als die anderen und hatte einen hohen Absatz.

Miro lächelte wissend, die Schuhsohle ließ sich lösen, und der Absatz war hohl, darin steckte ein USB-Stick. Miro nahm ihn heraus, dann stopfte er ihn in die Tasche.

Er ließ den Blick weiter durchs Zimmer schweifen. Wie in allen Zimmern: Bett, Nachttisch, Schreibtisch und Stuhl, ein Teppich, Kleiderschrank und -haken. Alles, womit man sich selbst oder anderen schaden konnte, war entfernt worden. Er ging zum Bad, öffnete den Badezimmerschrank. Nichts. Hob die Handtücher an, die zusammengefaltet im Regal lagen, und schüttelte sie aus. Dann warf er sie locker auf den Boden.

Es gab hier im Zimmer noch etwas, das wusste er, aber wo hatte der kranke Kerl es versteckt?

Kapitel 47

Anna wurde wach, als ihr Handy um zehn Minuten vor zwei klingelte, gähnte lang und zog dann ein Langarmshirt und eine lange Leinenhose an, die sie in die Strümpfe stopfte, um sich keine Zecken einzufangen, sollten sie in den Wald gehen.

Sie sah aufs Handy. Eine Nachricht von Jesper tauchte auf dem Display auf. Sie öffnete sie und runzelte die Stirn.

„Ich werde bei der Suche von *Missing People* mitmachen. Vielleicht sehen wir uns dort!"

Er mischte wirklich bei allem mit, dafür, dass er noch neu hier war, war er wirklich sehr engagiert. So seltsam war es wohl nicht. Sie schickte ihm eine Antwort, dass sie sich bald dort sehen würden.

Die Mikrowelle piepste, als das Wasser für einen löslichen Kaffee heiß war. Sie gab einen Teelöffel Kaffeegranulat hinein, rührte, bis es sich aufgelöst und das Wasser dunkelbraun gefärbt hatte. Sie war überraschend wach, sie hatte allerdings auch die ersten, wichtigen Nachtstunden geschlafen. Plötzlich erinnerte sie sich, dass sie von Lina geträumt hatte. Das lag sicher daran, dass sie gestern telefoniert hatten. Im Traum war alles wie früher, sie sahen sich und lachten. Anna verdrängte die Gedanken daran.

Sie wäre wahrscheinlich noch zwei Stunden lang munter, dann allerdings kam die Wolfsstunde, in der man am tiefsten schlief. Dann wurden die höchsten Mengen Melatonin freigesetzt, und die Körpertemperatur war am tiefsten.

Als sie das letzte Mal auf der Facebook-Seite von *Missing People* war, hatte dort gestanden, dass sie sich um Punkt zwei am Eingang des Campingplatzes trafen. Der Beitrag war über elfhundert Mal geteilt worden, und in den Kommentaren sah sie, dass Menschen aus ganz Dalarna teilnehmen wollten.

So viel Engagement von Freiwilligen, und das, obwohl es Mittsommer war. Anna war ganz gerührt davon, wie viele Menschen helfen wollten, das machte sie richtig munter. Sie schnürte ihre Laufschuhe.

Anna dachte an ihre früheren Mittsommer, manchmal mit der Familie, manchmal mit Freunden, manchmal mit ihrem Ex-Freund und dessen Freunden in den Schären vor Stockholm. Es hatte etwas Beängstigendes, dass es tagsüber so hell und schön war und dann die Sauferei und das Chaos überhandnahmen. Etwas Schönes, aber auch Dunkles und Destruktives, fröhlich und doch mystisch.

Es war, als kämpften die beiden Seelen des Menschen an diesen Tagen ganz besonders stark, genau wie in der Geschichte, die die Älteren ihren Enkeln erzählten. Wir Menschen haben zwei Wölfe in uns, der eine ist gut, hell, liebevoll, unvoreingenommen, freigiebig, hilfsbereit und schafft Gutes, der andere ist egoistisch, gierig, kümmert sich um seine eigenen Bedürfnisse und will raffen, kann über Leichen gehen, um zu bekommen, was er will, und hat einen boshaften, dunklen Geist. Im Märchen fragt der kleine Junge seinen Opa, welcher dieser Wölfe im Menschen siegt. Anna lächelte immer noch über die Antwort, die dazu geführt hatte, dass sie selbst oft innehielt und sich fragte, welcher Wolf in ihr größer wurde. „*Der Wolf, den man füttert, wird groß und gewinnt.*"

An Mittsommer fühlte es sich an, als würden diese beiden Wölfe im Menschen besonders heftig kämpfen: Zuerst der gute. Dann versuchte versuchte der böse zu übernehmen und sich vorzukämpfen, der primitive, egoistische, einsame Wolf.

Hinauszugehen und nach dem verschwundenen kleinen Mädchen zu suchen, gehörte definitiv zu den Aufgaben des guten Wolfs. Der böse, selbstsüchtige Wolf blieb zu Hause und schlief und ließ die anderen alles erledigen. Sie trank den halben Kaffee und legte sich einen Schal über die Schultern. Auch wenn es jetzt Tropennächte waren, konnte es im Wald kühl werden. Sie schloss hinter sich die Tür und machte sich auf den Weg zum Campingplatz.

Kapitel 48

Er durchsuchte Carl-Magnus' Schreibtischschublade, Block, Stifte, ein paar Fotos. Dann öffnete er den Kleiderschrank, wühlte durch die Kleider, wurde langsam ärgerlich, da war noch mehr, aber wo und was? Miro wurde wütend, als er die ordentlich gebügelten Hemden und Hosen sah, für wen hielt sich der Mann eigentlich, glaubte er, dass er hier in der Rechtspsychiatrie immer noch ein Banker war? Dass das hier eine Art Kurort war?

Miro riss die Kleider hinunter, so dass sie in einem Haufen auf dem Boden landeten, und fluchte auf Kroatisch. Er hatte wenig übrig für schikanöses Verhalten. Carl-Magnus hatte seinen Handlungsspielraum im Leben eingebüßt, Miro würde dafür sorgen, dass der Mann wieder hinter verschlossene Türen kam, und wenn es das Letzte war, was er tat. Und dieses Mal waren nicht nur die Kinder betroffen, die Carl Magnus missbraucht hatte, sondern auch Miro selbst.

Er stellte sich mitten ins Zimmer und ließ seinen Blick schweifen. Ihm war klar, dass es hier noch etwas gab, das er finden musste. Er wusste es einfach. Er schob das Bett zur Seite und schaute unter der langen Bettkante an der Wand nach. Da fand er, was er suchte. Unter dem Rahmen war ein Handy festgeklebt. Miro lächelte, löste es und steckte es ein.

Carl-Magnus hatte ein Telefon und einen USB-Stick versteckt.

Miro verließ das Zimmer und schlug hinter sich die Tür zu. Der Pfleger auf dem Sofa sprang auf.

„Ich bin fertig, danke“, sagte Miro und verließ die Station.

Miro schaltete das Handy ein, aber nichts passierte, der Akku war leer. Das Modell brauchte ein anderes Ladekabel als seins. Er musste ein passendes suchen. Hatte er jetzt Zeit, den USB-Stick zu öffnen, oder sollte er warten? Er sah auf die Uhr. Es musste warten.

Er schloss das Handy und den USB-Stick in seinem alten Aktenschrank ein, zog seine Jacke an und schaute noch einmal auf die Uhr. Wenn er das Auto nahm, würde er es noch zu der Suchaktion schaffen. Er wollte sich dort nur kurz zeigen, die Stimmung ausloten sowie das Gerede und die Lage. Wenn er als Klinikchef dort war, zeigte er, dass er menschliche Verantwortung übernahm und sich nicht bloß hinter Paragraphen versteckte, außerdem, sollte Carl-Magnus etwas mit dem Verschwinden des Mädchens zu tun haben, dann würde er alles in seiner Macht Stehende tun, damit er wieder hinter Schloss und Riegel landete.

Viel mehr Menschen, als er gedacht hatte, strömten zum Campingplatz und zur Suchaktion. Miro parkte auf einem grasbewachsenen Abhang und ging zu der Versammlung. Vier Leute hoben Arme hoch, organisierten die Leute und riefen etwas. Er verstand nicht was, aber nicht weit entfernt sah er Anna und ging zu ihr.

„Hallo", sagte er und berührte sie leicht am Rücken. Sie drehte sich um.

„Hallo, wie gut, dass du auch hier bist."

„Ja, aber ich wollte nur mal vorbeischauen. Ich habe keine Zeit, mitzugehen."

Miro sah sich um.

„Sind hier noch mehr dabei, die wir kennen?"

„Sven Järring ist auf dem Weg … außerdem wollte doch auch Jesper dabei sein?"

„Jesper? Aha, okay." Miro nickte leicht überrascht.

Anna schien seine Gedanken zu lesen.

„Ja, aber das ist wohl nicht so komisch. Als ich hierhergekommen bin, habe ich mich auch ziemlich durcheinander und einsam gefühlt. Ihm geht es wahrscheinlich genauso."

Ein untersetzter Mann in einer blauen Jacke kam zu ihnen und hielt ihnen knallgelbe Westen hin, auf denen in großen, schwarzen Buchstaben „MISSING PEOPLE" stand. Der Mann in der Jacke fragte, welcher Gruppe sie sich anschließen wollten.

„Ich mache nicht mit", antwortete Miro und deutete mit dem Kopf auf Anna.

Anna nahm eine Weste und schlüpfte hinein.

„Du kannst ihm dort hinten folgen", sagte der Mann und zeigte auf einen großen Mann in einem orangefarbenen Parka.

„Ich begleitete dich dorthin." Miro ging neben ihr.

„Glaubst du, dass sie lebt, Miro, also, wenn ihr nichts passiert ist, wie lange kann man in dem Alter ohne Essen und Wasser überleben?"

Miro dachte nach. „… seit bald fünfzehn Stunden verschwunden … Essen ist kein Problem, sie muss etwas trinken, es war ja auch noch so heiß, man kann einen Hitzeschlag bekommen und leider einfach nur deswegen dehydrieren."

Anna konnte ihre Sorgen nicht verbergen und sah verschämt zu Boden. Miro durchschaute sie.

„Aber unterm Strich kann sie es gut bis jetzt durchgehalten haben, es besteht noch viel Hoffnung, ob sie sich nun verirrt oder versteckt hat."

„Wir müssen wirklich hoffen, *also wirklich hoffen*, dass Carl-Magnus nichts getan hat. Hast du noch etwas von ihm gehört?"

Miro zögerte kurz, sollte er erzählen, dass er etwas in seinem Zimmer gefunden hatte? „Nein, gar nichts, aber ich …" Nein, Anna sollte erst mal nichts davon wissen.

„Alle, die mitgehen, bitte herkommen!", rief der Mann und wedelte mit den Armen, und eine große Menschengruppe mit gelben Westen ging zu ihm.

„Dann viel Glück", sagte Miro, drehte sich um und ging in die entgegengesetzte Richtung.

Kapitel 49

Der Mann in der knallgelben Jacke winkte und versammelte seine Gruppe um sich.

„Wie gesagt haben wir jetzt die sehr wichtige Aufgabe, nach allem zu suchen, was mit Moa in Verbindung gebracht werden kann … hier noch mal das Bild von ihr, das ihr sicher alle schon gesehen habt." Er hob ein Foto hoch und ließ es dann herumgehen. „Jetzt ist jedes kleine Detail wichtig. Wir wollen natürlich am liebsten das Mädchen finden, aber Spuren, die zu ihr führen können, sind genauso wichtig. Dann kann die Polizei später mit einer Hundestaffel suchen."

Eine Frau in Jeans und einem T-Shirt mit Hardrock-Logo hob einen Arm.

„Ja?"

„Was machen wir, wenn wir sie finden?"

„Sofort 112 anrufen und bei dem Mädchen bleiben, bis die Polizei und der Rettungsdienst vor Ort sind."

Anna merkte, wie ihr flau wurde. Jetzt fühlte es sich echter an, das Leben eines Mädchens war in Gefahr. Sie war nicht bloß ein Mädchen auf einem Bild. Das Mädchen gab es wirklich. Anna schluckte fest und spürte Tränen kommen, aber wischte sie schnell weg.

„Wir beginnen in ungefähr fünf Minuten, ihr folgt mir dann zu dem Suchgebiet, das uns zugeteilt wurde, das hier anfängt und in diese Richtung geht.“ Er zeigte den See entlang, aber nicht in Richtung Säter.

Anna sah sich um, es gab ältere, grauhaarige Männer, Jugendliche, mittelalte Frauen und den ein oder anderen jüngeren Mann.

Alle schienen sich dem Ernst der Lage bewusst zu sein.

„Hallo, Anna.“ Ihr Gedankengang wurde von Jesper unterbrochen, der jetzt hinter ihr stand.

„Hallo, du bist also gekommen“, sagte Anna und lächelte kurz.

„Ja, ich will doch auch helfen. Ist es okay, wenn ich mit dir mitgehe?“

„Ja, natürlich, das ist sicher kein Problem, auch wenn wir vorhin eingeteilt wurden. Du brauchst eine Weste.“

Jesper nickte, ging los und holte sich eine bei der Frau, die die Westen austeilte.

Anna steckte die Hände in die Jackentasche. Da lag das knisternde Bonbonpapier, das sie auf dem Campingplatz gefunden hatte. Sie hatte es in die Jeansshorts gesteckt und dann in die Jacke, als sie sich umgezogen hatte. Was war mit diesem Papier? War es bloß ein Papier oder mehr? Sie umklammerte es fest in der Tasche.

Plötzlich sah sie Sven Järring in einer der anderen Suchgruppen. Sie entschuldigte sich bei Jesper und lief zu ihm, um sich auszutauschen, bevor sich ihre Suchgruppen trennten.

Kapitel 50

Malin hatte ein kurzes Nickerchen gemacht, für mehr war unter diesen Umständen keine Zeit, es hieß weiterarbeiten, und jetzt saßen sie wieder im Streifenwagen, um weiter die Umgebung abzusuchen. Das Wort „Entführung" ging ihr immer häufiger durch den Kopf.

Mitternacht war schon länger vorbei. Sie vermisste ihre Kinder unsagbar stark, die Leere schmerzte im ganzen Körper. Es war gegen die Naturgesetze, dass die Kinder nicht bei ihr waren. Sie war ihre Mama, sie waren in ihr entstanden, sie hatte sie neun Monate lang ausgetragen und sie dann fast ein Jahr lang gestillt, hatte ihren eigenen Körper ausgezehrt, damit sie wachsen konnten. Aber jetzt verbrachten sie die halbe Zeit bei ihrem Vater, und jedes Mal fühlte es sich an, als wäre ihr Brustkorb leer. Sie füllte ihn meistens mit Arbeit, was es leichter machte.

Aber diese Streife war nicht wie üblich. Es ärgerte sie sehr, dass sie noch nicht mehr darüber wussten, was mit Moa passiert war. Und dieser verfluchte Feiertag arbeitete gegen sie.

Viele Kollegen hatten alle Hände voll mit Betrunkenen und Streiten zu tun, und einige derjenigen, die sie befragen wollten, waren nicht nüchtern, so dass sie warten mussten.

Die Befragung von Liam hatte auch bei ihr das Gefühl hinterlassen, dass nicht alles gesagt worden war. Aber das musste bis morgen früh warten, damit der Junge ein paar Stunden schlafen konnte. Er hatte etwas zu erzählen. Das wusste sie. Wäre es nötig, einen Experten für Zeugen oder einen Kinderpsychologen hinzuzuziehen, um die Befragung zu optimieren? Es könnte schwierig sein, ausgerechnet an Mittsommer schnell jemanden zu finden. Vielleicht könnten sie die Psychologin aus Säter nehmen, mit der Sven früher schon zusammengearbeitet hatte?

Malin und Arne fuhren sehr langsam über einen der Kieswege im Wald, der vom Campingplatz zum Krankenhaus führte. Die Scheiben waren geöffnet, und sie spürte, wie die Kühle der Nacht vom Boden aufstieg. Im Moos roch es leicht nach Tau. Sie suchten sowohl nach Carl-Magnus als auch nach Moa oder nach deren Spuren. Diejenigen, die den See abgesucht hatten, hatten auch nichts gefunden. Das war natürlich gut. Ein ertrunkenes Kind gehört zum Schlimmsten, was man sehen kann. Ein so schmerzhaft einfacher, aber vollkommen unnötiger Tod. Ein schlaffer Körper und ein blaues Gesicht, das Wasser sog das Leben aus den Lebenden. Sie konnte sich nichts Schlimmeres vorstellen, als dass ihre eigenen Kinder ertranken.

Arne gähnte laut.

„Bist du schon müde, es sind doch bloß deine ersten vierundzwanzig Stunden?“ Sie neckte ihn etwas, aber vor allem wollte sie die Stimmung auflockern.

„Ja, verdammt, ich bin müde, aber das wird sicher bald besser.“ Er drehte das Lenkrad und bog in einen weiteren Feldweg ein. Malin lehnte sich wieder aus dem Fenster und spähte in den Straßengraben. Es war mitten in der Nacht so hell, dass sie keine Taschenlampe brauchten, die Autoscheinwerfer machten kaum einen Unterschied.

„Jetzt rückt *Missing People* aus“, stellte Arne mit einem Blick auf die Uhr fest.

Malin brummte zur Antwort ein Hmm. „Ja, wir müssen uns darauf vorbereiten, dass sie anrufen.“

Der Kies knirschte unter den Autoreifen, ansonsten war es im Wald totenstill. Man hörte sofort, wenn sich jemand zwischen Unterholz und Bäumen bewegte.

„Mehr Leute sind gut, wir haben im Moment schließlich nicht genug“, murmelte Arne.

„Ja, stimmt. Sie sind eine gute Ressource und haben bei vielen Fällen geholfen. Wenn sie nur keine Pfuscher sind und Beweise oder Spuren zerstören.“

„Tja, so ist es eben, aber es ist wohl das Risiko wert, denn jetzt zählt jede Stunde.“ Arne warf erneut einen Blick auf die Uhr. In derselben Sekunde brüllte Malin los.

„STOPP!“, schrie Malin. „HALT! Zurückfahren …“

Kapitel 51

Järring sah sie mit seinem ruhigen Lächeln an, und allein seine Gegenwart sorgte dafür, dass Annas Puls sich verlangsamte. Er war braun gebrannt, und sie dachte, dass er als junger Mann sicherlich richtig gut ausgesehen hat.

„Glaubst du, wir werden sie finden?"

„Ja, das werden wir, die Frage ist wann." Järring sah sich um, als wolle er sich vergewissern, dass niemand so nah stand, dass er mithören konnte.

„Machst du bei einem Suchtrupp mit?", fragte sie. War das überhaupt die Aufgabe der Polizei, daran teilzunehmen?

„Ich bin vor allem hier, um zu hören, welche Informationen verbreitet werden. Ich werde bald weiterfahren. In der Polizeistation in Borlänge laufen gerade Vernehmungen."

Anna nickte und sah über den See und die Wälder. In den Wäldern und unter der Wasseroberfläche verbarg sich so viel mehr, als man aus der Ferne erkennen konnte. Obwohl die Sommernacht hell war, wirkte der Wald dunkel und etwas furchteinflößend.

„Also, Anna", Järring trat einen Schritt auf sie zu und lehnte sich vor, „wie gesagt, die Reform, durch die im ganzen

Land Tausende von Patienten aus geschlossenen Abteilungen hinaus mitten in die Gesellschaft zogen, ist ja bekannt. Aber in einem kleinen Ort wie diesem merkte man das natürlich viel stärker."

Anna nickte, das alles wusste sie. „Hast du jetzt einen Namen für mich?"

„Ich hatte ja von der Frau auf dem Campingplatz erzählt, die relevant klingt. Wir haben sie noch nicht zu einer Befragung eingeladen. Aber sie ist in diesem Zusammenhang natürlich interessant. Sie hat viele Jahren dort gewohnt." Järring hob den Arm und zeigte auf die alten Nebengebäude der Klinik auf der anderen Seeseite.

„In der alten Geschlossenen?" Anna schauderte, das war die Station mit den gefährlichsten Patienten des Landes gewesen, allein die Gebäude ließen viele zusammenzucken.

„Nein, da gab es nur Männer, aber auf der Frauenstation daneben."

„Ist sie gewalttätig?"

„Sie hat eine gewalttätige Vorgeschichte, aber jetzt ist sie älter. Allerdings wissen wir es nicht und wollen mehr über sie erfahren. Sie wurde jedenfalls nicht wegen einer Straftat verurteilt, aber das bedeutet ja nicht unbedingt, dass sie jetzt keine begehen würde."

„Wie alt ist sie?"

„Nicht so alt, wie man vielleicht glaubt, sie war sehr jung, als sie eingesperrt wurde."

„Also, was kann ich tun?" Anna wusste, dass sie sich jetzt im Grenzland zwischen ihren privaten Interessen und ihrer Rolle als Psychologin in Säter befand. Aber sie ließ es drauf ankommen.

„Sie heißt Liv Eriksson. Alles, was du über sie herausfinden kannst, hilft. Und vielleicht könntest du dann versuchen, Kontakt zu ihr aufzunehmen."

Anna sah sich um, es hatte ihnen wohl niemand zugehört. Sie fühlte, dass das eindeutig die Grenze überschritt. Aber sie war inzwischen bereit, fast alles zu tun, um ihren Fehler wiedergutzumachen. Sonst könnte sie nicht mit sich leben.

„Moa muss gefunden werden." Das sagte sie leise.

„Anna!" Anna hörte eine Stimme hinter sich und drehte sich um, Jesper stand etwas entfernt da und winkte sie zu sich.

„Wir müssen jetzt weiter, sonst verlieren wir unsere Gruppe!"

„Okay, wir sprechen uns später." Sie schüttelte Järrings Hand und lief dann zurück zu ihrer Gruppe, die sich inzwischen auf den Weg in das Gebiet gemacht hatte, das ihnen zugeteilt worden war.

Kapitel 52

Der Polizeiwagen schlittert im Kies zurück, und Malin öffnete die Tür, noch bevor das Auto ganz stillstand, und sprang hinaus. Sie hatte aus dem Augenwinkel im Straßengraben etwas aufblitzen gesehen. Zwischen Farnen, Löwenzahn, Gras, Beifuß und Wiesenkerbel leuchtete etwas im selben intensiven Lila wie ein Veilchen.

Sie behielt das Objekt fest im Blick, lief dorthin und bog die Pflanzen zur Seite. Da erhob sich der Kopf eines kleinen, lila Plastikpferds mit rosa Mähne und Glitter an den Flanken und sah sie an.

„Arne! Komm!"

Sie zog einen Handschuh an und hob vorsichtig eine kleine Spielfigur hoch und hielt sie in den Himmel.

„Ein Pferd?", fragte Arne verwirrt, als er im Graben angekommen war.

„Nein, verdammt, das ist ein Einhorn! Ein *Einhornpony*! Wir haben auf dem Revier davon geredet …"

„Aha!" Arne zog die Augenbrauen hoch. Er hat so ein merkwürdiges Spielzeug noch nie gesehen, dachte Malin und erinnerte sich gleichzeitig daran, wie sie selbst diese kleinen Ponys gesammelt und mit ihnen gespielt hat. Sie stammten aus einem Fantasieland, in das man gern fliegen wollte, dort war alles magisch, glücklich und voller niedlicher Pastellfarben.

Sie vermutete, dass Moa auch gern in dieses Land flog. Die Frage war nur, wo Moa jetzt war und wie das Einhorn hier gelandet war.

Das war definitiv ihre bisher wichtigste Spur, und sie würden jetzt die Hundestaffel rufen. „Arne, ruf sofort an, und melde unseren Standort, damit sie die Hunde direkt herschicken können!"

Kapitel 53

Die Gruppe hatte jetzt den Radweg verlassen und stieg ein Waldstück hoch. Anna ging neben Jesper.

Sie wusste nicht genau, wonach sie suchen sollte, während sie in breiter Linie langsam voranschritten.

Manchmal blieb sie stehen und wühlte mit dem Fuß im Moos und im Unterholz, schob ein paar Äste beiseite, ging um aufgehäufte Steine herum und hob ein paar tiefhängende Fichtenzweige an.

Manchmal schielte sie in Jespers Richtung.

Wieso machte er eigentlich bei der Suche mit? Alles mit ihm war so schnell geschehen, er hatte gestern mitten in all dem Chaos in der Klinik angefangen, sie hatten eine Weile miteinander Mittsommer gefeiert, und jetzt war er bei der Suchkette dabei.

Wahrscheinlich nahm er alles einfach so, wie es kam, oder er hatte andere Gründe, die sie noch nicht kannte. Er war doch nicht etwa an ihr interessiert? Ihre Gedanken wurden unterbrochen, weil Jesper zur Seite sprang, sich hinunterbeugte und etwas hochhob.

„Sieh mal, was ich gefunden habe."

Sein Tonfall verriet Anna nicht, ob er scherzte oder es ernst meinte.

„Was denn?"

„Ein Bonbonpapier."

„Moment! Kann ich mal sehen?" Er gab es ihr. Es glänzte und raschelte in ihrer Hand. Anna blieb stehen, merkte, wie ihr Herz schneller schlug.

„Anna, das ist ein Bonbonpapier, das liegt vielleicht schon ewig hier", sagte Jesper, um die entstandene Dramatik zu dämpfen.

„Sei dir da mal nicht zu sicher", murmelte Anna.

„Wir sollen doch keinen Müll einsammeln, oder?", fragte Jesper freundlich, aber verschmitzt. Anna sah ihn leicht genervt an.

Wenn er mitmachte, sollte er jedenfalls nichts zerstören.

„Nimm das Papier mit, Jesper, und gib es ab, es kann wichtig sein." Sie reichte es ihm und ging dann weiter.

„Ernsthaft? Ist das nicht ein bisschen affig?"

„Wenn du es nicht tust, dann tu ich es", sagte Anna entschlossen. Wenn dieses Bonbonpapier etwas bedeutete, dann auch das in ihrer Tasche.

Sie steckte eine Hand in die Tasche und umfasste das rosa glitzernde Papier noch einmal fest. Es könnte aus derselben Bonbontüte stammen.

Kapitel 54

Nachdem er mit denen, die die Suche organisierten, gesprochen hatte, verließ Järring die Gegend, in der *Missing People* losgingen, und setzte sich ins Auto, dann schaute er auf die Uhr. Heutzutage war er um diese Uhrzeit eigentlich nicht mehr auf, na ja, höchstens, um die Blase zu leeren – das war mit den Jahren wirklich nervig geworden. Aber eine ganze Nacht durchmachen? Das schaffte er schon lange nicht mehr. Er war keine dreißig mehr und musste nach Hause, um zu schlafen, damit er danach die Ermittlungen weiterführen konnte.

Er rief in der Leitstelle an, um zu hören, ob es etwas Neues gab, gleichzeitig fuhr er langsam aus Säter heraus und bremste, um zwei betrunkene Männer über die Straße zu lassen, sie schwankten und hielten sich aneinander fest. Männerfreundschaft, die zeigte sich manchmal in den seltsamsten Situationen. Er lächelte und hörte der Frau in der Leitstelle mit halbem Ohr zu.

„Oder doch, Moment, ich schaue mal … Malins Streife hat etwas Interessantes gefunden. Wenn sie wieder hier sind, werden wir sehen, was es ist. Sie meinten, irgendein Spielzeug, ein kleines Pferd. Und *Missing People* sind auch draußen und suchen."

„Ja, da war ich gerade und habe nachgesehen." Järring schaltete hoch und fuhr auf der Landstraße 50 nach Borlänge. Er dachte: Ein kleines Pferd, das könnte natürlich Moas sein oder irgendein anderes Pferd.

Es war immer noch über zwanzig Grad, obwohl es mitten in der Nacht war. Er schaltete die Klimaanlage an und spürte die Brise im Gesicht.

„Warte, da kommt gerade etwas Neues über den Notruf rein. Moment … bleib dran …" Die Frau klang gestresst.

Järring bremste an der Ampel. In diesem Landesteil war alles so schön, gerade an diesem Tag. Jetzt lagen seine kleinen Enkelkinder im Bett und schliefen, er hatte es immer geliebt, seine eigenen Kinder im Schlaf zu betrachten. Wenn er von einer Spätschicht nach Hause kam, war die beste Art, runterzukommen und abzuschalten, seinen Blick auf den unschuldigen, glatten, kleinen Gesichtern in vollkommener Entspannung und Harmonie ruhen zu lassen. Er öffnete das Handschuhfach und nahm eine Packung Kaugummis heraus, steckte zwei in den Mund und spürte, wie der Minzgeschmack explodierte.

„Bist du noch da?"

„Klar."

„Wir haben gerade eine Vermisstenmeldung für einen siebenjährigen Jungen reinbekommen."

Er bremste und hielt am Straßenrand an.

„Erzähl!"

„Eine Frau hat angerufen und es eben erst gemeldet. Ihr Sohn."

„Wo?“

Die Frau schwieg ein paar Sekunden lang. „Moment, ich sehe nach … Säter, Västra Långgatan, genau gesagt dessen Verlängerung, außerhalb vom Ort. Ganz in der Nähe des Campingplatzes.“

Kapitel 55

Die Suchaktion war beendet, und die Teilnehmer meldeten jetzt einigen von der Organisation, die sich Notizen machten und Gegenstände in Plastiktüten steckten, was sie gesehen und gefunden hatten. Sie waren sternförmig um den Campingplatz gelaufen. Anna und Jesper waren nach Osten in Richtung Daniels Hage gegangen, aber waren jetzt wieder zurück und standen getrennt voneinander. Anna betrachtete Jesper, der leicht widerwillig vortrat und das Bonbonpapier abgab. Sie hatte eine Idee. Sie nahm das Papier aus ihrer Tasche, glättete es ein bisschen und fotografierte es schnell. Sie wollte etwas davon behalten, aber ihr Bauchgefühl sagte ihr, dass sie es abgeben sollte. Dann stellte sie sich neben Jesper.

„Das fühlt sich ehrlich gesagt ein bisschen blöd an“, meinte Jesper schließlich.

„Überhaupt nicht, ich habe auch etwas abzugeben. Was, wenn es eine wichtige Spur ist oder etwas rund um das Verschwinden erklären kann?“

„Was hast du?“

„Genau dasselbe Papier.“ Sie hielt es kurz hoch.

Er zog erstaunt die Augenbrauen hoch.

„Okay, jetzt sind Sie dran." Die Frau hinterm Tisch reichte ihr eine Plastiktüte, und Anna legte das Papier hinein. Wenn nichts sonst, dann hatten sie wenigstens Müll eingesammelt und so vielleicht einen Vogel gerettet. Aber sie hatte das Gefühl, dass das nicht irgendein Papier war.

„Vielen Dank. Nächster!"

„Also, ich gehe jetzt nach Hause und lege mich hin", sagte Jesper, und Anna nickte zustimmend.

Plötzlich kam auf dem Weg, der zum Campingplatz führte, ein Polizeiwagen mit Martinshorn herangerast. Anna musste schnell zur Seite springen, um ihm Platz zu machen.

„Hat jemand Moa gefunden?"

Kapitel 56

Miro warf einen Blick auf seine Rolex. Bald brach die Wolfsstunde an, und sein schlimmster Feind wäre dann das Melatonin. Er musste einfach mit einem Espresso dagegen ankämpfen.

Es lag etwas zitternd Unerklärliches in der Luft, wodurch er sich schnell bewegte, obwohl Müdigkeit und Wärme an seiner Energie zehrten. Miro fühlte sich nur selten gestresst, aber gerade jetzt befand er sich mitten in einem Szenario, dem er nicht entfliehen konnte.

Während er durch den Flur in sein Zimmer ging, nahm er das Handy hervor. Er hatte im Lager nach einem Ladekabel gesucht, um es aufzuladen und dann anschalten zu können. Schließlich hatte er ein Ladekabel gefunden, wahrscheinlich hatte irgendjemand vom Personal es vergessen. Aber er war nicht sicher, dass es funktionierte.

Gleichzeitig ging er auf seinem Handy auf die Seite des *Aftonbladet*, um die neuesten Nachrichten zu lesen. Ihr Reporter war vor Ort und filmte bei der Suchaktion.

„Live-Bericht von der *Missing-People*-Suche nach Moa." Er startete den Film und sah den Mann in der orangen Jacke dastehen und winken und dann ein Interview mit ihm. Er glaubte, im Hintergrund Anna neben einem Mann zu entdecken. Es war jetzt in den landesweiten Medien. Etwas weiter unten gab es einen Artikel über Carl-Magnus.

Miro fluchte, als er sah, was da stand. Der Reporter hatte einen alten Kommentar seines früheren Chefs Bjurberg gefunden, zu Carl-Magnus' Urteil, Rechtspsychiatrie anstatt Gefängnis: „*Das ist ein Mann, der so schwer krank ist, dass er absolut nicht ins Gefängnis passt. Er ist ein Pädophiler und einer der schlimmsten Verbrecher des Landes.*"

Der Reporter hatte das Zitat genutzt und daraus die Schlagzeile gemacht: „*Der gefährlichste Pädophile des Landes auf der Flucht*".

Sicher, Carl-Magnus hatte eine sehr kranke Seite, und selbst die Abgebrühtesten hatten die Lektüre der Ermittlungsakten und Krankenberichte als traumatisch und entsetzlich empfunden. Reisen nach Brasilien und Thailand, Filme, die die Übergriffe zeigten, Prahlereien über das, was er einem Sechsjährigen angetan hat, bis der das Bewusstsein verloren hatte.

Miro empfand bereits so viel Abscheu, dass er am liebsten mit der Faust gegen die Wand geschlagen hätte, aber er musste den USB-Stick öffnen und auch das Handy. Das waren Beweise, die noch nicht zur Polizei sollten, es war fraglich, ob sie jemals dorthin sollten. Dann wäre Miros eigene Karriere gefährdet, weil er den Freigang zugelassen hatte, und das wollte er für diesen Kotzbrocken nicht riskieren. Nein, er würde Carl-Magnus auf seine Weise festsetzen.

Kapitel 57

Als sie die Nachricht über Funk hörte, schlug Malin auf das Armaturenbrett.

„Scheiße, noch ein Kind ist verschwunden!" Sie waren auf dem Weg nach Borlänge, und eine andere Streife musste dorthin fahren.

Auf dem Rücksitz lag das kleine Einhorn in einer Plastiktüte und sah sie mit seinen großen, dunklen Augen an. Jemand konnte es bei einem Waldspaziergang verloren haben. Oder bei einem Ausflug mit den Kindern. Irgendwas. Oder es gehörte Moa.

„Ich wollte Liam und seine Eltern anrufen und den Jungen in ein paar Stunden noch mal befragen", sagte Malin und biss sich auf die Lippe, eine schlechte Angewohnheit, wenn sie aufgeregt war.

„Wissen wir mehr über die Eltern des verschwundenen Jungen als das, was gerade gesagt wurde?"

„Nein, noch nichts. Nur, dass er vermisst gemeldet wurde."

„Er ist mitten in der Nacht verschwunden? Das klingt ja sehr seltsam."

„Ja, stimmt, gelinde gesagt, seltsam."

„Aber an diesem Mittsommer ist nichts normal …“, murmelte Arne.

Sie parkten den Wagen, machten eine schnelle Übergabe und reichten die Tüte mit dem Einhorn ein. Malin zog sich um, um nach Hause zu fahren und sich ein paar Stunden hinzulegen, sie war ganz schwerfällig und müde im Kopf.

Die Sorge, was mit Moa geschehen war und was ein weiteres verschwundenes Kind jetzt bedeutete, kribbelte im ganzen Körper wie Ameisen.

Sie schloss ihre Waffe weg, zog die Uniform aus, schlüpfte in Shorts und Top. Und diese verdammte Hitze. Wie ging es ihren eigenen Kindern? Sie sah auf ihr Privathandy. Keine Nachrichten. Ihr Vater nahm ihnen oft die Handys weg, so dass sie sie nicht anrufen konnten. Darüber regte sie sich jedes Mal auf, aber sie war dagegen machtlos. Genauso machtlos, wie sie sich jetzt fühlte, da noch ein Kind verschwunden war und sie selbst nicht weiterarbeiten konnte, sondern eine Pause und Schlaf brauchte.

Sie füllte die Wasserflasche, die sie mitgenommen hatte, erneut, trank sie fast leer und füllte sie noch einmal. Sah sich im Spiegel. Die Wimperntusche war durch den Schweiß verwischt, und sie fuhr mit den Fingern unter den Augen entlang. In ein paar Stunden wäre sie wieder hier.

Plötzlich dachte sie an Sex, wie schön eine schnelle Nummer jetzt wäre. War das bei allen so wie bei ihr, auf einmal solche Gedanken zu bekommen? Sie lächelte leicht und betrachtete sich im Spiegel. Wahrscheinlich. Jedenfalls bei allen, die eine Leere zu füllen hatten. Und die in ihr wurde riesig. Der Sex. Das war eindeutig ein Vorteil der Scheidung. So viel besser. So viel freier.

Sie schloss die Augen und stellte sich vor, wie sie sich umdrehte, einen langen, leidenschaftlichen Kuss bekam, der in ihren Nacken wanderte, Hände, die ihre Kleidung aufknöpften und auszogen, ihre Brust umfassten, sie fest an sich zogen. Sie schüttelte die Gedanken ab und kehrte in die Gegenwart zurück. Manchmal war es ganz sicher auch eine Flucht, wenn alles zu intensiv, schwierig, belastend oder stressig wurde.

Kapitel 58

Es war lange her, dass Liv eine Nacht durchgemacht hatte. Das tat ihr gar nicht gut. Man muss auch schlafen, hatte ihre Mama immer gesagt. Essen und dann schlafen. Aber wie sollte sie schlafen, wenn so viele Leute um den Wohnwagen herumliefen?

Mehrere hatten angeklopft, und schließlich hatte sie die Tür geöffnet, als ein Polizist so fest geklopft hatte, dass sie davon fast Kopfschmerzen bekam. Sie trug ihr blau geblümtes Kleid, das sie stets an ihrem Geburtstag trug. Auch wenn sie ihren Geburtstag immer allein gefeiert hatte, seit sie aus dem Krankenhaus ausgezogen war, war es wichtig, fein angezogen zu sein, auch das hatte ihre Mama ihr als Kind gesagt.

„Wir suchen nach einem verschwundenen Kind", sagte der Polizist.

„Haben Sie etwas gesehen?", fragte der andere.

„Können wir Ihren Namen und Daten aufnehmen, für den Fall, dass wir Sie noch befragen müssen?", fragte der Erste.

Liv wollte helfen, das sollte man ja immer. Sie nannte ihren Namen und schrieb ihre Telefonnummer auf. Das Telefon klingelte ohnehin nie. Dann hatte sie die Tür wieder geschlossen. Nach einer Weile klopfte der Polizist noch mal an die Tür, und jetzt wollte Liv nicht öffnen, aber er blieb beharrlich, so dass sie am Schluss nachgab.

Dann zeigte der Polizist das Foto eines Mädchens, es war das verschwundene Mädchen, und als Liv das Bild sah, bekam sie so schreckliche Angst, dass sie fast vergaß zu atmen.

Es war das kleine Mädchen, dem sie Bonbons gegeben hatte und das in ihrem Wohnwagen gewesen war. Doch als der Polizist sie fragte, ob sie es gesehen hatte, wollte ihr Mund das nicht erzählen, stattdessen schüttelte sie nur den Kopf.

Liv wollte inzwischen am liebsten mit niemandem über irgendwas sprechen. Auch das hatte sie von ihrer Mama gelernt, es war besser, still zu sein, dann machte man weder anderen noch sich selbst Probleme. Stille war immer am besten.

Jetzt war sie jedenfalls so müde, dass sie sich wirklich hinlegen musste. Das Kleid, das nicht mehr so passte wie früher, war unter den Armen nass geschwitzt. Es war so eng, dass sie es nur mit Mühe ausziehen konnte.

Die Brust blieb stecken, und sie hörte, wie das Kleid am Rücken riss. Sie befühlte den Riss. Oh nein, jetzt wurde sie traurig. Nicht das Geburtstagskleid! Das mochte sie. Liv verzog das Gesicht und legte die Hände davor. Dumme, dumme Liv, du bist einfach nur dumm. Sie sagte es laut vor sich hin und stampfte mit dem Fuß auf. Schon als kleines Kind war sie dumm gewesen. Das hatten alle Erwachsenen gedacht, und jetzt dachte sie es selbst.

Kapitel 59

Nachdem Miro den Espresso getrunken hatte, nahm er den USB-Stick und das Handy, das er in Carl-Magnus' Zimmer gefunden hatte.

Er drehte die Gegenstände in der Hand um, steckte das Kabel in die Steckdose und dann ins Handy. Er wartete ein paar Sekunden. Das Telefon zeigte keinerlei Lebenszeichen.

Er schaltete den Computer an und gab sein Passwort ein. Er würde den USB-Stick öffnen.

Während der Computer hochfuhr, stellte er sich hin, die Arme in den Hüften.

Bald begann ein neuer Tag, ein neues Morgengrauen, ein neuer Vormittag. Das Mädchen war immer noch verschwunden, bald waren es vierundzwanzig Stunden, Carl-Magnus ebenso. Wie zum Teufel konnte der Typ sich in Luft auflösen? Miro knetete mit der Handfläche seine Stirn. Er musste sich in das Hirn des Mannes hineindenken. Er musste erkennen, was dieser kranke Mann vorhatte.

Er hatte sich hier drinnen so verhalten wie immer und sich dann für den Freigang vorbereitet, das heißt, er hatte die Klinik verlassen, war dann aber nicht an die vereinbarten Orte gegangen, sondern woandershin. Aber wohin? War er abgeholt worden? War er mit dem Fahrrad gefahren? Hatte er einen Bus genommen? War er zu Fuß unterwegs?

Bei den Menschenmassen, die an Mittsommer unterwegs waren, konnte er leicht untertauchen. An jedem anderen Tag im Jahr wäre es anders gewesen.

Miro schloss die Augen, atmete tief ein und versuchte, auf sein Bauchgefühl zu hören, diese Fähigkeit, die auch seine Oma gehabt hatte, Sachen, die geschehen, vorherzusehen oder zu erklären. Sie hatte dann immer seinen Kopf zwischen die Hände genommen, ihm tief in die Augen gesehen und hatte ihm gesagt: „Miro, du musst vorsichtig sein, deine Gabe ist stark und besonders. Nutze sie gut."

Doch leider zeigte sie sich nicht immer auf Bestellung, sondern im Gegenteil, wenn er es am wenigsten ahnte.

Leider war sein Vertrauen in die Polizei als Ermittler bei Verbrechen ziemlich niedrig, in die Polizei als Menschen deutlich höher, es gab tolle Polizisten in Dalarna und immer eine gute Zusammenarbeit, aber er bezweifelte, dass sie das hier lösen könnten, bevor es zu spät war.

Jemand anderes würde es für sie lösen, genau wie im bekannten Fall der verschwundenen Engla – da wurde der Täter durch das Bild einer Privatperson gefasst.

Ja, jemand anderes, nicht die Polizei würde diesen Fall lösen.

Dieser Gedanke war für Miro plötzlich vollkommen klar.

Doch wer war es, den Umriss der Person konnte er nicht erkennen. Er nickte. Dessen war er sich plötzlich ganz sicher. Der Computerbildschirm war bereit. Er setzte sich wieder hin und steckte den Stick ein.

Kapitel 60

Mitten in der Nacht wach zu sein, tat dem Körper wirklich nicht gut. Anna war auf dem Heimweg übel gewesen, und sie hatte das Gefühl gehabt, zu schweben. Die Körperchemie war total durcheinander.

Jetzt lag sie endlich wieder im Bett. Sie wollte nicht mehr schlafen. Der Name Liv Eriksson arbeitete in ihr.

Als sie das Licht ausschaltete, war es im Zimmer noch genauso hell, trotz der dunklen Gardinen. Und obwohl sie für Durchzug in der Wohnung gesorgt hatte, stand die Luft fast still. Sie schüttelte das dünne Laken über sich zur Abkühlung, fuhr sich mit der Hand über den Hals, die Brust und ihren Bauch, warm, feucht. Wenn es zu warm war, fiel das Schlafen schwer, es war schwierig, die Körpertemperatur zu senken, was fürs Schlafen aber nötig war.

Wieso war das Polizeiauto mit heulenden Sirenen auf den Campingplatz gefahren? Hatten sie Moa oder Carl-Magnus gefunden, oder würden sie Liv abholen?

Kapitel 61

Ein paar Stunden später wachte Anna vom Handywecker auf. Sie war nass geschwitzt, der Schweiß lief zwischen ihren Oberschenkeln, und ihr Nacken war ganz feucht. Es war wirklich unglaublich heiß. War es in Schweden jemals so heiß gewesen? Sie öffnete Safari und googelte.

Die höchste jemals in Schweden gemessene Temperatur waren achtunddreißig Grad, und das überhaupt erst zwei Mal seit Messbeginn. Bei dieser Hitze war die Außentemperatur höher als die Körpertemperatur, und das merkte man sofort. Man fühlte sich dann schlecht, und alles war sehr mühsam.

Sie schaltete den Fernseher an, und die Lokalnachrichten gingen gerade zu Ende, eine Meteorologin in hochhackigen Schuhen beantwortete Fragen eines Reporters.

„Ja, inzwischen gibt es eine Stufe-2-Warnung in Dalarna und mehreren anderen Kreisen. Die Brandgefahr ist hoch, und in Norrland kämpfen Rettungsdienste gegen mehrere Waldbrände, die während der Nacht aufgeflammt sind."

„Das ist doch ungewöhnlich."

„Ja, sicher. In den meisten Landesteilen herrscht Feuerverbot."

Das musste für all die Männer, die so gern am Grill standen, schwer sein, dachte Anna. Sie lag im Bett und googelte weiter auf ihrem Handy. Gab es etwas Neues über den Einsatz von *Missing People*?

„Werden wir diesen Sommer neue Wärmerekorde erleben?", fragte der Reporter.

„Hier in Dalarna ist die höchste Temperatur, die je gemessen wurde, 35,7 Grad in Folkärna, am 8. August 1975, wir werden sehen."

Anna machte den Fernseher aus, streckte sich, nein, so warm war es noch nicht, aber es war jetzt schon mehrere Tage hintereinander über dreißig Grad und extrem genug für eine Stufe-2-Warnung.

Und laut ihrer Wetterapp würde es auch so bleiben. Die tropischen Nächte hatten sie auf jeden Fall. Durch die Hitze hatte sie geschwitzt und unruhig geschlafen. Sie fühlte sich gar nicht ausgeschlafen, eher erschöpft.

Das war eine Wärme, die sie am liebsten an einem langen Sandstrand auf den Kanarischen Inseln erleben würde.

Die nächtliche Wanderung fühlte sich jetzt ganz unwirklich und wie ein Traum an.

War sie wirklich mitten in der hellen Nacht draußen gewesen und hatte nach dem verschwundenen Mädchen gesucht? Sie blickte zu Boden, der Kleiderhaufen auf dem Teppich bezeugte es.

Sie hatte zwei Nachrichten, eine Sprachnachricht und eine von Sven Järring: „Anna, ruf mich an asap =)". Anna schüttelte den Kopf über den Versuch des Kommissars, Smileys und Abkürzungen zu benutzen, es war nicht ganz geglückt, aber sie würde ihn anrufen.

Sie hielt das Handy ans Ohr und hörte die Nachricht ab. Eine bekannte Stimme erklang: *„Anna, hier ist Lina, ich habe meinen Anwalt kontaktiert, schauen wir mal, wohin es führt. Schönen Mittsommer.“*

Anna drückte die Nachricht weg und wusste nicht so richtig, was sie denken und fühlen sollte. Das war eine schnelle Wende.

Es wäre wunderbar, wenn es stimmte, aber woher sollte sie es wissen? Konnte sie Lina jetzt vertrauen? Sie hatte ihre Persönlichkeit ja vorher schon komplett verändert. Das war ja das Schwierigste überhaupt bei Menschen. Konnte man ihnen vertrauen? Waren sie in der Lage, in einem Moment so zu handeln wie sonst nie? Anna hatte bei ihrer Arbeit immer wieder Menschen gesehen, die sich sowohl zum Besseren wie auch zum Schlechteren verändert hatten. Was war in uns Menschen überhaupt konstant? Wozu wäre sie bereit, wenn sie bedrängt würde?

Es schauderte sie bei diesem Gedanken, sie strich sich mit der Hand über den Bauch. Wäre sie selbst in der Lage, die Grenze zu überschreiten, wenn sie dazu gezwungen wäre?

Ihre Haut war weich und zart, sie verspürte eine entfernte, aber doch starke Sehnsucht danach, dass ein Mann sie zärtlich, sanft berührte. Das war doch ein gutes Zeichen, sich nach Nähe, auch körperlicher Nähe zu sehnen. Und ja, auch sie könnte in bestimmten Situationen die Grenze überschreiten, wenn sie zum Beispiel Moa fände und wenn Carl-Magnus ihr etwas angetan hätte.

Sie wählte Järrings Nummer. Er antwortete fast sofort, und sie musste sich räuspern.

„Guten Morgen, Anna hier, tut mir leid, dich zu stören, ist alles in Ordnung?"

„Ja, ich muss sagen, angesichts der Umstände ist alles okay. Hör mal, ich wollte wissen, ob du heute Morgen hierher aufs Revier kommen könntest?"

„Nach Borlänge?"

„Ja, genau."

„Warum?"

„Ich hätte dich gern bei einer Befragung eines Kindes dabei. Du als Psychologin siehst bestimmt Dinge, die wir nicht wahrnehmen, vielleicht möchtest du dich sogar an der Befragung beteiligen?"

„Ich kann gern kommen, aber ich kann mich nicht vorbereiten, mich einlesen und so, aber natürlich komme ich, wenn ihr mich braucht. Ich nehme an, es hat mit dem Mädchen zu tun?"

„Ja, richtig, du wirst kurz vor der Befragung informiert, es ist eigentlich nichts Besonderes."

Anna blickte zur Uhr und rechnete, wie lange es dauern würde, nach Borlänge zu fahren. Sie würde den Zug nehmen müssen.

„Gib mir eine Stunde, dann bin ich da."

„Wir hätten dich gern früher hier. Wenn du möchtest, kann dich ein Wagen abholen?"

„Ja, das wäre toll."

Sie warf die Decke beiseite, ging ins Badezimmer und unter die Dusche.

Kapitel 62

Anna betrachtete den kleinen Jungen namens Liam. Zwischen seinen Eltern sah er ängstlich und klein aus. Järring hatte kurz berichtet, dass die Polizei glaubte, der Junge wisse mehr, als er erzählt hatte.

Jetzt warteten sie nur noch auf Malin, die Polizistin, die am Strand als Erste mit dem Jungen gesprochen hatte. Sie war zu Hause gewesen und hatte geschlafen und würde jetzt ihre Schicht beginnen. Malin und Anna sollten den Jungen befragen.

Sie hörten, wie die Tür zum Flur geöffnet wurde, und alle drehten sich um. Eine Polizistin mit dunklen Augen und langen, glänzenden, dunkelbraunen Haaren kam auf sie zu.

„Hallo, ich bin Malin. Und du musst Anna sein.“ Die Frau reichte Anna die Hand und war ihr sofort sympathisch.

Der Junge beobachtete sie, er stand da, seine kleinen Hände in den großen seiner Eltern.

„Hallo, du erinnerst dich doch an mich, oder?“ Malin wandte sich jetzt an die drei und lächelte den Jungen an.

Der Junge schaut zu Boden und nickte.

„Wir haben doch ein kleines Boot gebastelt. Hast du das noch?“

Er sah zu seiner Mama und seinem Papa.

„Ja, das hat er", antwortete die Mutter freundlich.

„Gut, dann lass uns ein bisschen reden. Mit mir zu reden ist genau dasselbe, wie mit irgendjemand sonst zu reden, und dieses Mal ist auch Anna dabei."

Der Junge sah Anna an, und für eine Millisekunde hatten sie Augenkontakt, das reichte, es war exakt das nötig. Anna setzte dabei ein entwaffnendes Lächeln auf, dann schaute der Junge wieder zu Malin.

„Ich bin Anna."

Malin nickte.

„Wir gehen hier rein."

Sie zeigte auf ein Zimmer, dessen Tür einen Spalt aufstand. Die Eltern, die inzwischen ebenfalls Anna und Malin begrüßt hatten, gingen mit dem Jungen hinein.

„Möchten Sie dabei sein?", fragte Malin.

Sie sahen einander unsicher an.

„Keine Ahnung, was denken Sie, was das Beste ist?"

„Sie können sich ja hier hinten hinsetzen, dann sitzen wir und du", sie schob den Jungen vorsichtig vor sich her, „hier am Tisch."

Die Eltern taten, was Malin sagte, und zogen zwei Stühle nach hinten vor die Wand.

Anna setzte sich an das kurze Tischende zwischen Malin und dem Jungen. Es war besser, so zu sitzen, als einander direkt gegenüber.

Malin schaltete die Aufnahme an und lehnte sich vor.

„Dann reden wir mal über verschiedene Dinge. Ich heiße Malin und arbeite hier bei der Polizei, und das ist Anna, sie ist Psychologin."

Der Junge schien nachzudenken.

„Weißt du, was eine Psychologin ist?", fragte Anna und lächelte ihn an.

Er schüttelte den Kopf.

„Also, das ist jemand, mit dem man über alles reden kann, wenn es in einem drin anstrengend ist. Wir helfen den Menschen, wenn es stressig ist oder wenn etwas passiert ist", erklärt Anna langsam, um zu sehen, ob er ihr folgen konnte.

Er schien es verstanden zu haben, der Junge nickte.

„Jetzt wollen wir drei uns mal ein bisschen unterhalten, und ich nehme das auch auf, deswegen steht hier dieses Ding." Der Junge nickte.

„Was machst du denn gern?"

Der Junge drehte sich um und suchte Augenkontakt zu seinen Eltern. Anna dachte, dass er von ihnen eine Aufmunterung brauchte, einen einzigen Blick, der ihm zeigte, dass diese Situation in Ordnung war und er sagen konnte, was er wollte. Beide, Mama und Papa, nickten und lächelten ihn an. Anna war erleichtert, sie hatten verstanden, wie wichtig das war, damit ihr Gespräch nicht eingeschränkt würde.

„… spielen … Fußball spielen."

„Das ist toll", antwortete Anna sanft.

„Das mögen meine Söhne auch, aber die sind ein bisschen älter als du, glaube ich", sagte Malin, und Anna begriff sofort, dass Malin bei dieser Sache sehr engagiert war. Wenn sie Kinder im selben Alter hatte, war sie direkt berührt und betroffen.

„Bist du neun?", fragte Anna, um die kognitiven Fähigkeiten des Jungen, beim Rechnen und Verstehen der Frage, zu testen und um zu erfahren, ob er wahrheitsgemäß antwortete. Sie wusste sehr gut, dass er noch keine neun Jahre alt war.

„Nein, sechs." Er hob die Finger hoch. Anna nickte Malin zu, die zustimmend nickte. Sie hatte den Sinn von Annas Frage verstanden.

Der Junge erzählte dann, dass er nach dem Sommer in der Vorschule beginnen würde. Und die Eltern ergänzten, dass sie seit zwei Wochen auf dem Campingplatz waren. Eigentlich wohnten sie in Södertälje.

Vor dem Vernehmungszimmer stand Järring und lauschte mit neugierigem Gesichtsausdruck der Befragung über Lautsprecher, die ans Aufnahmegerät gekoppelt waren. Aber er war gleichzeitig besorgt. Jetzt hatten sie drei vermisste Personen. Einen Pädophilen und zwei Kinder.

„Hast du dieses Mädchen gesehen?"

Malin legte das Bild von Moa vor dem Jungen auf den Tisch.

„Ja, ich habe sie gesehen." Er nickte noch einmal und sah zu Anna, die ihn mit einem relativ neutralen Blick ermutigte.

Ab jetzt würde sie seine Gedankengänge nicht verstärken, weder in die eine noch in die andere Richtung. Keine Suggestivfragen, sondern ganz offene, so dass sie Antworten erhielten, die allein von ihm kamen und nicht von ihren Fragen ausgelöst wurden. Dasselbe Prinzip galt in vielen psychologischen Tests, und auch wenn Anna keine Erfahrung mit Befragungen von Kindern hatte, merkte sie sofort, dass sie über hilfreiches Wissen verfügte.

„Wann hast du sie gesehen?", fragte sie.

„Wir haben gespielt. Sie war dabei."

„Was habt ihr gemacht, als ihr sie gesehen habt?"

Der Junge suchte den Kontakt zu seinen Eltern, Sicherheit, ein Blick von der Mama, dann sah er zu Anna und dann wieder zu Malin. Jetzt war er unsicherer und brauchte mehr Unterstützung, dachte Anna und lächelte ihn etwas an, damit er sich wohl fühlte.

„Wir haben Verstecken gespielt."

Malin nickte. „Das habe ich auch gemacht, als ich so alt war wie du."

„Wie lief das Spiel denn?" Anna setzte die klassischen Wann-, Wo- und Wie-Fragen ein, die oft einem guten Gespräch zugrunde lagen.

„Wir haben sie nicht gefunden."

„Gar nicht?" Malins Nachfrage war ein bisschen suggestiv, aber Anna verstand, dass sie Details brauchten.

„Nicht, solange wir gespielt haben. Erst danach."

„Was ist dann passiert?" Anna spürte, dass der Junge jetzt etwas verbarg, was er aber eigentlich erzählen wollte. Sie lehnte sich zu ihm vor.

Malin lehnte sich dagegen zurück und verschränkte die Arme vor der Brust. Anna fand, dass sie und Malin im Gespräch mit dem Kind ein perfektes Team waren. Sie wechselten sich ab und nutzten unterschiedliche Arten von Fragemethoden und Reaktionen. Der Junge blieb hängen, ein schneller Blick zu den Eltern, die beide liebevoll nickten.

„Wir waren blöd zu ihr", sagte er schließlich.

Aha, das war also der Grund, warum er nicht alles erzählt hatte, Scham und Schuldgefühle, die dazu führten, dass wir alle logen und versuchten, das, was eigentlich die ganze Wahrheit war, zurückzuhalten. Anna verstand jetzt, warum noch eine Befragung nötig war.

„Das macht jetzt nichts, aber möchtest du gern erzählen, woran du dich erinnerst, als ihr sie wiedergesehen habt?" Ihr Kommentar war eine kleine Bestätigung seiner Gefühle, aber sie wollte mehr wissen, wollte, dass er mehr erzählte.

„Die anderen haben dumme Sachen zu ihr gesagt. Das hat sie traurig gemacht."

Anna spürte einen Kloß im Magen, könnten das Moas letzte Stunden gewesen sein?

„Was ist dann passiert?"

„Das weiß ich nicht. Ich bin dann nach Hause gelaufen."

Im Hintergrund streckte sich der Vater und nickte. Als wollte er bestätigen, dass er gesehen hatte, wie der Junge angelaufen kam. „Ja, falls ich etwas sagen darf, daran erinnere ich mich. Er kam etwas früher als gedacht nach Hause. Er wollte nicht mehr spielen."

Anna und Malin nickten beide. Das war eine gute Information, aber die Frage war, welche Schlüsse sie daraus ziehen konnten.

„Erinnerst du dich an noch etwas?", fragte Malin jetzt, legte den Kopf schief und lehnte sich noch mal vor.

„Ja, ich habe gesehen, dass sie im Wohnwagen der Trollfrau war."

„Der Trollfrau?" Malin zog die Augenbrauen hoch und sah die Eltern an. Die Mutter erklärte vorsichtig.

„Da wohnt eine Frau, die die Kinder etwas unheimlich finden, sie sieht wie eine … na ja, eine Trollfrau aus … also, das finde ich nicht, aber die Kinder." Anna beobachtete die Eltern, den Jungen und Malin, gleichzeitig wanderten ihre Gedanken, eine alte „Trollfrau" auf dem Campingplatz, könnte das die frühere Patientin sein, die dort wohnte und von der Järring erzählt hatte?

Malin wandte sich lächelnd an den Jungen.

„Du warst supertoll. Ich finde, du bist ein echter Held, ein richtiger Mittsommerheld!“

Der Junge strahlte plötzlich, und jetzt war er wieder der normale, kleine Kerl, der er vermutlich immer war. Fröhlich, ungezwungen, einfach ein normales, kleines Kind. Die Scham war weg. „Darf ich jetzt gehen?“

„Ja, klar, darfst du das!“, sagte Malin und lächelte ihn an.

Er lief zu seinen Eltern und sprang auf Mamas Knie.

„War das gut so?“, wollte der Vater mit leicht besorgter Miene wissen.

„Ja, das reicht, vielen Dank. Ich denke, wir müssen Sie nicht mehr kontaktieren, das hier war sehr nützlich!“

Als der Junge und die Eltern gegangen waren, rief Malin Järring und machte die Tür zu. Anna saß noch auf dem Stuhl, und Sven setzte sich auf den Platz des Jungen.

„Das war eine gute Befragung“, sagte er und sah beide bestätigend an.

„Danke, ich finde, wir haben gut zusammengearbeitet“, erwiderte Anna und schaute zu Malin. „Und noch dazu ohne richtige Vorbereitung.“

„Es ist nicht einfach, mit Kindern zu sprechen. Man muss ihr Vertrauen gewinnen, dafür sorgen, dass sie sich wohlfühlen und keine Suggestivfragen stellen, aber ich glaube, das wisst ihr beiden besser als ich“, sagte Järring.

„Also eine Trollfrau … er muss wohl Liv meinen, sie müssen wir uns also genauer ansehen, wir waren bei ihr und haben mir ihr gesprochen. Wir sollten als Nächstes ihr Alibi für die Zeit, in der Moa verschwand, überprüfen", erklärte Malin.

„Ja, das ist sicher Liv, über die ihr beiden ja so einiges wisst."

Järring schaute mehrmals zwischen Malin und Anna hin und her. Es wurde eine Weile still. Dann schaute Malin schnell auf ihre Uhr.

„Da wäre noch etwas", meinte Anna und zögerte zunächst. Sie befürchtete, dass das etwas war, das sie selbst ruinieren konnte, aber sie hatte das Gefühl, dass Ehrlichkeit besser war als alles andere, um Schritt für Schritt die Wahrheit zu erfahren.

Järring lächelte sie mit schief gelegtem Kopf an.

„Ich glaube, ich habe jemanden gesehen, der Carl-Magnus ähnlichsah, und zwar am Tag bevor er verschwand."

Malin lehnte sich zu ihr vor. „Erzähl mehr."

„Ich bin mit dem Fahrrad von der Klinik nach Hause gefahren und habe in Richtung Campingplatz gesehen, also eigentlich zum Badesteg. Ich …" Wie privat durfte sie werden? Sie sah zuerst zu Järring, dann zu Malin. Sie fühlte sich sicher.

„Na ja, ich wollte gern baden, aber nicht allein. Ist nicht immer so toll, Single zu sein." Malin sah sie einfühlsam an und lächelte, nickte freundlich.

„Oh ja, ich weiß, wie sich das anfühlt."

Anna merkte, wie sie immer ruhiger und entspannter wurde.

„Jedenfalls habe ich da jemanden gesehen, der Carl-Magnus glich und zum Campingplatz hinunterging."

„Hast du das gemeldet?", unterbrach Järring sie.

„Nein, habe ich nicht, weil ich unsicher bin, ob er es wirklich war.“ Sie wollte nicht erzählen, dass sie es nicht getan hatte, um nicht nach ihrer Beziehung zu Carl-Magnus befragt zu werden.

„Bist du sicher, dass er es war?“

„Nein, bin ich nicht. Aber er ähnelte ihm. Außerdem war er nicht allein. Jemand ist neben ihm gegangen.“

Järring und Malin schauten einander interessiert an und dann wieder Anna.

„Irgendeine Beschreibung von ihm?“

„Nein, bloß, dass es ein Mann war. Er war weit entfernt, ich habe nicht so viel gesehen und erinnere mich nicht.“

„Was hast du in dem Moment noch gesehen?“

„Eigentlich nur, dass die beiden nebeneinander gingen, dann waren sie außer Sichtweite. Aber sie waren auf jeden Fall auf dem Weg zum See.“

„Zum Campingplatz?“

„Ja, irgendwie schon, aber nicht unbedingt, mehr Richtung See.“

Malin schaltete sich ein.

„Gut, Anna, wir nehmen das als Hinweis, mal sehen, ob oder was dabei herauskommt. Darf ich noch etwas fragen, wo wir gerade darüber sprechen?“

Anna nickte.

„Wie gut kennst du Carl-Magnus?“

Anna wand sich etwas, merkte, dass es den beiden Polizisten auffiel. Sie hatte das Gefühl, als könnten sie ihre Bewegungen im kleinsten Detail lesen. Sie räusperte sich.

„Ich habe schon öfter mit ihm gearbeitet, aber ich glaube, mehr darf ich nicht sagen.“

„Okay, aber wenn du in Zukunft mehr erzählen kannst oder deine Meinung änderst, weiß du, an wen du dich wenden kannst", antwortete Järring freundlich, aber bestimmt.

„Oh, ich muss los, Moas Mutter ist hier." Malin schaute kurz auf ihre Uhr, stand auf und wandte sich an Anna. „Es war toll, dass du dabei warst, ich hätte dich gern öfter hier, falls wir dich noch mal brauchen, stimmt doch, Sven? Und du kannst hier sicher noch mehr beitragen", sagte sie.

„Absolut, ich bin mir ganz sicher, dass Anna noch mehr beitragen kann!"

„Ja, ich helfe gern, wenn ich kann." Ihre frühere Ambivalenz, sich vielleicht lieber rauszuhalten, war wie weggeblasen. Sie erkannte jetzt immer stärker, dass sie die Brücke zwischen dem Inneren der Klinik und der Außenwelt war, sie hatte etwas gutzumachen, wusste über Krankheiten und Patienten Bescheid.

Es gab keinen einzigen Grund, wieso sie nicht alles tun sollte, was sie konnte, damit Moa wiedergefunden und Carl-Magnus wieder eingesperrt und behandelt würde.

Kapitel 63

Das Einhorn in der Tüte stand bereits auf dem Tisch, als Malin Anette in den Vernehmungsraum brachte. Der Anblick des Spielzeugs ließ sie wanken, und Malin legte den Arm auf ihren Rücken. Die Frage war eigentlich überflüssig, aber Malin musste die Beziehung stärken.

„Erkennen Sie diesen Gegenstand wieder?"

„Ja", schluchzte Anette mit feuchten Augen.

„Kann das Moas Einhorn sein?"

Sie nickte und wischte mit der Hand über die Wangen, um die Tränen zu trocknen.

„Fehlt es?"

„Ich habe noch nicht nachgesehen, aber das mache ich."

Malin war zufrieden, das reichte für den Moment. Sie machte eine Handbewegung, damit Anette verstand, dass sie fertig waren und sie gehen konnte. Doch sie blieb wie versteinert stehen.

„Ist sie tot, ist sie tot?" Anette packte sie an der Uniform und zog sie näher an sich. „Sagen Sie mir, was glauben Sie, ist sie tot? Hat der Pädophile sie getötet? Was hat er mit ihr gemacht?" Sie erhob die Stimme, die brach, und Malin, die sich nicht mal vorzustellen wagte, dass einer ihrer eigenen Söhne verschwunden wäre, hatte tiefstes Verständnis für ihre Panik. Sollte sie Anna rufen, falls sie noch da war, um beruhigend mit der Frau zu reden?

„Im Augenblick wissen wir nichts, wir suchen weiter und haben mehr Ressourcen angefordert. Wir werden Moa finden. Das habe ich Ihnen versprochen." Sie umfasste ihre Hände und sah ihr in die Augen. „Dieses Spielzeug haben wir im Wald gefunden, neben einem Weg, nur damit Sie wissen, dass wir überall suchen, wo es möglich ist."

„Im Wald?" Die Frau riss erschrocken die Augen auf. „Lebend! Sie muss lebend zu mir nach Hause kommen. Wenn sie zurückkommt, werde ich das Schwein verlassen!"

„Tony?"

„Ja, ich werde ihn nicht mehr in meine Nähe lassen, auch nicht in Moas."

„Was meinen Sie?" Malin schielte auf das Aufnahmegerät, die Sekunden tickten darauf weiter, es war gut, auch das auf Band zu haben.

„Wieso darf Tony nicht mehr in Ihre Nähe?"

„Es ist seine Schuld."

„Was?"

„Also, es ist seine Schuld, dass Moa weg ist."

„Was hat Tony getan?"

„Ihm ist alles scheißegal, ich bin ihm scheißegal und Moa auch. Ihm ist nur Schnaps wichtig."

„Aha, das meinen Sie."

Malin sah ihr tief in die Augen.

„Hat er Ihnen die blauen Flecken an den Beinen verpasst?"

Anette blickte ihr unverwandt in die Augen.

„Ja, so ist es."

Eine Frau, die ihr Kind verloren hatte, hatte nichts mehr zu verlieren. Moas Mutter war wie ein offenes Buch, und Malin dachte, man musste die Gelegenheit nutzen.

„Hat er Moa etwas angetan?"

Anette schüttelte bestimmt den Kopf.

„Nein, er hat sie nicht angefasst, nicht, soweit ich weiß, aber sie war ihm vollkommen egal."

Malins Bild wurde immer deutlicher. Sie hatten es mit einem Mann zu tun, der seine Frau misshandelt, und auch wenn er Moa nicht selbst weggebracht oder ihr etwas angetan hat, so hatte er es indirekt getan, weil das Mädchen vernachlässigt wurde.

„Wie geht es Ihnen eigentlich mit ihm?"

„Am Anfang war ich total verliebt in ihn, dann hat er sich verändert. Beschwerte sich über mich, wollte nicht bei mir sein, wenn ich nicht tat, was er sagte. Also habe ich getan, was er gesagt hat. Dann fing er an, mich zu schlagen, wenn ich nicht tat, was er sagte … ich verstehe es nicht." Anette schluchzte und weinte. „Ich verstehe nicht, wie es dazu kommen konnte."

Malin nickte, sie hatte diese Geschichte schon so oft gehört.

„Verstehe, Sie sollten sich keine Vorwürfe machen. Aber ab jetzt können Sie etwas dagegen tun."

Anette setzte sich auf den einzigen Stuhl im Zimmer, öffnete die Handtasche und nahm Taschentücher heraus. Malin war von Leuten fasziniert, die immer Taschentücher dabeihatten, sie selbst hatte das nie.

„Ich habe getan, was er gesagt hat, und ich habe Moa vergessen, weil ich ihn zufriedenstellen wollte, und jetzt hasse ich mich dafür. Bitte, mein kleines Mädchen muss einfach zurückkommen."

Anette faltete die Hände wie zum Gebet.

Das hatte Malin schon oft in ihrem Job gesehen, dass die Menschen sich in einer Krise an Gott wandten, aber nur dann. Das fand sie jedes Mal aufs Neue faszinierend. So dass sie sich selbst die Frage stellte, ob es wirklich einen Gott gab, die Menschen fanden ihn ja immer genau dann, wenn sie ihn wirklich brauchten. Dann schien nur Gott Hoffnung und Stütze geben zu können.

Sie nahm trotzdem Anettes Hände und umfasste sie fest.

„Ich werde alles in meiner Macht Stehende tun, das verspreche ich Ihnen."

Kapitel 64

Järring und Malin holten sich Kaffee am Automaten, der provozierend langsam war. Anna stand daneben und wartete auf ihre Tasse.

Nach der Befragung hatte sie mit Sven gesprochen und detailliertere Informationen erhalten, was die Polizei über Moas Familiensituation und ihre letzten vierundzwanzig Stunden wusste und welche Suchaktionen und Funde es gab.

„Milch?", fragte Malin, Anna schüttelte den Kopf und griff nach ihrer Tasse.

„Okay, das Einhorn gehört mit hoher Wahrscheinlichkeit Moa, Tony misshandelt zwar seine Freundin, aber hat die Kleine in Ruhe gelassen, und Moa war bei Liv. So ungefähr lässt sich das Gespräch mit der Mutter und die Befragung von Liam zusammenfassen", stellte Malin fest und wandte sich an Anna und Sven. „All das unterliegt natürlich der Schweigepflicht."

„Absolut!", erwiderte Anna schnell.

„Ja, also … Liv", murmelte Sven.

„Erzähl mehr über Liv!", sagte Malin.

„Liv ist wohlbekannt oder berüchtigt oder war es jedenfalls früher, ihre Vorgeschichte ist so, dass wir sie am liebsten vergessen wollen", sagte er und schaute in seinen kohlschwarzen Kaffee. „Wir müssen mit Liv reden. Wir hätten es am besten schon gestern tun sollen."

„Aha, und willst du noch mehr über sie erzählen?"

„Nein, jetzt nicht. Wir sprechen zuerst mit ihr."

„So, na dann tun wir, was du sagst", kommentierte Malin leicht verärgert, stellte die Kaffeetasse ab und ging die Ausrüstung durch, die sie trug. Anna vermutete, dass sie sofort zu Liv fahren wollte.

Järring hob eine Hand.

„Das geht nicht. Sie spricht nicht mit der Polizei. Mein Vorschlag ist daher, dass du das stattdessen übernimmst, Anna." Sven wandte sich an Anna.

Wäre das vor ein paar Wochen geschehen, hätte sie gezögert, ob sie sich einmischen sollte, was sie überhaupt beitragen könnte? Aber jetzt war es selbstverständlich, dass sie alles tun würde, worum sie gebeten wurde, vielleicht etwas mehr. Um Miro und die Arbeit würde sie sich später kümmern, sollte sie kritisiert werden. Sie nickte.

„Wenn ihr das möchtet, dann mache ich das natürlich." Die Kaffeetasse wärmte ihre Hände. Sie hatte den starken Drang, diesen Auftrag zu übernehmen. Wenn sie dadurch Probleme in Säter bekommen würde, dann müsste sie das später regeln. Alles, was dabei helfen konnte, Moa unversehrt zu ihrer Mutter zurückzubringen, genoss höhere Priorität als alles andere.

Kapitel 65

Die beiden Polizisten, die zuerst vor Ort waren und mit den Eltern des Jungen sprachen, der in der Nacht vom Campingplatz verschwunden war, sahen einander schweigend an, als sie im Schatten vor den Toiletten des Campingplatzes standen. Einer rümpfte die Nase, durch die Wärme verbreitete sich der Ammoniakgestank, die Mülltonnen stanken genauso eklig und stark.

„Bah, ich bin zu bequem, um so zu wohnen." Järring hatte sie losgeschickt, um eventuelle Zeugen zu befragen, was geschehen sei könnte.

Sie hatten erfahren, dass der Junge aufs Klo gemusst hatte und die Eltern hatten ihn allein in die Nacht gehen lassen. Er sollte einfach nur die Tür öffnen, in der Unterhose um den Wohnwagen gehen, ins feuchte Sommergras pinkeln und dann wieder reinkommen. Es war die Mutter, die ihn hinausgelassen hatte, und als sie das erzählte, schluchzte sie. Könnte es sein, dass er stattdessen zu den Toiletten gelaufen war?

„Sie hat ihn rausgelassen, aber nicht nachgesehen, ob er zurückkam. Wahrscheinlich betrunken."

„Verdammt belastend, das muss eine richtig panische Angst sein."

„Ja."

„Aber das kann den Besten passieren."

„Glaubst du? Ich glaube nicht. Trinkt man wirklich so viel, dass man nicht mehr nach seinen Kindern sehen kann? Ich hätte das nicht gemacht!"

„Er ist ja sieben, er sollte mitten in der Nacht nicht einfach weglaufen."

Und dass er bis hierhin zu den Toiletten gelaufen sein soll, klang weit hergeholt.

„Wir müssen einfach weiter Fragen stellen. Jemand muss doch etwas gesehen oder gehört haben."

Sie hatten an Wohnwagen geklopft, aber niemand hatte etwas dazu zu sagen. Die meisten, die ihre Türen öffneten, waren schlaftrunken und hatten überhaupt nichts bemerkt.

Der eine Polizist nahm das Telefon und rief Kommissar Järring an.

„Hallo, Järring, wir haben mit Leuten gesprochen und sogar kurz mit den Eltern."

„Und, was habt ihr herausgefunden? Irgendwas Neues?"

„Na ja, nicht direkt. Der Junge ist wohl zum Pinkeln nachts raus und kam nicht mehr zurück."

„Wir müssen davon ausgehen, dass es keine Entführung ist, auch wenn wir natürlich den Verdacht haben, genau wie bei Moa."

„Ist irgendwas Neues dazugekommen … was die Kinder angeht …"

„Wir arbeiten an allen Fronten und möglichen Szenarien. Wir müssen für alle denkbaren Lösungen offenbleiben. Der Junge war vielleicht sauer auf seine Eltern und ist freiwillig abgehauen. Oder hat sich verlaufen. Ja, irgendwas. Hattet ihr den Eindruck, dass es bei ihm ein Konflikt gewesen sein könnte?"

„Nein, gar nicht." Der Polizist schüttelte den Kopf.

Kapitel 66

„Was ist passiert, du bist leichenblass?"

Anna war zurück auf der Arbeit und stand in der Tür zu Miros Büro.

„Was?" Er sah aus, als wäre er gerade erst von den Toten auferstanden.

„Geht's dir gut, Miro, du solltest vielleicht nach Hause gehen und schlafen?" Sie hatte ihren Chef noch nie so angeschlagen, blass und unrasiert gesehen.

„Jaja, mir geht's gut."

Miro stand auf und schaltete den Computerbildschirm aus.

„Ich meine es ernst, Miro, du bist weiß wie ein Gespenst."

„Ich habe …" Er zögerte. „Ich bin bloß müde." Er fuhr mit den Händen durch die dunklen Haare.

In dem Jahr, seit sie mit Miro zusammenarbeitete, hatte sie ihn noch nie so seltsam angegriffen gesehen.

„All das mit Carl-Magnus und dem Mädchen, vielleicht solltest du um Hilfe bitten, Miro? Jemanden dazuholen, der die Verantwortung mitträgt? Vielleicht kann Jesper mehr aushelfen?“

Miro schüttelte den Kopf, hielt die Hand vor den Mund, als müsste er plötzlich würgen.

„Das Mädchen, nein, nein, sie müssen sie finden“, murmelte er. „Aber Carl-Magnus, ja, er … ich weiß nicht, was ich sagen soll. Ich kann jetzt nicht mehr sagen.“

Sie trat näher und roch seinen wohlbekannten Duft, der immer diese merkwürdig anziehende Wirkung auf Frauen hatte, sogar auf sie.

„Was kannst du jetzt nicht sagen? Ich will es wissen.“

„Das kann ich jetzt nicht erzählen, ich kann nur sagen, dass alles so viel schlimmer ist, als ich dachte.“

Anna betrachtete ihn, versuchte, seinen Gesichtsausdruck zu interpretieren. Ging es um etwas anderes, das nichts mit der Arbeit zu tun hatte? Hatte er eventuell erfahren, dass er der Vater von Linas Kind war?

„Geht es um Lina?“

Er zuckte zusammen.

„Um Lina? Wie geht es ihr?“

„Den Umständen entsprechen wohl ganz gut.“

Miro ging zur Tür. „Wir müssen später weiterreden. Ich muss mich jetzt um ein paar Sachen kümmern.“

Bevor er durch die Tür war, rief Anna ihm nach.

„Miro, hast du gehört, dass noch ein Kind verschwunden ist? Ein Junge, es ist jetzt in den Nachrichten.“

Miro blieb abrupt stehen und drehte sich schnell zu ihr um.

„Nein, verdammt“, fluchte er und schnappte nach Luft. „Anna, ich muss jetzt Verschiedenes auf den Stationen erledigen, wir sehen uns später.“

Sein Verhalten machte ihr große Sorgen, sie folgte ihm ein paar Schritte, dann blieb sie stehen und sah ihm nach, wie er weit hinten im Flur verschwand, wie von einem tiefen Loch verschluckt.

Anna stand da und hatte plötzlich Angst.

Kapitel 67

Es war kein Wunder, dass der Besitzer des Campingplatzes völlig verzweifelt war, weil immer mehr Unbefugte auf sein Gelände kamen. Polizeiwagen fuhren hinein und heraus, Psychologen aus der Klinik schnüffelten herum, Kinder verschwanden, und ihre Eltern verzweifelten.

In den letzten vierundzwanzig Stunden hatte er schon mehrmals Lust gehabt, den ganzen Laden abzufackeln, so dass alles begraben wäre. Bei der Hitze und dem Gras, das gelb verdorrt war, wäre es leicht gewesen. Er ballte die Fäuste in der Tasche.

Das Leben war für ihn noch nie einfach gewesen, und der Campingplatz, den er diese Saison übernommen hatte, hatte ihm wenigstens etwas Hoffnung für die Zukunft gemacht.

Während er darüber nachdachte, wie er immer hatte kämpfen müssen, sah er, wie die Gäste anfingen, die Vorzelte abzubauen, um die Gegend zu verlassen. Er spürte, wie Verzweiflung und Panik hochkamen, und fluchte. Das war eine finanzielle Katastrophe, die ihn noch lange belasten würde. Vielleicht das gesamte Leben lang.

So wie es jetzt aussah, wäre der Campingplatz in ein paar Stunden wohl so gut wie leer. Nur die Dauercamper wären dann noch übrig, aber niemand Neues.

Er ging zur Rezeption. Das Mädchen, das heute hier arbeiten sollte, hatte er schon angerufen und ihr abgesagt, jede Krone würde er jetzt selbst behalten. Es hatte ihm gefallen, dass sie an der Kasse saß, nicht nur, weil sie gute Arbeit leistete, sondern auch, weil er ihre nackten Beine und den Hintern in ihrer Shorts sehen konnte. Jetzt war auch dieses Vergnügen vorbei. Er biss die Zähne so fest zusammen, dass sein Zahnfleisch weiß wurde und die Augen zu schmalen Schlitzen.

Er bückte sich und schloss den Schrank unter der Theke auf. Da stand der Flachmann. Er schraubte ihn auf und sah sich um. Niemand zu sehen. Er trank ein paar große Schlucke und spürte, wie der Schnaps im Hals brannte. Dann stellte er den Flachmann zurück und schloss den Schrank wieder ab. Draußen sah er Autos mit Wohnwagen zur Ausfahrt rollen, jetzt würden die Leute auschecken, und er müsste mit einem dämlichen Lächeln hier stehen, die Schlüssel annehmen und ihnen ein schönes Wochenende wünschen.

Kapitel 68

Anna konnte sich nicht auf ihre Arbeit konzentrieren, ihr Herz pochte noch, und sie war unruhig, daher surfte sie nur im Netz. Moa, Carl-Magnus und die Gerüchte im Ort. Sie fühlte sich ohnmächtig. Was konnte sie tun, um die Situation zu verbessern?

Könnte sie die Puzzleteile zusammensetzen, die ausgekippt vor ihr lagen? Hatte sie etwas bemerkt, das die Polizei übersehen hatte?

Sie ging zum Personalraum, um sich eine Tasse Kaffee zu holen, auf dem Weg sah sie, dass Jespers Tür aufstand, und streckte den Kopf hinein.

„Guten Morgen!"

„Wie geht's?"

„Ja, ganz gut." Im Vergleich dazu, wie sie sich fühlte, sah er munter aus. Und er sah definitiv wie der komplette Gegensatz zu Miro aus. „Du siehst fröhlich aus."

„Ja, klar, es ist ja nicht gerade langweilig, hier zu arbeiten", antwortete er lächelnd. Dadurch entspannte sich Anna auch etwas und hob die Mundwinkel, obwohl sie eigentlich am liebsten geheult hätte.

„Da hast du zwar recht, aber es ist gerade keine schöne Situation.“

„Ja, und jetzt auch noch zwei verschwundene Kinder.“

„Was?“

„Ja, jetzt ist auch noch ein Junge verschwunden. Die armen Eltern und die armen Kinder. Und jetzt sind ja schon vierundzwanzig Stunden vergangen, seit Moa das letzte Mal gesehen wurde, womöglich lebt sie nicht mehr.“

„Ich habe die letzten Nachrichten nicht gesehen. Gestern ist hier so viel liegengeblieben, dass ich eine Menge aufarbeiten musste.“

Anna bemühte sich, den Impuls zu unterdrücken, sofort das Handy herauszuholen und über das zweite Kind nachzulesen, das Jesper erwähnt hatte. Im Personalraum herrschte eine gedämpfte Stimmung. Anna fiel auf, dass Miro mit Ida, der neuen Urlaubsvertretung, sprach. Lief da was? Wenn es um Frauen ging, vertraute sie ihrem Chef nicht. Anna fiel es schwer, nicht hinzusehen. Aber dann versuchte sie, sich auf ihre anderen Kollegen zu konzentrieren, die von ihren Mittsommerfeiern erzählten. Einige erwähnten die Suchaktion. Anna setzte sich dazu und nahm ihr Handy hervor.

„In der Stadt wird ja darüber geredet, was passiert ist“, sagte ein junger Pfleger, der auf dem Sofa saß und sah, dass sie Nachrichten las. Er wirkte eifrig, fast stolz, weil er etwas zu erzählen hatte.

„Was denn für Gerede, was sagen sie?“

„Ach, Unterschiedliches. Das Meiste ist wohl Tratsch und Gerüchte, aber die Leute reden eben.“

„Dann erzähl doch mal, was die Leute reden?“ Anna wurde ungeduldig, und der Pfleger setzte sich auf und lehnte sich zu ihr. Sie spürte seinen Atem auf ihrer Haut. Der roch nach Tabak. Er sprach leiser.

„Manche reden natürlich über Carl-Magnus, es gibt Gerüchte, wie krank er sei, aber die Leute sind auch sauer, weil er ins Hallenbad gegangen ist und dort Jungen angeglotzt hat, während er hier in Säter einsaß. Dann gibt es das Gerücht, dass nicht er die Kinder entführt hat, sondern jemand aus Säter, mit dem er Kontakt hat."

„Was? Hast du das der Polizei erzählt?" Anna setzte sich abrupt auf.

„Nein, verdammt, ich will da nicht reingezogen werden. Ich will mit der Polizei nichts zu tun haben. Das hatte ich früher schon genug." Der Pfleger nahm Kautabak aus dem Mund und stopfte schnell eine neue Portion hinein.

„Aber die Leute sagen noch mehr."

„Was denn noch?"

Er kniff die Augen zusammen, er schien diesen Machtwechsel zu genießen, er war jetzt mächtiger als sie, die als Psychologin in der klaren Klinikhierarchie eigentlich über ihm stand. Anna blickte zu Jesper, der jetzt mit Miro redete.

„Anscheinend ist der Besitzer des Campingplatzes ein richtiges Ekel." Anna zuckte zurück.

„Wie das?"

„Das wissen alle, er hat kleine Mädchen begrabscht und war sein Leben lang Junggeselle."

Anna lehnte sich zurück und verschränkte die Arme vor der Brust. „Aha, meinst du."

„Ja, so ist das eben. Es wird immer geredet. Aber man sollte nicht allzu sehr darauf hören." Er stand auf. „Muss auf Station. Da ist wegen der Hitze viel auszuhalten. Tschüss!"

„Tschüss“, murmelte Anna und lehnte sich wieder im Stuhl zurück.

Sie sah zu Miro, und ihr fiel auf, dass er die Hand auf den Arm der Krankenschwester legte. Jesper sah zu ihr und kam dann auf sie zu.

„Anna, diese ganze Situation, vielleicht sollten wir versuchen, der Polizei von der Klinik aus mehr zu helfen?“

Anna dachte nach. Jespers Idee, mehr zu tun, war gut, aber sie würde diese Aufgabe übernehmen, und sie wollte ihn nicht dabeihaben. Ihre Zusammenarbeit mit der Polizei sollte so lange wie möglich geheim bleiben.

„Na ja, das können wir vielleicht, mal sehen ...“, antwortete sie, führte die Kaffeetasse an die Lippen und schielte gleichzeitig unwillkürlich zu Miro. Er verhielt sich heute wirklich nicht wie üblich.

Dann das Gerücht im Ort, dass Carl-Magnus mit jemandem gemeinsame Sache machte. Dann konnte er doch derjenige gewesen sein, den sie mit einem Mann am See gesehen hatte.

Kapitel 69

Anette öffnete die Gardinen und schaute aus dem Wohnwagenfenster. Sie zog sich im Moment ganz zurück, ertrug all die Blicke voller Mitleid und Fragen nicht. Sie hatte keine Antworten, deswegen zog sie sich zurück.

Sie hatte gehört, dass es in jeder Ecke von Säter Streifen gab. Die Stelle, an der das Einhorn gefunden worden war, war jetzt Suchgebiet, und Hundestaffeln liefen aufmerksam durch das Gebüsch und den Nadelwald. Was, wenn sie Moa dort fänden!

Inzwischen war die Stadt auch voller Journalisten und Fotografen von den Abendzeitungen und dem Fernsehen. Sie vermutete, dass sie es waren, die die ganze Zeit bei ihr anriefen, sie ging nicht ran. Die Journalisten waren auch ein Grund dafür, dass sie sich zurückgezogen hatte.

Anette hatte jetzt Hunger und Durst, bekam aber nichts runter, die Fahrten zum Polizeirevier und zurück hatten Kraft gekostet. Sie hatte die Einhörner durchgezählt, natürlich fehlte das lila Tier. Sie hatte angerufen und es der Polizistin namens Malin erzählt.

Jetzt, da Moa seit über vierundzwanzig Stunden verschwunden war, übernahm die Apathie ihren Körper. Sie wollte eigentlich nur von hier wegfahren, wie alle anderen es zu tun schienen, aber wie könnte sie das? Moa zurücklassen? Sie musste hierbleiben, für den Fall, dass Moa wieder auftauchte. Vielleicht spielte sie immer noch Verstecken und hatte es so gut gemacht, dass sie sich verlaufen hatte, oder sie hockte noch im Versteck, ängstlich und hungrig? Nein, Anette konnte Säter erst verlassen, wenn sie Moa wieder bei sich hatte.

Sie hatte die Tür nur einmal geöffnet, als ein Polizist mit der Mutter des anderen verschwundenen Kindes angeklopft hatte, um zu überprüfen, ob es Ähnlichkeiten gab. Die Mutter des Jungen hatte noch nicht das Stadium der absoluten Verzweiflung erreicht, sondern redete schnell und aufgedreht und war davon überzeugt, dass er sich nur verirrt hatte. Er wäre sicher schon bald wieder da und würde sich die Zähne putzen, was er ja heute Morgen nicht gemacht hatte, und dann bekäme er ein Toastbrot mit Nutella, weil er das so mochte. Anette hatte bloß die Fragen des Polizisten beantwortet, zugehört und genickt. Sie hatte praktisch keine Wörter mehr.

Auch heute sollte es jede Stunde wärmer werden. Die Luft zitterte, und Anette sah, wie diejenigen, die auf dem Campingplatz geblieben waren, ihre Badetücher und -taschen nahmen und zum See hinuntergingen.

Die kleinen Augenblicke der Gegenwart waren genau wie immer in Säter.

Aber ein großes Unwetter war auf dem Weg, und das würde alles verändern.

Kapitel 70

Anna bemerkte, dass Miro noch eine Tasse Kaffee trank, das sah ihm auch nicht ähnlich. Er ging zu ihr und Jesper, lehnte sich näher zu ihr.

„Ich muss nachher mit dir reden", flüsterte er. Er hatte wieder Farbe bekommen.

Sie fand, dass Miro Jesper ignorierte. Bewusst oder war er nur auf etwas anderes konzentriert?

Annas Telefon piepte in ihrer Tasche, und sie ging beiseite, um die Nachricht zu lesen. Sie bekam ein schlechtes Gewissen, weil sie vergessen hatte, ihre Mutter zurückzurufen, die oft versucht hatte, sie zu erreichen. Das war sie sicher wieder. Das, was in Säter geschah, war jetzt landesweit in den Medien und überall auf der ersten Seite.

Aber die Nachricht war nicht von ihrer Mutter, sondern von Järring.

„Hallo, Anna. Ruf mich an." Anna steckte das Handy ein. Hatte Jesper die Nachricht gesehen? Nein, das glaubte sie nicht. Er stand nah, aber konnte nicht auf ihr Display sehen. Sie wollte nicht, dass er etwas über ihren privaten Kontakt zur Polizei wusste. Vielleicht war das ein Dienstvergehen, aber der Fehler, den sie begangen hatte und durch den sie Mitschuld daran trug, dass Carl-Magnus Freigang bekommen hatte, wog viel schwerer.

„Ich muss arbeiten", entschuldigte sie sich, eilte aus dem Personalraum und ging schnell zurück in ihr Büro. Heute war sie froh über die schallisolierten Türen, niemand sollte hören, was im Zimmer gesagt wurde.

Sie nahm ihr Telefon, und nach zwei Mal Klingeln antwortete Sven.

„Hallo."

„Wir haben noch ein verschwundenes Kind, wie du sicher weißt?"

„Ja, ich habe es gerade gehört, es ist so …"

Er unterbrach sie.

„Hör mal, Anna, jetzt heißt es volle Konzentration und Aktion. Wir treffen uns am Pavillon auf dem Marktplatz, dann erzähle ich alles. Ich will das nicht am Telefon besprechen."

Anna stand auf und blickte über See und Wald, während sie Järrings Stimme lauschte.

Die Baumkronen badeten im Sonnenlicht, aber irgendwo darinnen war es sehr düster und dunkel. Anna wurde plötzlich klar, dass sie sich dem absolut Dunkelsten nähern müsste, um die Antwort zu finden, damit das Licht wieder übernehmen konnte.

Als sie aufgelegt hatten, nahm Anna das Handy erneut und rief Miro an, der nicht antwortete, aber sie hinterließ eine Nachricht.

„Ich nehme mir den Rest des Tages frei, ich habe nichts eingetragen, zieh's von meinen Überstunden ab." Sie legte auf, nahm die Tasche über ihre Schulter und schloss die Tür hinter sich ab.

„Wohin gehst du?"

Sie drehte sich schnell um, beschattete er sie? Jesper sah sie neugierig oder zweifelnd an.

„Ich geh nach Hause."

„Geht's dir nicht gut?"

Sie war sich nicht sicher, ob das Sorge war oder ob er sie verunsichern wollte? Sie in Frage stellen?

„Nein, mir geht's gut, ich nehme mir nur etwas frei."

„Aha, okay." Er nickte etwas. „Dann bis später oder morgen, nehme ich an. Wann bist du wieder da?"

„Ach, das weiß ich gar nicht." Seine Fragen nervten sie. Warum war er so aktiv, vermisste er vielleicht seine Kollegen, wollte er Gesellschaft, oder war er vielleicht sogar an ihr interessiert? Was es auch war, jetzt konnte sie jedenfalls nicht bleiben und es herausfinden.

Auf keinen Fall konnte sie erzählen, was sie tun würde.

„Tschüss, bis nachher, Jesper!", sagte sie kurz und ging hinaus.

Kapitel 71

Was Miro früher über Pädophilennetzwerke gelesen hatte, was er über die Taten von Pädophilen wusste, was er früher schon von Patienten gehört hatte, was er in rechtspsychiatrischen Untersuchungen und Gutachten gelesen und in tatbezogenen Gesprächen mitgekriegt hatte, war nichts im Vergleich zu dem, was er auf dem USB-Stick aus Carl-Magnus' Zimmer entdeckt hatte. Das Schlimmste war nicht das, was er gesehen hatte, sondern was er gehört hatte und ihn wie ein Messer in die Brust getroffen hatte. Das untröstliche, panische Schreien eines hilflosen, kleinen Jungen, gemischt mit dem Stöhnen eines erwachsenen Mannes, der das Kind penetrierte.

Dieser Genuss eines Mannes, der ein so ausgeliefertes, kleines Wesen quälte, war ein so erschütterndes und unbegreifliches Geräusch, dass Miro vollkommen die Lebenslust verloren hatte, als er schließlich den Computer ausgeschaltet und den Stick herausgezogen hatte.

Wie konnte es auf der Welt überhaupt irgendetwas Schönes geben, wenn so etwas Entsetzliches unter der Oberfläche vor sich ging? Wie konnte Gott zulassen, dass diese Menschen weiterlebten, wenn Gott gut war, wie konnte er einem Menschen den freien Willen und die Lust zum Handeln geben, wenn das Ergebnis so schrecklich war?

Der gesamte USB-Stick war voller Bilder, Filme und Dateien mit Kindern, an denen die schlimmsten Übergriffe begangen wurden. Viele der Täter sahen schwedisch aus, und Miro hatte nur eine Handvoll Dateien öffnen müssen, um das zu bemerken. Er war sich ziemlich sicher, dass Carl-Magnus einer der Täter war, die er gesehen hatte.

Aber im Moment wünschte er sich, er hätte das Elend nicht gesehen. Es war, als hätte er das Tor zu Hölle geöffnet und wäre eingetreten. Eine Hölle, die hier und jetzt stattfand, direkt um die Ecke. Diese kleinen Jungen und Mädchen, manchmal völlig nackt, manchmal komplett angezogen, manchmal verkleidet, so entsetzlich wehrlose Opfer von raublüsternen Männern, manchmal mehreren. Tränen, Schreie, Schmerzen.

Er hatte noch keine Entscheidung getroffen, was er mit dem Material machen würde. Er wusste, dass es explosiv wie Dynamit war, aber es sollte nicht zur Polizei, jedenfalls noch nicht. Der USB-Stick war seine Trumpfkarte, und er wollte sie noch eine Weile behalten.

Jetzt war es Zeit, das Handy anzuschalten. Er hatte schließlich das passende Ladekabel gefunden, und der Akku zeigte nun die volle Ladung.

Das Handy war nicht durch einen Code gesichert, sondern ließ sich direkt öffnen. Nur eine Nummer war eingespeichert, es war auch die, die zuletzt gewählt worden war, Miro atmete ein und drückte darauf.

Er spürte kalten Schweiß, drehte das Telefon in seiner Hand und wartete darauf, dass es klingelte. Das dauerte, als ginge es ins Ausland oder zu einem anderen Anbieter. Sein Puls beschleunigte sich, er wartete, hörte es klingeln, einmal, zweimal, dreimal …

Kapitel 72

Mit einem Kaffeebecher in der Hand radelte Anna zum Campingplatz.

In Gedanken ging sie noch mal alles durch, was Järring gesagt und was Liam erzählt hatte und wer Liv war. Hatte die frühere Psychiatriepatientin Moa etwas angetan?

Es waren ein paar hundert Meter bis zum Campingplatz, und im Tageslicht fühlte sich alles fast wie immer an. Es war surreal, dass gestern Nacht so viele hier in der Gegend unterwegs gewesen waren und nach einem verschwundenen Kind gesucht hatten. Sie näherte sich dem Campingplatz und radelte über den Weg, den die Autos zum Check-in nahmen. Dann lehnte sie ihr Fahrrad an einen Baum und schloss es ab. Ihr Handy meldete, dass sie den Anruf einer unbekannten Nummer verpasst und eine Sprachnachricht hatte. Sie klickte, um sie abzuhören.

„Hallo, ich bin Reporter beim Aftonbladet und bitte um einen Rückruf. Ich habe eine dringende Frage, die nur Sie beantworten können. Meine Nummer lautet …" Anna wurde es eiskalt. Hatten die Medien Wind davon bekommen, dass sie am Gutachten über Carl-Magnus beteiligt war? Sie löschte die Nachricht schnell.

„Hallo, wohnen Sie hier auf dem Campingplatz?“ Ein Mann in einer blauen Latzhose und Kappe kam auf sie zu, als sie sich der Schranke der Einfahrt zum Campingplatz näherte.

Anna spürte, wie ihr Herz schneller schlug, war das der Besitzer des Campingplatzes, über den es diese Gerüchte gab?

„Nein, ich wohne in Säter. Aber ich soll hier mit Leuten sprechen. Ich arbeite im Krankenhaus, als Psychologin.“ Anna streckte die Hand aus.

„Aha, ok. Ich versuche nur, ein bisschen die Kontrolle darüber zu behalten, wer rein- und rausfährt. Ich führe den Campingplatz.“

„Ja, das verstehe ich.“ Anna lief es kalt über den Rücken.

„Das war der schlimmste Tag überhaupt.“ Er sah besorgt aus. „Ich könnte jetzt auch eine Psychologin gebrauchen.“

Anna nickte und legte den Kopf schief.

„Das tut mir wirklich leid.“

Der Mann nickte und seufzte tief.

Sie versuchte, das Thema zu wechseln.

„Ich war heute Nacht bei der Suche dabei.“

„Aha. Und wenn Sie im Krankenhaus arbeiten, dann wissen Sie ja vielleicht, wo dieser Pädophile steckt und ob er was mit den verschwundenen Kindern zu tun hat?“

„Ich weiß auch nicht mehr, als in der Zeitung steht.“

Der Mann schüttelte den Kopf. „Das hier kann mich finanziell komplett ruinieren, die Leute wollen nicht mehr hierbleiben.“

„Merken Sie schon was davon?“

„Absolut, mehrere wollten schon heute auschecken. Natürlich Familien mit Kindern. Das würde ich selbst genauso machen. Die letzte Nachricht war auch der letzte Sargnagel."

„Das kann ich mir vorstellen."

„Schauen Sie." Der Mann zog sein Handy aus der Hemdtasche und wischte darüber. „Sorry, es ist so verdammt warm, bin verschwitzt."

Er schaltete das Display an und hielt es ihr hin.

„Hier, sehen Sie, noch ein Kind vom Campingplatz in Säter verschwunden", las er laut vor.

Im selben Moment hörte Anna Autos hinter sich und drehte sich um. Mehrere Polizeiwagen blieben hinter ihnen stehen. Einer öffnete ein Fenster und grüßte den Campingplatzbesitzer freundlich, der seufzte tief und drückte auf den Knopf, der die Schranke öffnete.

„Sie waren den ganzen Morgen hier, und jetzt kommen noch mehr."

Er zeigte in eine Richtung, und Anna sah, dass der Campingplatz inzwischen mehr einem Tatort glich als einem Ferienort. Blau-weißes Absperrband und Markierungen im Gras.

„Das tut mir leid für Sie", sagte sie noch einmal. Diese letzten Tage waren für viele schwer.

„Oh!" Anna sah auf die Uhr, sie musste sich beeilen, Järring wartete in der Stadt auf sie.

Kapitel 73

Sein Engagement, seine Freizeitaktivitäten und jetzt sogar sein Beruf hatten es ihm ermöglicht, im Alltag Kinder zu treffen, ohne dass irgendwer sein wahres Motiv ahnte. Die Kinder liebten ihn, sie wurden nie misstrauisch, wenn er sie anfasste, er machte Quatsch und tobte mit ihnen. Dabei entspannten sie sich und merkten nicht, wie er etwas mehr hinlangte.

Aber nie so sehr, dass jemand Verdacht schöpfte. Außerdem wechselte er natürlich die Vereine und Arbeitsplätze regelmäßig, das war auch eine wichtige Strategie, damit niemand etwas ahnte.

Und manchmal wechselte er sogar die Stadt, sein beruflicher Status sorgte dafür, dass das nie hinterfragt wurde, eine bessere Stelle mit besseren Bedingungen, natürlich war das ein Grund für einen Umzug. Aber der eigentliche Grund war ein ganz anderer. Das war seine Methode, damit niemand bemerkte, dass er sich von Kindern sexuell angezogen fühlte.

Das hatte lange funktioniert, und sein Leben war inzwischen gut organisiert und könnte gerne genauso weitergehen. Und was auf Auslandsreisen und im Internet passierte, hatte er immer gut verbergen können.

Aber wenn das jetzt enthüllt würde, wäre all das ruiniert. Er würde alles tun, um das zu verhindern, und wenn es das Letzte wäre, was er tat.

Kapitel 74

Irgendjemand hatte Miros Anruf nach ein paar Mal klingeln abgelehnt. Miro versuchte es erneut, doch da war das Telefon ausgeschaltet.

Er hatte dann ohne große Hoffnung im Netz nach der Nummer gesucht, aber keinen Teilnehmer gefunden. Eben um die Nachverfolgung unmöglich zu machen, war es sicher ein Prepaid-Handy. Wahrscheinlich bar bezahlt. Die Polizei hätte die Karte vermutlich orten können, aber er hatte nicht vor, sie zu kontaktieren. Jedenfalls noch nicht.

Miro hatte das Gefühl, dass er die Klinik für einen Moment verlassen musste, die Betonwände um ihn herum schienen näher zu kommen, und er suchte einen Kollegen, dem er die Verantwortung übertragen konnte.

Der Erste, den er fand, war Jesper, der in seinem Büro an seinem Schreibtisch saß und seine Nägel feilte.

„Sie feilen während der Arbeitszeit Ihre Nägel?", bemerkte er etwas spaßig, aber durchaus mit einem ernsten Unterton.

Jesper zuckte zusammen, lächelte seinen Chef an und steckte die Nagelfeile weg, dann lehnte er sich im Stuhl zurück.

„Natürlich nicht, aber ich habe mir einen Nagel abgebrochen, und es war hier gerade ziemlich ruhig. Sonst alles klar?"

„Ja, aber ich muss noch mal weg, um was zu erledigen, könnten Sie die Schicht übernehmen? Und falls etwas geschehen sollte, rufen Sie mich einfach an, ich bin in der Nähe."

Jesper nickte zustimmend.

Miro informierte die Stationen, dass Jesper Bereitschaftsdienst hatte, dann machte er sich auf den Weg. Er brauchte frische Luft, musste mal durchatmen. Weg, rauskommen und sich darüber klar werden, wie er mit der Situation umgehen sollte.

Sein nah am Eingang geparkter Wagen klickte wie üblich, und er öffnete die Tür und ließ sich auf den Sitz fallen. Es war heiß wie in der Sauna, er schaltete die Klimaanlage an und schloss die Tür. Dann knöpfte er sein Hemd auf und lehnte sich zurück, den Kopf an der Kopfstütze, und atmete ein paar Sekunden mit geschlossenen Augen. Das Auto sollte kühler sein, bevor er losfuhr, er merkte, wie die Kälte sich ausbreitete, was auch seine innere Wärme leichter machte, sein Blutdruck war sicher deutlich höher, als er sein sollte.

Plötzlich wurde die Autotür aufgerissen. Miro konnte sich gerade noch umdrehen, da sah er zwei Hände in Lederhandschuhe, die ihm ein feuchtes Handtuch auf Mund und Nase drückten. Er schlug und griff nach den Händen, aber dann zog jemand etwas Schwarzes über seinen Kopf. Er wand sich und warf sich zur Seite, versuchte, die Arme zu bewegen, aber spürte, wie er langsam wegdämmerte. Die Beine gaben nach. Sein ganzer Körper wurde schlaff und schwer. Alles wurde schwarz.

Kapitel 75

Als Anna die Treppe hinunterging, vibrierte ihr Handy, und sie antwortete, ohne nachzusehen, wer es war.

„Hallo, Anna hier."

„Hallo Süße."

„Mama?! Hallo!"

„Ich habe dich so oft angerufen, aber du hast nie zurückgerufen!"

„Nein, entschuldige, ich weiß, aber dieses Wochenende war ziemlich voll. Das hast du doch sicher im Fernsehen gesehen."

„Ja, das haben wir. Papa und ich, wir machen uns solche Sorgen um dich. Also haben wir beschlossen, zu dir zu kommen."

Anna blieb mitten auf der Treppe stehen.

„Was? Seid ihr auf dem Weg hierher?" Oh nein, wenn ihre Eltern jetzt kämen, wäre das Chaos komplett, ein schlechteres Timing war kaum möglich.

„Ja, wir haben noch hundertfünfzig Kilometer, stimmt doch?"

„Ja, in zwei Stunden sind wir da."

Anna hörte die Stimme ihres Vaters und fasste sich an die Stirn. Was hatten ihre Eltern nur vor?

„Wie nett von euch, aber ich habe eigentlich gar keine Zeit, um euch alles zu zeigen, in ganz Säter ist ja der Teufel los."

„Das wissen wir, aber jetzt hören wir dich nicht mehr … hallo … hallo?"

„Mama … hallo? Ihr seid im Funkloch."

Das Gespräch wurde unterbrochen. Anna versuchte zurückzurufen, aber kam nicht durch.

Dass ihre Eltern ausgerechnet jetzt, mitten in all dem Schlamassel kommen wollten, war so ziemlich das Schlimmste, was passieren konnte. Anna wusste, dass sie es gut meinten, und auf gewisse Weise freute sie das, und vielleicht gefiel ihnen auch die Vorstellung, im Sommer in Dalarna zu sein, bei all den Glockenblumen, Margeriten und Lupinen, doch im Moment steckte sie im totalen Chaos, und Anna wusste, dass es noch viel schlimmer werden würde, sobald sie die Aufgaben anging, um die Järring sie bat.

Sie warf einen Blick auf ihre Uhr und lief Richtung Markt. Sie würde gerade noch rechtzeitig zum Treffen mit Järring kommen, um über den Auftrag zu sprechen, den er für sie hatte.

Auf dem Weg aktualisierte sie ihr Telefon und sah die Überschriften:

„Zwei verschwundene Kinder in Säter."

„Das Neueste der Pädophilenjagd"

„Ist man in Säter sicher?"

Sie klickte auf den neuesten Artikel, wurde neugierig, wen sie interviewt hatten. Es war keine große Überraschung, dass es Sven Järring war. Der Artikel endete mit einem Verweis auf Miro: *„Die Zeitung hat aktuell versucht, den Klinikchef Miro Cilic zu sprechen, doch er ist nicht zu erreichen."*

Merkwürdig, der Artikel wurde vor vier Minuten aktualisiert. Nicht zu erreichen, das klang merkwürdig. Miro war immer ansprechbar, Anna runzelte die Stirn. Sie war jetzt am Markt, steckte ihr Handy ein und sah sich um.

Ganz hinten beim hübschen, kleinen, moosgrünen Holzpavillon entdeckte sie Sven Järrings hellblaues Hemd und ging schnell dorthin.

„Hallo, Anna, perfektes Timing. Ich gebe dir erst mal ein paar Hintergrundinforationen, darüber wollte ich nicht am Telefon sprechen. So einiges weißt du ja schon, aber lass uns ein bisschen spazieren gehen, ich finde, im Gehen lässt es sich besser reden."

„Absolut."

Järring deutete nach rechts, und sie gingen auf eine der gut erhaltenen Gassen der Altstadt zu, in der lauter schöne, alte Holzhäuser voller Schnitzereien standen. Sie kamen an einer Töpferei vorbei, bogen rechts ab und waren schon bald, nicht ganz überraschend, auf dem Weg zum Campingplatz.

Zwischen den Häusern war es zwar schattig, aber trotzdem drückend warm und schwül.

„Also, Anna. Es passt doch, wenn wir dorthin gehen, wo wir weiterarbeiten müssen." Järring zeigte zum Campingplatz, der nun so anders aussah als noch vor ein paar Tagen. Eine Schlange Wohnwagen stand jetzt da und wartete darauf, auschecken zu können.

Anna dachte an den Mann vom Campingplatz. Könnte er etwas mit den Kindern zu tun haben? Aber damit würde er sich ja bloß ins eigene Fleisch schneiden.

„Ja, wie erwartet fliehen die Leute, ich würde auch nicht länger dortbleiben."

„Nein, wohl kaum. Aber jetzt zu dem, worum ich dich bitten will, Anna. Ich möchte, dass du versuchst, Kontakt mit Liv aufzunehmen. Wie du weißt, war sie früher im Krankenhaus, ungefähr vierzig Jahre lang, und jetzt wohnt sie fest hier auf dem Campingplatz."

„Vierzig Jahre? Was zum Teufel hat sie denn gemacht, dass sie so lange dortblieb?"

„Also dabei musst du uns helfen. Aber ich möchte, dass du zuerst hingehst und versuchst, mit ihr zu reden!" Anna dachte nach, mit einer früheren Patientin sprechen, wo verlief da die Grenze, war es ein Gespräch, eine Vernehmung oder worum ging's? Sven unterbrach ihre Gedanken.

„Die Polizisten, die mir ihr gesprochen haben, haben nicht viel aus ihr herausbekommen. Sie ist maulfaul, sagt kaum ein Wort, macht die Tür zu, und in den letzten vierundzwanzig Stunden war sie kaum zu sehen. Daher dachte ich, du versuchst mal, Kontakt zu ihr aufzunehmen."

Anna nickte und biss die Zähne zusammen. Falls sie den Kindern etwas angetan hatte, dann würde sie sie zum Reden bringen, dadurch würde sie sich von ihrer Schuld befreien, und damit könnte sie leben. Sollte es Carl-Magnus gewesen sein, dann fühlte es sich im Moment praktisch unmöglich an, mit dieser Schuld zu leben.

„Und dann", Sven sah sich um, als wolle er sicherstellen, dass niemand ihnen zuhörte, „möchte ich, dass du versuchst, ihre alten Papierakten zu lesen, die gibt es ja im Krankenhausarchiv."

Anna blinzelte in die kräftige Sonne, schüttelte leicht den Kopf und sah Sven bedauernd an. Zweifellos wäre das wichtig, aber das konnte sie nicht tun.

„Sven. Das kann ich nicht. Das verstieße gegen die Schweigepflicht. Und ich weiß nicht mal, ob ich überhaupt Zugang zu den Akten bekäme. Das musst du stattdessen Miro fragen."

„Miro, nein, da wird er nicht mitmachen. Er bewacht sein Krankenhaus wie ein Dobermann seine Mafiosi. Du kümmerst dich darum, okay?" Er sah sie sehr bestimmt an, und Anna hatte das Gefühl, sich in einer Zwickmühle zu befinden. Sie konnte jetzt nicht mehr hier rauskommen, selbst wenn sie wollte. Sie überlegte, wie sie mit Liv umgehen sollte, wie sie anders als die Polizei auf sie zugehen konnte.

„Ist sie Autistin?"

„Das kann schon sein, aber damals wurden solche Diagnosen nicht gestellt. Deswegen fände ich es ja so gut, wenn du mit ihr sprichst anstatt die Polizei. Du verstehst sie besser."

„Was soll ich ihr denn sagen, warum ich mit ihr reden will?"

„Sag ihr, dass du bei den Ermittlungen wegen des verschwundenen Mädchens hilfst."

Anna nickte. Das war ja auch die Wahrheit. Sie wollte keine alte Frau täuschen, die sicherlich ein schreckliches Leben gehabt hatte.

„Ja, gut. Dann gehen wir mal zu Liv, weißt du, welcher Wohnwagen es ist?"

Järring suchte in seinem Telefon nach einer SMS, dann las er laut die Platznummer vor.

„Gut, dann lass ich dich mal allein hier. Viel Glück und halt mich regelmäßig auf dem Laufenden. Je schneller alles geht, umso besser."

Kapitel 76

Miro erwachte langsam und stellte fest, dass er auf der Seite lag und sich nicht bewegen konnte. Es war pechschwarz, und durch die Kapuze, die sie ihm über den Kopf gezogen hatten, sah er nichts. Seine Hände waren auf dem Rücken gefesselt, seine Beine leicht gebeugt. Sein Mund war mit einem Klebeband verschlossen, so dass er nur durch die Nase atmen konnte.

Jemand hatte jedoch etwas Weiches unter seinen Kopf gelegt. Es roch nach Ledersitzen, und er vermutete, dass er in einem Van auf dem Boden lag. Und da der Wagen ziemlich stark schwankte und schaukelte, fuhren sie sicher über kleinere Straßen oder Waldwege. Er hatte keine Angst. Er wusste, egal, was passierte, er käme damit klar, aber er empfand enorme Wut. Wer behandelte ihn so?

Sein Inneres war wie ein Vulkan, der bald Lava spucken und explodieren würde. Das Problem war nur, dass er im Moment absolut nicht dazu in der Lage war, was ihn nur noch zorniger machte.

Er würde es diesen Schweinen heimzahlen, das schwor er sich und biss die Zähne so fest zusammen, dass sie knirschten.

Kapitel 77

Anette spürte Ameisen im ganzen Körper, obwohl sie stillsaß. Sie schaffte es nicht, mit ihren Eltern oder Geschwistern zu sprechen. Wo sollte sie hin? Sie fühlte sich wie gelähmt und gefangen.

Sollte sie sich selbst auf die Suche nach Moa machen? Das sollte eine Mutter doch tun?

Wusste sie noch etwas, das sie vergessen hatte, der Polizei zu erzählen?

Ihr Hirn arbeitete auf Hochtouren, seit Moa nicht zum Grillen erschienen war. Könnte es sein, dass die Polizei es für wichtig hielt, dass Moas Papa nicht nett zu ihr war? Aber das lag ja viele Jahre zurück. Jede Stunde fühlte sich wie ein Tag an, aber sie wollte die Hoffnung nicht aufgeben, dass sie gefunden wurde.

Wenigstens war sie endlich die Mutter des Jungen losgeworden. Wie sollte sie ihr denn helfen, wo sie doch selbst in einer Krise steckte?

Aber in all diesem Elend spürte Anette gleichzeitig eine Urkraft, die größer war als irgendein anderes Gefühl, das sie jemals empfunden hatte.

Sie hatte eine innere Rüstung angelegt, hart wie der härteste Stahl, und sollte Tony auch nur andeuten, sie noch mal schlagen zu wollen, würde sie ihn verlassen.

Sie schaltete ihr Handy ein, seit Moas Verschwinden in den Nachrichten war, hatte sie sich nicht mehr getraut, auf Facebook zu gehen. Sie riss geschockt die Augen auf.

Verflucht, wie schnell die Leute doch alles erfuhren. Unmengen an Nachrichten und Kommentaren. Die Seite lud furchtbar langsam, und sie wurde ungeduldig.

„Ach du meine Güte“, rief sie aus, als sie die Anzahl der Nachrichten und Kommentare sah, zweihundertdreiunddreißig. So viele hatte sie nicht mal in der gesamten Zeit auf Facebook zusammengenommen erhalten. Sie öffnete den Nachrichteneingang und sah lauter bekannte Namen, dann erstarrte sie. Jemand, der sich Der Seelsorger nannte, hatte einen kurzen Satz geschrieben, den sie zum Kotzen fand: „Du kannst ruhig aufhören, nach deiner Tochter zu suchen.“

Was gab es nur für schreckliche Menschen, sie spürte, wie ihr die Tränen kamen.

Kapitel 78

Järring und seine Kollegen arbeiteten systematisch und versorgten einander über die Leitstelle ständig mit den aktuellen Informationen, und in dem extra eingerichteten Kanal teilten sie auch die Informationen, die noch nicht über Funk gehen sollten.

„Wir haben immer noch nichts, und das ist verdammt schlecht", sagte er und biss in eine Zimtschnecke, die er an der Tankstelle gekauft hatte. Hagelzucker blieb in seinem Mundwinkel hängen und fiel dann auf die Serviette. „Was haben wir übersehen?", fragte er frustriert und trank einen Schluck glühend heißen Kaffee, dabei warf er einen Blick auf sein Handy.

Malin schüttelte den Kopf.

„Alle arbeiten, sicher, das Gebiet ist nicht leicht zu durchsuchen, aber wir sollten trotzdem schon weiter sein."

Järring nickte.

„Glaubst du, dass Anna uns helfen wird?"

„Ja … ich glaube, in der aktuellen Lage kann NUR sie uns in der nächsten Phase helfen", sagte er und wischte sich den Mund mit der Serviette ab.

Er schaute noch mal angespannt auf sein Handy.

Kapitel 79

Miro war wieder wach und merkte, dass er sich besser bewegen konnte. Als der Wagen anhielt und die Türen geöffnet wurden, versuchte er aufzustehen, doch seine Hände waren auf dem Rücken gefesselt, daher ging es nicht. Er hörte zwei Personen und wie jemand hinter ihm einstieg, er spürte, wie er ihn unter den Armen anhob, während der andere ihn an den Füßen hielt. Er sträubte sich, wand sich in ihren Händen wie ein Wurm und murrte. Konnte er nicht wenigstens selbst gehen?

Er hörte, dass sie zuerst über Kies gingen, dann über Asphalt und wie eine Tür geöffnet wurde. Sie trugen ihn hinein, es war stickig heiß und müffelte. Wahrscheinlich ein leerstehendes Haus.

Würde er das seinen Verwandten zu Hause erzählen, würden sie glauben, er veräpple sie. Es war wie eine Filmszene. Bei dem Gedanken musste er fast lachen, aber mit dem Klebeband auf dem Mund ging das nicht. Sie legten ihn auf etwas Weiches, ein altes Sofa, vermutete er. Dann half ihm einer, sich aufzurichten, so dass er jetzt saß. Sie hatten kein Wort gesagt.

Wer waren sie, grübelte Miro, war das ein Irrtum? Waren es Leute aus Säter, die ihn wegen Carl-Magnus entführt hatten? Hätte er doch nur seine Waffe bei sich anstatt im Auto.

Nach einer Weile war er allein im Raum.

Miro versuchte aufzustehen, um auszuprobieren, seine Fesseln zu lösen, doch fiel zurück nach hinten. Er bemühte sich, die Geräusche rund um sich herum zu erkennen. Das Auto fuhr fort.

Es dauerte nur kurz, dann hörte er ein neues Auto im Kies bremsen, Autotüren, die geöffnet und zugeschlagen wurden.

Die Tür quietschte beim Öffnen, und er hörte Stimmen und im Flur Schritte von sicherlich drei Personen. Die Tür zu seinem Raum stand einen Spalt breit auf und wurde jetzt ganz geöffnet.

Er hörte, wie ein Stuhl herangezogen wurde, und vermutete, dass er direkt ihm gegenüber hingestellt wurde.

„Hallo, Miro, wir hatten keine andere Wahl, als das hier zu tun. Du musst mit uns zusammenarbeiten und tun, worum wir dich bitten."

Miro erkannte die Stimme sofort und wusste nicht, ob er laut lachen sollte. Das war absolut surreal.

Es war unmöglich, die Stimme des freundlichen Kommissars Sven Järring nicht zu erkennen, aber jetzt klang sie nicht so sanft wie üblich.

„Ja, so sieht's aus. Du hast nicht genug mit uns zusammengearbeitet, also mussten wir handeln", sagte Sven, und Miro hörte, wie der Stuhl näher zu ihm gezogen wurde. Jemand streckte die Hand aus und riss das Klebeband von seinem Mund. Miro fluchte vor Schmerz.

Kapitel 80

Livs Wohnwagen lag auf der anderen Seite des Platzes. Anna hatte sich mit ein paar Leuten auf dem Campingplatz unterhalten, um noch mehr herauszufinden. Gab es Gerüchte? Was glaubten diejenigen, die dort wohnten, was passiert war? Wer wollte den Campingplatz verlassen und wer nicht? Manche hatten die Kinder gesehen, aber andere wussten kaum, was überhaupt los war und warum die Polizei hier war.

Viele spekulierten, dass Carl-Magnus hier gewesen war und die Kinder entführt hatte. Andere meinten dagegen, dass die Kinder sich verlaufen hatten, und wieder andere, dass es die Eltern gewesen wären. Einer hatte auf den Fall Madeleine verwiesen, die britischen Eltern, deren Tochter sich beim Urlaub in Portugal in Luft aufgelöst hatte.

Sie war sogar zur Rezeption des Campingplatzes gegangen, hatte den gestressten Besitzer aber nicht gesehen. Jetzt war sie auf dem Weg zu Livs Wohnwagen und redete leise vor sich hin.

„Welche Fragen soll ich ihr denn nur stellen …?“

Sie war eigentlich gar nicht vorbereitet. Was hatte Järring überhaupt gesagt? Eine frühere Patientin, versuch, mit ihr zu reden, versuch, einen Kontakt aufzubauen, sieh mal, ob du mehr aus ihr herausbekommst als die Polizisten.

Sie näherte sich dem Platz und sah sofort, dass es der Wohnwagen war, vor dem sie gestern gesessen hatte und der sich von den anderen auf dem Campingplatz abhob. Er hatte kein Vorzelt, keine Treppe, keine Matte davor, und es stand auch kein Auto daneben. Es war ein einfacher, kleiner, grauer Wohnwagen mit abgerundeten Kanten.

Die Räder und Standbeine waren tief im Gras versunken, und Blumen und Kletterpflanzen wanden sich um die Streben. Es sah aus, als ob die Reifen platt wären. Der Wohnwagen stand wirklich schon lange hier. Daneben stand ein Wohnmobil, das aussah, als hätte man den halben Hausrat mit in Urlaub genommen.

Durch den Kontrast zu den Nachbarn hatte sie auf gewisse Weise Mitleid mit Liv. Das hier war ihr Leben. Die anderen waren nur ein paar Wochen hier.

Zarte, weiße Gardinen hingen am Fenster, und als sie näherkam, sah sie, dass eine kleine Lampe brannte. Sie stieg auf die Stufe vor der Tür, holte tief Luft und klopfte an.

Kapitel 81

Miro murmelte etwas unter der Kapuze. Seine Augen waren immer noch bedeckt, er sah also nichts, aber es reichte ihm zu wissen, dass er es mit Sven zu tun hatte. Die anderen waren Polizisten, vermutlich Zivilfahnder.

„Miro, wir wollen wissen, ob du mehr weißt, als du den Medien erzählt hast?“, hörte er erneut Sven Järrings Stimme.

„Was?“

„Wir glauben, du weißt mehr, als du erzählst.“

„Ich weiß nicht mehr als das, was ich gesagt habe, wovon redet ihr?“

„Wir müssen ihn durchsuchen“, sagte eine andere Stimme.

„Wonach sucht ihr? Ich bin verdammt noch mal der Klinikchef, kein Verbrecher.“

Järring kam näher und sprach leiser. „Und dein Auto.“

Unter der Kapuze blitzten Miros Augen auf, überwachten sie ihn? Er wollte nicht, dass sie den Tesla durchsuchten, wenn sie seine Waffe fanden, würde er wegen illegalen Waffenbesitzes angeklagt.

„Wie konntest du Carl-Magnus den Freigang gewähren, gab es dafür irgendeinen Grund? Eine Spezialbehandlung?“

„Ihr seid völlig verrückt.“

Er wollte nicht sagen, dass er es getan hatte, weil er seinen Mitarbeitern vertraute. Denn so einfach war es.

„Sucht lieber nach Carl-Magnus, anstatt euch auf mich zu konzentrieren."

„Miro", einer der Polizisten kam näher, „was weißt du über Liv?"

„Welche Liv?"

„Du weißt, wen wir meinen."

Er schüttelte den Kopf. „Ihr könnt mit dem Quatsch aufhören. Was sind das überhaupt für Hollywood-Methoden? Wenn ihr was von mir wollt, dann müsst ihr in die Klinik kommen, dann kümmern wir uns dort darum."

„Nein, denn wir wissen, wie du tickst, Miro", erwiderte Järring. „Du willst die Dinge gern selbst in die Hand nehmen, aber wir finden, das solltest du in diesem Fall nicht tun. Es geht um zwei kleine Kinder, die verschwunden sind."

„Verdammt noch mal, ich weiß nicht mehr als das, was ich gesagt habe."

„Hat Carl-Magnus hier in der Stadt mehr Kontakte, als wir wissen?"

Miro schüttelte den Kopf.

Er spürte einen Griff im Nacken, es brannte, als jemand seinen Kopf fest nach unten aufs Sofa drückte. Er hörte Gemurmel. Järring und die anderen flüsterten neben ihm. Er verstand nur einzelne Wörter.

„Er weiß wohl nicht mehr? Es ist vielleicht bloß ein Gerücht, dass Carl-Magnus zu diesem Netzwerk gehört", hörte er einen wispern, und plötzlich begriff Miro, die Polizei war dem Netzwerk auf der Spur und versuchte, das Verschwinden von Carl-Magnus damit in Verbindung zu bringen.

„Er weiß schon mehr, das werdet ihr sehen. Wir müssen ihn bloß noch etwas mehr bitten", sagte Järring jetzt laut, und Miro wusste, dass er ihm damit Angst einjagen wollte.

„Ganz ehrlich", Miro lachte, „glaubst du, dass ihr IRGENDWAS tun könnt, um mich zum Reden zu bringen? Glaubt ihr, dass ihr mich einschüchtern könnt? Hört jetzt mit diesem Zirkus auf, und lasst mich gehen, dann vergesse ich dieses Theater vielleicht."

Es wurde still, und Miro vermutete, dass die Polizisten einander ansahen, dann hörte er Schritte, die den Raum verließen. Miro seufzte und richtete sich auf dem Sofa auf, es war besser, gerade zu sitzen.

„Ihr könntet mir etwas Wasser geben, die Hitze ist gefährlicher als ihr!", schrie er ihnen nach und lachte grob.

„Korrekt", hörte er Svens Stimme.

Nach einem Moment kam Sven zurück, gab ihm eine Flasche Mineralwasser und half ihm, daraus zu trinken.

„Es wäre am besten gewesen, wenn du jetzt mit uns zusammengearbeitet hättest, Miro."

„Wir fahren", riefen die beiden aus dem Flur.

Järring lehnte sich zu Miro vor.

„Wir sehen uns bald wieder."

Dann verließ auch Sven den Raum, und Miro hörte die Tür zuschlagen.

Kapitel 82

Zwei uniformierte Polizisten liefen vorbei, als Anna gerade an Livs Wohnwagen klopfte. Sie waren hochkonzentriert, und es sah aus, als ginge es um etwas Dringendes, als hätten sie etwas gefunden.

Sie sah, wie sich die eine Gardine bewegte, und Anna vermutete, dass die Frau im Moment überlegte, ob sie öffnen sollte. Deswegen lehnte sie sich etwas zurück und schaute lächelnd ins Fenster, ein Lächeln war immer entwaffnend und einladend.

Die Tür ging auf, und sie hörte eine Stimme.

„Wer … ist … da?"

„Ich heiße Anna." Anna trat vor und versuchte, durch den Türspalt zu spähen.

Schweigen.

„Ich möchte mit Ihnen sprechen."

Plötzlich wurde die Tür geschlossen, und sie hörte, dass sie mit einem kleinen Klick verriegelt wurde.

Wie erwartet, dachte sie und machte einen Schritt zurück. Sie würde Liv etwas Zeit lassen. Sie ging zurück und stellte sich ein bisschen weiter weg, so dass die Frau sie sehen konnte.

Die Gardine bewegte sich erneut, daher wusste sie, dass Liv nach ihr schaute.

Sie nahm ihr Handy heraus, warf einen Blick auf die Uhr und sah drei verpasste Anrufe von ihrer Mutter.

Sie ging ein paar Schritte beiseite und drückte auf Rückruf, blieb aber vor dem Wohnwagen. Sie spürte, dass es noch etwas dauern würde, bevor Liv erneut öffnen würde.

„Hallo, Mama, wie geht's euch?"

„Kurz vor Säter gab es einen Stau, deswegen hat das letzte Stück ziemlich lang gedauert."

„Einen Stau? Hier?" Anna hatte noch nie von einem Stau hier gehört, aber es war halt das Mittsommerwochenende und alle auf dem Weg in die Ferien oder zurück nach Hause.

„Aha, aber dann seid ihr schon bald hier, oder?"

„Ja, Papa meint, in einer halben Stunde, aber als er das das letzte Mal gesagt hat, war es noch eine Stunde", grummelte ihre Mutter.

„Na ja, ihr habt doch keinen Zeitdruck, fahrt einfach weiter, und ruft mich an, wenn ihr hier seid. Ich bleibe in der Nähe."

„Papa hat Hunger und muss was essen, wenn wir ankommen."

Sie nahm das Handy ein paar Sekunden lang vom Ohr und dachte nach, wohin könnte sie ihre Eltern am Mittsommertag zum Essen schicken?

„Ihr müsst wohl den Imbiss auf dem Markt nehmen, die meisten Lokale haben heute leider geschlossen … „

„Perfekt", hörte sie die tiefe Stimme ihres Vaters im Hintergrund.

„Steht dein Handy auf laut?"

„Ja, sonst höre ich nicht richtig."

„Sollen wir uns dort treffen?“

„Ja, das klappt, jetzt … muss ich arbeiten.“ Eine Notlüge, ansonsten hätten sie ihr x Fragen gestellt. „Dann treffen wir uns, wenn ihr hier seid und ich alles erledigt habe.“

Plötzlich sah sie, dass sich die Tür von Livs Wohnwagen öffnete. Sie legte schnell auf und steckte das Handy in ihre Tasche. Dann drehte sie sich zur Tür um.

„Hallo, Liv, ich hatte geklopft.“

Liv hielt ihr wortlos die Tür auf.

Kapitel 83

Beim Gassigehen mit ihrem Hund hatte eine Frau im Wald einen kleinen Jungen entdeckt. Die Polizisten, die in der Nähe waren, hatten sich sofort, als der Alarm reinkam, auf den Weg dorthin gemacht. Malin raste jetzt über die Landstraße 50, um den Jungen zu treffen und den Eltern Bescheid zu sagen. Denn das musste ja der verschwundene Junge sein.

Aber verdammt, fluchte Malin vor sich hin, wieso hatte man nicht Moa gefunden? Im Moment schien alles so furchtbar. Und sie wollte Moa unbedingt mit ihrer Mutter wiedervereinen.

Malin drückte noch einmal auf ihr Handy und versuchte, Järring anzurufen, aber er antwortete immer noch nicht. Sie schüttelte den Kopf. Was war los? Das sah Järring gar nicht ähnlich.

Sie musste damit rechnen, dass diejenigen, die heute auf den Straßen unterwegs waren, ein paar Promille hatten, deswegen schaltete sie jetzt die Sirene an und wappnete sich für unerwartete Situationen.

Ihr Kollege saß kerzengerade neben ihr, sie bereiteten sich beide mental auf das vor, was sie eventuell sehen würden.

War er mitgenommen? Was war ihm überhaupt passiert? Ein Krankenwagen war ebenfalls unterwegs.

Die Frau, die angerufen hatte, hatte ein bisschen nervös geklungen, und die Leitzentrale hatte den Kontakt zu ihr aufrechterhalten und die beiden Polizisten, die sich auf dem Campingplatz befanden und damit am nächsten, dorthin geschickt.

Malin atmete tief ein und bat höhere Mächte, dass dem Jungen nichts passiert war. Aber er war am Leben, das war doch das Allerwichtigste.

Kapitel 84

Die Übergaben und Visiten liefen richtig gut. Jesper war fast selbst ein bisschen beeindruckt, wie gut er die Situation meisterte. Er war wirklich in die Arbeit hineingeworfen worden und hatte geliefert, so dass alle zufrieden waren. Und alles war nach seinen Plänen gelaufen.

Er war allerdings ein bisschen verwirrt, weil Miro immer noch nicht wieder zurückgekommen war. Er schaute auf die Uhr, wie schon mehrmals in der letzten Stunde. Sein Chefarzt war sein Mentor und hätte auf jeden Fall erreichbar sein müssen, wenn er nicht vor Ort war. Und jetzt war er weder vor Ort noch erreichbar.

Eine Krankenschwester hatte ihm die Struktur der täglichen Routine der Patienten aufgeschrieben, und Jesper hatte sich Notizen gemacht, so dass er ungefähr wusste, was los war. Der Zettel lag vor ihm, und er klebte ihn mit einem Klebestift am Brett vor sich fest.

8.00 Frühstück und Medikamente
10.00 Kaffee
12.00 Mittagessen

14.00 Kaffee
16.00 Abendessen
19.00 Kaffee und Medikamente

Diese Strukturen hätten, abgesehen von den Medikamenten, auf das Leben von allen möglichen Menschen gepasst. Auf ein paar Fragen hatte er keine ganz überzeugende Antwort geben können, aber er hatte es drauf ankommen lassen und sogar ein paar Mal in der Medikamentenliste nachgeschlagen.

Warum hatte er die Psychiatrie als Spezialisierung gewählt?

Unter den Medizinstudenten und auch noch während seines Praktikums hieß es, dass die etwas Schwierigeren oder diejenigen, die nicht unbedingt Karriere machen wollten, diese Laufbahn einschlugen. Jesper hätte auch etwas Angenehmeres wählen können, wie innere Medizin oder Radiologie, aber als Anästhesist oder Chirurg zu arbeiten lag ihm überhaupt nicht. Er wollte direkt mit den Menschen arbeiten.

Schon als Kind war er von der menschlichen Psyche fasziniert gewesen. Man konnte Pech immer auch zu etwas Positivem wenden, und das hatte er gemacht. Oft hatte er danebengestanden und seine Freunde beim Spielen beobachtet, er durfte nicht immer mitmachen, also studierte er sie stattdessen: *Warum benahm er sich so, sie aber nicht? Wieso wollte dieser Junge über die anderen bestimmen? War sie wirklich fies zu ihrem Freund, oder hatte sie bloß Angst? Und wieso hatten zwei Klassenkameraden eine Spinne zerhackt, und warum hatte ein anderer Klassenkamerad deswegen geweint? Was war der Grund dafür, dass sie völlig unterschiedliche Dinge taten und völlig unterschiedlich reagierten?*

Das Grübeln und Analysieren hatte ihn sein Leben lang verfolgt. So dass er sich heute, als er nach der Visite die Beine auf den Schreibtisch legte, fragte, wieso ein Mann, den er heute dort gesehen hatte, seiner Mutter den Hals durchgeschnitten hatten? Oder wieso ein anderer mindestens zehn Jahre lang Frauen vergewaltigt hatte? Oder warum die Frau, die bei der Visite um etwas Beruhigendes gebeten hatte, das Haus ihres Freundes angezündet hatte? Oder wieso der junge Kerl mit einem Messer in die Schule gegangen war und seine Klassenkameraden angegriffen hatte?

Auf all diese Fragen, woran es lag, dass jemand sich so benahm, gab es keine einfachen Antworten, und Jesper gefiel die Komplexität und Herausforderung, es zu verstehen und zu verhüten. Er wusste selbst, dass es ein Grenzland gab und es manchmal reiner Zufall war, in welchem Land man landete. Manche lebten in beiden. Dass Menschen böse geboren wurden, glaubte er nicht, aber vielleicht konnten sie krank geboren werden, oder man wurde sofort krank, wenn man diese schreckliche Welt betrat, die weder Liebe noch Fürsorge zeigte.

Vielleicht war diese Mutter eine furchtbare, sadistische Mama gewesen, so dass der Sohn es irgendwann nicht mehr ertrug und ihr den Hals durchschnitt, dann hätte er dazu doch das Recht, dachte Jesper? Er hatte sich nicht getraut, das seinen Kollegen zu sagen. Aber die große Frage war doch eigentlich: Warum schnitten nicht alle ihren fiesen Müttern den Hals durch, was brachte genau diesen Mann dazu, die Grenze zu überschreiten? Und viele hatten schlimme Ex-Freunde, die sowohl Stalker als auch gewalttätig waren, aber was brachte ausgerechnet diese Frau dazu, sein Haus anzuzünden?

So gingen ihm die Gedanken durch den Kopf, während er dasaß, das Programm mit den Krankenakten auf dem Computer vor sich geöffnet. Er liebte diese Momente des Reflektierens und tief Eintauchens. Sie halfen dabei, die Gedanken an sein eigenes Leben zu verdrängen. Und im Moment gab es da noch einen Menschen, den er ergründen und verstehen wollte. Carl-Magnus.

Miro hatte ihm ja die Befugnis dazu gegeben, da war es doch egal, wenn er noch etwas mehr über Carl-Magnus las.

Schließlich war dieser Mann ja der Grund dafür, dass er jetzt die Verantwortung in Säter trug. Jesper musste über diesen Gedanken unwillkürlich lächeln. Des einen Tod ist des anderen Brot.

Kapitel 85

Im Wohnwagen war es schrecklich heiß und dunkel. Anna hätte sich am liebsten die Nase zugehalten, es stank, und das Atmen fiel ihr schwer, sie ekelte sich, konnte aber den Reflex unterdrücken. Der Gestank war eine Mischung aus ungewaschenen Kleidern, Schweiß und Urin.

Sie saß still auf der Bank am Tisch und sah sich vorsichtig um. Auf dem Tisch lag eine bestickte Tischdecke, und auf einem Regal standen sich zwei weiße Porzellanschwäne gegenüber. Ein altes Radio mit ausgezogener Antenne stand neben dem Herd. Der Teppich auf dem Boden war wohl irgendwann mal weiß gewesen, jetzt war er grau und voll von eingetretenem Dreck. Vor ihr auf dem Tisch lagen ein paar alte Zeitschriften, die stark gelesen aussahen.

Seit sie eingetreten war, hatten sie noch kein Wort gewechselt. Anna hatte es versucht, aber keine Antwort erhalten. Sie hatte dann mit dem Kopf auf die Bank gedeutet und ein zustimmendes Nicken von Liv bekommen, sie durfte sich dort hinsetzen.

Plötzlich fiel Annas Blick auf etwas. Auf dem Regal neben dem Bett stand eine kleine Schale voll von glänzendem Bonbonpapier.

Anna steckte ihre Hand in die Tasche ihrer Shorts. Darin befand sich das Bonbonpapier, das sie draußen auf dem Campingplatz gefunden hatte.

Es war definitiv das gleiche Einwickelpapier. Sie zog es heraus, schaute heimlich darauf und stopfte es wieder in die Tasche. Was, wenn Liv das gesehen hat? Sie verspürte ein wachsendes Unbehagen.

„Darf ich ein Bonbon nehmen?", fragte sie, um ein bisschen Zeit zu gewinnen, damit sie nachdenken konnte. Liv drehte sich um.

Die verfilzten Locken rahmten ihr Gesicht ein wie eine Wolke, sie nickte und deutete auf die Schale. Anna stand auf und streckte sich danach.

„Ich nehme eins mit blauem Papier."

Vorsichtig nahm sie eins aus der Schale und wickelte es aus. Das Papier knisterte, und Anna sah, wie Liv ihren Bewegungen folgte, als sie das Bonbon in den Mund steckte. Es schien im Mund größer zu werden, ihr fiel das Atmen schwer, sie schnappte nach Luft. Liv sah sie an. Sie räusperte sich leise.

„Lecker! So eins habe ich als Kind oft bekommen."

„Mmm." Liv murmelte irgendwas, und Anna fuhr fort.

„Ich glaube, alle Kinder lieben solche Karamellbonbons."

Liv runzelte die Stirn. Sie hatte inzwischen zwei kleine, schmutzige Teller auf den Tisch gestellt, auf denen jeweils ein kleiner Keks lag. Und der Wasserkocher war auch fertig, sie goss das Wasser in zwei kleine Kaffeetassen, in die sie behutsam Pulverkaffee löffelte.

„Bitte schön", sagte Liv und schob den Teller und die Kaffeetasse zu ihr.

„Danke, Liv, das sieht gut aus!“, log Anna.

Nachdem sie ihre Kekse gegessen hatten, saßen sie wieder schweigend da. Anna hatte so getan, als würde sie Kaffee trinken, aber brachte keinen Tropfen runter. Der Kaffee war trüb und der Tassenrand dunkel vor altem Dreck.

Liv vermied es immer noch, sie anzusehen, und Anna schwieg nun auch. Sie musste ihr Vertrauen gewinnen, sie nicht verschrecken. Liv sah etwas entspannter aus, hatte aber ihren Blick weiter auf den Tisch gesenkt. Anna fasste sich ein Herz und riskierte es.

„Das Mädchen, das verschwunden ist. Hast du es gesehen?“ Anna brach das Schweigen, und jetzt sah sie ihr in die Augen.

Liv presste die Lippen aufeinander und starrte weiter auf den Tisch.

„Ich glaube, du hast sie getroffen, Liv“, sage Anna. Ihr fiel auf, dass Liv reglos dasaß. „Ich glaube, dass du ihr Bonbons gegeben hast.“

Anna wechselte die Stellung, lehnte sich zurück. Wie sehr konnte sie diese alte Frau bedrängen? Sie wollte behutsam vorgehen, musste sie aber trotzdem zum Reden bringen.

„Sie haben an meine Tür geklopft.“

„Wer?“

„Alle. Die ganze Zeit.“

„Ich verstehe. Du brauchst deine Ruhe.“

„Liv will allein sein.“

„Ja, allein fühlt sich Liv am wohlsten“, antwortete Anna und lächelte sie sanft an. Liv schaute auf und sah ihr in die Augen. Das war ihr erster Augenkontakt.

„Liv, ich habe da draußen ein Bonbonpapier gefunden. Es war rosa.“

Die Frau betrachtete sie jetzt intensiv. Eine Reaktion in den Pupillen der trüben, grauen Augen, irgendetwas lag in ihrem Blick, also wagte Anna es.

„Hat Moa dieses Bonbon gegessen?"

Liv schaute schnell zu ihr, dann senkte sie rasch den Kopf und blickte wieder auf den Tisch. Anna wollte sicherstellen, dass sie sie richtig interpretierte.

„Also, Liv, Moa hat bei dir ein Bonbon gegessen?"

„Ja", murmelte sie und sah auf den Tisch. Eine Haltung, die sehr stark mit Scham verbunden war.

„Wie gut, vielen Dank, dann weiß ich das jetzt. Ich werde nichts mehr fragen. Du brauchst dir deswegen keine Sorgen zu machen, es ist nicht verboten, Kindern Süßigkeiten zu geben."

„Meine Mama hat gesagt, man soll immer nett sein."

„Ja, du bist nett", sagte Anna.

„Nein, Liv ist nicht immer nett. Liv macht dumme Sachen."

Die alte Frau begann, sich vor und zurück zu wiegen. Anna suchte ihren Blick, aber jetzt sah sie nicht zu ihr. Sie lehnte sich zu Liv auf dem Sofa vor.

Roch ihre ungewaschenen Kleider.

„Hast du mit dem Mädchen etwas Dummes gemacht?", fragte Anna direkt, und als sie das sagte, begann Liv plötzlich laut und herzzerreißend zu schreien.

Anna sprang auf und drückte sich an die Wand. Liv schrie aus vollem Hals, und Anna hielt sich die Ohren zu.

Kapitel 86

Als Malin und ihr Kollege sich dem Platz näherten, wo der Junge gefunden worden war, begriffen sie sofort, dass es sich um den Jungen namens Tage handelte, der nachts verschwunden war, als er pinkeln musste.

Der Krankenwagen war schon da, und durch die geöffneten Türen sahen sie das Kind zwischen einem Sanitäter und seiner Mutter. Um seine schmalen Schultern lag eine Decke, und seine Mutter streichelte seine blonden Haare.

Malins Gedanken waren sofort bei Anette, jetzt war sie allein in der Hölle der Ungewissheit.

„Hat er schon was gesagt?", fragte sie ihren Kollegen, der schon länger hier war.

„Ja, dass er im Wald gewesen ist."

„Wie wurde er gefunden?"

„Von dieser Frau da hinten." Der Polizist zeigte auf eine grauhaarige Frau mit einem genauso grauen Zwergschnauzer neben sich.

„Habt ihr sie vernommen?"

„Wir haben ihre Personalien aufgenommen, wir können sie später noch weiter befragen, aber anscheinend ist sie hier auf diesem Pfad spaziert", der Polizist deutete den Weg entlang, auf dem sie standen, „und dann hat sie den Jungen am Wegrand sitzen gesehen."

„Angezogen?"

„Nein, nur eine Unterhose, mehr trug er nicht, als er verschwand."

„Zustand?"

„Mitgenommen, verängstigt, hungrig, durstig, der arme Kleine. Aber er hat eine Limo bekommen und scheint schnell munterer zu werden."

„Der Arme." Aber Tage lebt, dachte Malin, und die Frage war, wie es Moa ging. Inzwischen waren zwei Tage und eine Nacht seit ihrem Verschwinden vergangen. War sie am Leben?

Der Funk rauschte, und sie hörte mit halbem Ohr zu. Verstärkung, neue Streifen.

„Ist Järring hier?"

„Ja, er ist gerade gekommen. Da hinten." Einer der anderen Polizisten zeigte zu ein paar Autos, die etwas weiter weg geparkt waren. Malin entdeckte Järring in Zivil unter allen anderen in Uniform.

„Du ... darf ich fragen ... wirkt es, als ob dem Jungen ... na ja, du weißt schon ... etwas zugestoßen ist?", Malin senkte die Stimme.

„Ja, ich verstehe, was du meinst. Also keinerlei äußerliche Verletzungen, aber er wird jetzt natürlich noch untersucht."

Malin nickte und spürte ein ungutes Gefühl von Unbehagen und Machtlosigkeit. Wenn dem Jungen etwas passiert war, dann würde ihn das sein restliches Leben lang belasten, bei allem, was er tat. Sie schluckte und versuchte, den Kloß im Hals, der sich plötzlich festgesetzt hatte, loszuwerden.

„Ach, und er hat noch etwas gesagt", meinte der Kollege plötzlich.

„Was?"

„Dass er eine Trollfrau getroffen hat."

„Eine Trollfrau? Im Wald?"

„Das weiß ich nicht."

Malin schluckte noch einmal, der Kloß war jetzt richtig groß.

Kapitel 87

Als er hörte, dass sich ein Motorrad näherte und dann über die Kieseinfahrt fuhr, vermutete Miro, dass sie jemanden geschickt hatten, um nach ihm zu sehen.

Die Tür flog auf, Schritte kamen näher und hielten direkt vor ihm an. Er roch Benzin und spürte die Anwesenheit von jemandem. Der Mann griff in seinen Nacken und nahm die Kapuze ab. Miro fluchte, sagte aber sonst nichts, er leckte sich über die Lippen. Es war niemand, den er kannte. Vermutlich jemand von der Bereitschaftspolizei, dem Järring freie Bahn ließ.

Aber sie wussten beide, dass das hier ein Spiel war und sie beide mitspielen mussten.

„Also, wie lösen wir das?", fragte Miro, um ihm den Puls zu fühlen.

„Ich bin hier bei dir, sag Bescheid, wenn du was trinken willst oder aufs Klo musst oder so. Du bleibst hier, bis zu anfängst zu reden." Der Mann mit breiter Brust trat einen Schritt zurück, zog einen Stuhl heran und setzte sich, dann streckte er die Beine aus und verschränkte die Arme vor der Brust.

„Ich habe nichts zu sagen. Du kannst mich genauso gut direkt freilassen", erwiderte Miro.

„Sie lassen dich gehen, wenn du geredet hast."

„Ach fahr doch zur Hölle!", blaffte Miro. Konnten sie ahnen, dass er die Dinge in Carl-Magnus' Zimmer gefunden hatte?

Der Mann stand auf und zog die Jacke aus.

Dann setzte er sich wieder auf den Stuhl, damit hatte also die nächste Phase in diesem Zirkus begonnen.

Miro hatte jedenfalls beschlossen, ihnen nichts von den Dingen zu erzählen. Das war Material, das nicht zur Polizei sollte.

Er hatte einen anderen Plan.

Es sollte an die Öffentlichkeit, das war für Miro eine moralische Frage, von der er keinen Millimeter abzuweichen gedachte. Plötzlich erkannte er, wie er hier wegkäme. An der Wand gegenüber stand eine große Glasscherbe. Wenn er den Mann dazu brächte, ihn allein zu lassen, könnte er den Raum durchqueren und seine Fesseln an der Glasscherbe aufschneiden. Damit das klappte, musste er allerdings allein sein.

Kapitel 88

Anna ging auf Liv zu, die immer noch schrie.

Sie hielt sich weiter die Ohren zu und hatte Angst, wollte aber andererseits nicht weglaufen. Sie hatte versucht, Liv zum Schweigen zu bringen, aber Liv war nicht zu erreichen. Ein Urschrei aus dem dunkelsten Loch der Verlassenheit ihrer Kindheit. Anna fragte sich, wann jemand draußen an den Wohnwagen klopfen würde, aber die meisten hatten den Campingplatz ja verlassen, vielleicht war gar niemand in der Nähe.

„Liv, niemand will dir was Böses." Sie legte die Hand auf ihren Arm. Doch Liv war in ihrem Schrei wie versteinert.

Anna überlegte, den Wohnwagen zu verlassen. Sie wollte sich schon zur Tür umdrehen, doch genau da verstummte Liv plötzlich.

„Nein, ich habe nichts gemacht. Ich bin die dumme Liv, aber ich habe nichts mit dem Mädchen gemacht."

Sie wandte sich an Anna und warf ihr einen Blick zu, den diese nicht richtig interpretieren konnte.

„Jetzt braucht Liv Ruhe. Liv muss allein sein."

„Ich möchte dich noch mal sehen, Liv, aber jetzt musst du dich ausruhen. Einverstanden?“

Die alte Frau nickte und sah erleichtert aus.

„Darf ich wiederkommen?“

Zunächst schüttelte sie den Kopf.

„Liv, ich möchte dich noch mal sehen“, wiederholte Anna und packte sie jetzt etwas fester am Arm, um deutlich zu machen, dass sie wirklich da war. Dass sie hier bei ihr im Zimmer war. Sie litt mit der armen Frau. Sie musste einfache, kurze Sätze verwenden und keine Verneinungen, die missverstanden werden könnten.

„Das darfst du“, antwortete Liv knapp, drehte sich dann um, schaute aus dem Fenster und wandte ihr den Rücken zu.

„Wie schön, Liv“, sagte Anna und öffnete die Tür, so dass das Tageslicht und noch mehr Wärme hineinströmten. Die Hitzewelle war einfach nicht zu begreifen. Die Folgen, sollte sie andauern, konnte sie nur vermuten, Waldbrände, Dürre und Tiere, die verdursteten und verhungerten. Es war auf jeden Fall ein unwirklicher Mittsommer, der doch normalerweise im Regen versank.

Als sie wieder draußen auf dem Rasen stand, die Tür war hinter ihr geschlossen worden, ging sie los, musste sich aber einfach noch mal umdrehen. Sie wollte nachsehen, ob Liv hinausspähte, also wandte sie sich langsam um und sah gerade noch, wie die Gardine im Wohnwagen sich bewegte. Liv hatte sie wie erwartet beobachtet, und Anna begann zu verstehen, wie die Frau tickte.

Kapitel 89

Jesper hatte Miro immer noch nicht erreicht und sah praktisch ununterbrochen auf seinem Handy auf die Uhr. Es war fast fünf. Er wollte Feierabend machen, wusste aber nicht, ob das ging.

An wen konnte er übergeben? Er suchte die heute verantwortliche Krankenschwester und versuchte, die Lage zu peilen. Die Frau wirkte trotz ihres Alters stabil und routiniert. Man merkte ihr nichts vom Führungsdurcheinander an, das Jesper empfand.

Kam es so häufig vor, dass jemand auf Freigang verschwand, dass sie sich nicht viel daraus machten? Oder hatte sie den Ernst der Lage nicht verstanden? Sollten nicht alle das viel ernster nehmen? Er selbst tat das jedenfalls.

„Was Neues von Carl-Magnus?“, fragte sie dann doch, und Jesper schüttelte den Kopf.

„Nein. Haben Sie was gehört?“

„Nein.“ Sie schüttelte ebenfalls den Kopf.

Er wusste jetzt jedenfalls mehr über Carl-Magnus’ Vergangenheit, seit er die Krankenakte und sein rechtspsychiatrisches Gutachten gelesen hatte. Ein paar Sachen waren neu für ihn, aber das Meiste hatte er schon gewusst.

Die Krankenschwester stand immer noch neben ihm und sah ihn unter ihren falschen Wimpern an. Er wusste, dass seine Rolle als Oberarzt, Psychiater oder Chef immer Frauen anzog. Das belastete ihn jedoch nie. Bei allem gab es Vorteile, dachte er und lächelte vor sich hin. Auch wenn gerade das ihn nicht berührte.

„Ich habe auf meinem Handy gelesen, dass man inzwischen jedenfalls eins der Kinder gefunden hat."

Er zuckte zusammen. Was? Sein Herz schlug schneller.

„Ach ja, das ist ja sehr schön, und dann fehlt nur noch eins, stimmt's?"

„Ja." Sie stellte sich an einen Computer und loggte sich ein.

Die Krankenschwester hatte vielleicht doch etwas Interessantes zu erzählen.

„Was glauben Sie, was passiert ist? Sie arbeiten doch schon lange hier?"

„Was ich glaube?" Sie drehte sich zu ihm um.

Es wurde eine Weile still, und sie schielte zu ihm.

„Ich glaube … oder ich denke, … dass es hier in Säter am besten ist, wenn man sich um seinen Kram kümmert und nicht spekuliert oder sich einmischt. Das führt bloß zu mehr Problemen für alle. Also halten wir alle uns raus."

Kapitel 90

Annas Eltern, die an der Imbissbude mitten im Stadtzentrum halten wollten, saßen jetzt da und aßen Wurst und Kartoffelbrei. Ihr Vater hatte auch ein Eis bestellt, darauf wartete er, als Anna ankam. Sie sahen glücklich aus.

„So viele Kilometer! Heftig bei der Hitze, fast als wäre man im spanischen Hochland“, meinte ihr Vater knapp und umarmte sie.

„Ja, so ist das jetzt, aber so war es früher nie!“

„Wie hübsch es hier ist“, sagte ihre Mutter und deutete mit einer Handbewegung auf die kleinen Holzhäuser im Stadtzentrum.

„Ich weiß, das habe ich euch doch die ganze Zeit gesagt. Jetzt, da ihr es selbst gesehen habt, versteht ihr es vielleicht besser! Ich muss auch was essen.“

Anna bestellte einen vegetarischen Burger und setzte sich neben ihre Mutter, ihrem Vater gegenüber.

„Jetzt seid ihr also hier. Das fühlt sich ganz unwirklich an. Wieso seid ihr ausgerechnet jetzt hergekommen?“

„Wie waren ja gezwungen, ich mache mir so viele Sorgen um dich, wie alles wird. Wir erinnern uns ja, wie es beim letzten Mal endete. Als du nach Hause gekommen bist, weil du eine Auszeit vom Job nehmen musstest."

Nach dem letzten Skandal in Säter, bei dem Anna mitgeholfen hatte, einen inneren Kreis rund um eine Gruppe namens *Die Anderen* zu enthüllen und die versteckte Psychologin in Zimmer 55 zu entdecken, war sie nach Hause gefahren und hatte sich bei ihren Eltern ausgeruht. Sie wollten damals nicht, dass sie nach Säter zurückkehrte, aber das hatte sie ignoriert. *Die Anderen* waren jetzt ja weg, und Miro war Chef, und es gab auch keine Geheimzimmer mehr.

„Ja, aber das war doch was völlig anderes als jetzt."

„Wir haben Angst um dich", sagte ihr Vater, und es rührte sie, dass sie sich Sorgen machten.

„Was ist denn eigentlich geschehen?" Ihre Mutter sah neugierig aus, und Anna fand, es wirkte, als fände sie es auch ziemlich spannend.

„Tut mir leid, euch enttäuschen zu müssen, aber ich weiß nur, was in den Zeitungen steht. Einer unserer Patienten ist von seinem Freigang an Mittsommer nicht mehr zurückgekehrt, und ungefähr zur selben Zeit ist ein fünfjähriges Mädchen vom Campingplatz verschwunden und dann auch noch ein Junge, mitten in der Nacht."

„Aber der wurde doch schon wiedergefunden", sagte ihr Vater und zog sein Handy hervor.

„Ach ja?" Anna nahm das Handy, und tatsächlich, es stimmte: *„Junge wiedergefunden ... nach Falun ins Krankenhaus gebracht ... Eltern erleichtert."*

Sie atmete auf. Eine Sorge weniger, die sie belastete. Aber die fünfjährige Moa war immer noch verschwunden, damit endete der Artikel, und sie seufzte tief.

Sie hatte jetzt eigentlich keine Zeit mehr, um mit ihren Eltern zu reden.

Sie musste Järring kontaktieren.

„Ihr wohnt bei mir, oder?"

„Nein, nein, wir haben im Stadshotell reserviert. Eigentlich waren sie ausgebucht, es ist ja schließlich Mittsommer, aber der Besitzer meinte, dass sie, wegen all dem, was passiert ist, mehrere Stornierungen haben und deswegen doch noch etwas frei ist. Jetzt wohnen dort nur noch Journalisten, und da dachten wir, wir passen gut dazu."

Anna fiel auf, dass diese Dramatik ihre Eltern anscheinend aufblühen ließ. Sie schlug vor, dass sie nach dem Essen mit ihnen zum Hotel ging. Sie hatten jede Folge von Inspector Barnaby gesehen und erlebten es jetzt in echt.

„Ich komme morgen früh zu euch, heute Abend habe ich noch einiges zu erledigen. Nach der Fahrt wollt ihr euch sicher ausruhen."

„Ja, und duschen, ich bin klatschnass geschwitzt! Diese Klimaanlage im Auto funktioniert nicht richtig." Annas Mutter sah ihren Mann sauer an.

„Doch, sie funktioniert, die ist nicht kaputt."

„Lasst uns jetzt zum Hotel gehen, und nachher mache ich mich dann wieder auf den Weg."

„Klingt gut."

„Hat's geschmeckt?" Eine Kellnerin räumte ihre Teller ab.

„Ja, sehr leckere Burger und gutes Eis."

„Wie schön, im Moment werden wohl nicht viele Gäste zu uns kommen, bei all dem Mist, der wieder mal über Säter in den Zeitungen steht", seufzte die Kellnerin.

„Was glauben Sie denn, was passiert ist?“ Anna war neugierig, wie die Leute in Säter darüber redeten.

„Was ich glaube?“

„Ja, ich würde gern wissen, was Sie glauben.“

Die Kellnerin lehnte sich zu Anna vor. „Ja, die Leute reden. Es steckt sicher jemand vom Krankenhaus dahinter. Oder von der Polizei Borlänge. Man hat ja von diesem Polizisten gehört, der selbst ein Serienvergewaltiger war. Nach dem, was dort oben passiert ist, vertrauen wir niemandem mehr.“

Anna nickte der Kellnerin unangenehm berührt zu. Ihre Eltern standen auf, sie hatten nicht gehört, was sie gesagt hat.

„Bist du jetzt Vegetarierin?“, fragte ihr Vater hinter ihrer Schulter.

„Nein, aber manchmal esse ich lieber was ohne Fleisch, wie heute. Fleisch ist krebserregend.“

Ihre Mutter fragte, wo sie normalerweise einkaufte, was sie abends tat, jetzt, da Lina nicht mehr hier war, und ob sie schon einen Mann getroffen hatte. Anna antwortete, so gut es ging, war aber etwas zerstreut, weil sie ganz andere Fragen beantworten musste. Wieso gab es immer noch so ein Gerücht über das Krankenhaus in der Stadt? Nach allem, was passiert war, hätte es verschwinden müssen. Das störte sie.

„Sollen wir jetzt ins Hotel gehen? Wo steht euer Auto?“

„Das steht dort.“ Ihr Vater zeigte zu ihrem dunkelblauen Skoda. Sogar aus der Entfernung sah Anna, dass er vollgepackt war.

„Was habt ihr denn alles dabei!“

„Ja, deine Mama kann nichts zu Hause lassen“, stöhnte er und ging zum Kofferraum.

Anna war froh, dass ihre Eltern sich aus ihrer Komfortzone gewagt hatten, und selbst wenn der Grund dafür etwas zweifelhaft war, ein verschwundener Pädophiler, erlebten sie auf jeden Fall etwas Neues, und das konnte ihnen nur guttun.

„Ich fahre zum Hotel, dann müssen wir die Koffer nicht schleppen."

Ihr Vater schloss den Wagen auf, und alle drei stiegen ein. Anna musste einen Picknickkorb, eine Decke und zwei Klappstühle beiseiteschieben.

„Aha, ihr habt auf dem Weg eine Pause gemacht."

„Ja, natürlich, das haben wir eingeplant, zwei Mal haben wir angehalten. Aber es war so furchtbar heiß", schimpfte ihr Vater und setzte sich hinters Lenkrad.

„Dein Papa musste auch pinkeln", seufzte ihre Mama.

„Danke, reicht, zu viel Information." Anna wechselte das Thema, indem sie den Weg beschrieb.

Das Stadshotell lag im nächsten Viertel und nur einen Katzensprung von ihrer Wohnung entfernt.

„Ich finde, ihr solltet durch die Stadt spazieren. Wenn ihr euch frisch gemacht habt, könnt ihr zum See runtergehen. Im Moment sieht es da wegen all der Polizei etwas anders aus, so ist es normalerweise ja nicht. Oder ihr geht in die andere Richtung, ins Säterdalen, da ist sicher den ganzen Tag und heute Abend was los."

„Darüber habe ich im Internet gelesen", warf ihre Mutter ein.

„Wir sehen dann, was wir machen."

„Jetzt checken wir erst mal ein und holen alles aus dem Auto, was wir brauchen", meinte ihr Vater und parkte am Markt.

Es war immer noch schrecklich heiß, und Anna fragte sich, wann dieser Regen, von dem die Leute sprachen, kommen würde.

„Gut, dann bleibt es dabei, wir sprechen später einfach noch mal. Schön, dass ihr hier seid!“ Sie spürte, dass sie das genau so meinte, dann umarmte sie erst ihre Mama und dann ihren Papa.

Anna machte sich auf den Heimweg. Sie war ein bisschen müde, und ihr ging so viel im Kopf herum. Sie wollte etwas Ruhe, sich vor der nächsten Sache kurz hinlegen und ein Nickerchen machen.

Sie suchte Miro in ihren Kontakten und drückte auf seinen Namen.

Antworte, bitte Miro, antworte.

Es klingelte, aber niemand hob ab.

Sie schaute genervt ihr Handy an. Es war sehr ungewöhnlich, dass er nicht antwortete. Sie tippte eine SMS. „Ruf mich an. Viele Grüße, Anna.“

Unter den zuletzt gewählten Nummer befand sich auch Järrings, sie drückte darauf.

„Hallo, Sven, Anna hier!“

„Hallo, Anna, warst du bei Liv?“

Sie bog in ihren Hof ein.

„Ja, war ich. Ich kann sagen, es lief ganz gut. Ich bin reingegangen, und wir haben uns ein bisschen unterhalten.“

„Und, was hat sie gesagt?“

„Als ich nach einer Weile gefragt habe, ob sie Moa gesehen hat, fing sie wie wahnsinnig an zu schreien. Ich habe Angst bekommen, aber mir war gleichzeitig bewusst, dass sie mir nicht wehtun würde.“

„Hmm …“, murmelte Sven. „Sonst noch was?“

„Ja, ich habe doch beim Campingplatz ein Bonbonpapier gefunden, ich hatte es vor allem deswegen aufgehoben, weil es Müll war und mich an ein Bonbon erinnerte, das ich als Kind bekommen habe. Es sind besondere Karamellbonbons, und Liv hatte genau die gleichen.“

Anna wartete auf seine Antwort.

„Es wäre gut, wenn du das bei der Polizei abgibst, sag, dass du mit mir darüber gesprochen hast, es ist wichtig, wenn wir absolut alles bekommen, um herauszufinden, was mit dem Mädchen passiert ist.“

Anna nickte.

„Natürlich.“

Sie stand jetzt vor ihrer Haustür, klemmte das Handy zwischen Schultern und Kinn und schloss die Tür auf. Dann zog sie die Schuhe aus und sprach weiter mit Sven. Jetzt merkte sie, wie dringend sie aufs Klo musste.

„Ich muss jetzt Schluss machen, ach, noch eine Sache. Ich erreiche Miro nicht.“

Schweigen in der Leitung.

„Hallo, Sven? Ich habe gesagt, dass ich Miro nicht erreiche.“

„Ja, das habe ich gehört.“

„Hattest du Kontakt zu ihm?“

Sven zögerte etwas mit der Antwort.

„Nein, das hatte ich nicht.“

„Okay, ich wollte nur nachfragen, ich werde gleich noch mal versuchen, ihn anzurufen. Wir sprechen uns dann später oder morgen.“

Sie legte auf. Anna runzelte die Stirn, was war das denn? Gleichzeitig musste sie jetzt so dringend, dass sie sich fast in die Hose machte, und knöpfte die Shorts auf. All das Wasser, das sie wegen der Hitze trank, lief gerade so durch sie hindurch. Sie legte ihr Handy aufs Waschbecken, als sie eben fertig war und nach dem Klopapier greifen wollte, klingelte es.

Sie sah, dass es eine Nummer aus dem Krankenhaus war, und antwortete sofort, obwohl sie so unpassend auf dem Klo saß.

„Anna Varga."

„Hallo, Anna, hier ist Jesper."

„Aha ... hallo, Jesper."

„Ja, entschuldige die Störung, aber ich bin ganz allein hier und möchte gern Feierabend machen. Hast du was von Miro gehört, oder kann ich einfach gehen, wenn die verantwortliche Krankenschwester alles im Griff hat?"

„Ja, das kannst du wohl machen, sag ihr, sie soll dich anrufen, falls irgendwas Dringendes auftaucht." In Gedanken war sie vor allem bei Miro, wieso war er nicht zu erreichen, wo zum Teufel war er? So was war bisher noch nie passiert. Sie wischte sich ab, aber schaltete den Ton aus, damit Jesper nichts hörte. Sie spülte und machte den Ton wieder an.

„Ich muss dich noch etwas fragen, Jesper, das klingt vielleicht etwas seltsam, aber hast du Ida, die Vertretung, gesehen, mit der Miro heute früh im Personalraum gesprochen hat?"

„Ah, die, ja. Ja, ich glaube, ich habe sie eben noch auf einer Station gesehen ..."

„Okay, dann war's das." Anna hatte sich gefragt, ob Miro mit ihr abgehauen war, es war schließlich schon früher passiert, dass er verschwunden war und was mit Lina hatte, es hätte also auch jetzt so sein können.

„Soll ich irgendwas wegen ihr überprüfen?"

„Nein, alles gut."

Bei ihr war Miro also nicht. „Aber geh du ruhig nach Hause. Ich kann auch in Bereitschaft bleiben, falls das nötig ist."

„In Ordnung, danke Anna, ich habe mit dieser Krankenschwester eine Übergabe gemacht. Es ist nicht einfach zu wissen, ob ich alles richtig mache, ich bin schließlich ganz neu hier, und auch als Arzt löse ich ja nicht alle Probleme."

„Nein, klar, ich bin hier, du kannst also auch meine Kontaktdaten hinterlegen."

Als sie das sagte, merkte sie, wie sie an ihrer Rolle in Säter gewachsen war. Vor gut einem Jahr war sie die Neue gewesen und hätte einem Assistenzarzt niemals so was vorschlagen können. Aber gleichzeitig dachte sie weiter. Konnte Miro wirklich wegen einer Frau alles stehen und liegen gelassen haben, irgendeiner anderen als dieser Urlaubsvertretung?

„Alles klar. Bis morgen dann."

„Okay, ja, bis morgen", antwortete sie und legte auf.

Dann wusch sie sich die Hände, das Gesicht, den Nacken. Wie schön, den ganzen Schweiß und den Staub von den trockenen Kieswegen auf dem Campingplatz loszuwerden.

Sie warf ihre Kleider in den Wäschekorb und zog ein frisches Top und Shorts an.

Ihr Telefon blinkte schon wieder, und sie ging ran.

Kapitel 91

Es gab nur eine Sache, mit der man Menschen bestechen konnte, wenn man sie nicht mit Geld bestechen konnte, dachte Miro. Und das war noch mehr Geld. Aber hier würde er mit Geld nicht weit kommen.

Die Frage war, welche Strategie er bei diesem Mann anwenden sollte, der vielleicht so tun würde, als wäre er schwer zu überzeugen, weil er ja Polizist war. Er hatte ihm jedenfalls die Kapuze abgenommen, was ihm neue Möglichkeiten eröffnete, sich aus der Situation zu befreien. Er wollte ihn aus dem Weg haben.

Miro beobachtete ihn und versuchte, seine Persönlichkeit zu erkennen, indem er auf seine Körpersprache, seine Kleidung, seine Bewegung und seinen Tonfall achtete. Und auf die Augen, die waren am aussagekräftigsten.

Jetzt verging einfach nur Zeit, und es war völlig sinnlos für Miro, hier herumzusitzen, er musste raus. Mit jeder Stunde erhöhte sich das Risiko, dass in der Klinik eine falsche Entscheidung getroffen wurde, weil er nicht da war. Und er musste sich darum kümmern, dass der USB-Stick in die richtigen Hände kam.

„Können wir einen Deal machen?“ Miro schielte auf die Glasscherbe hinter dem Mann.

Der Mann sah ihn an und setzte seine Brille ab. Miro erkannte etwas Neugier in seinen Augen, obwohl der Mann sich bemühte, unbeeindruckt zu wirken. Das war seine Chance.

„Was meinst du?“

„Wir beide, du und ich, wir wissen doch, worum es hier geht. Du sollst mich überwachen und dazu bringen, etwas zu erzählen, von dem ihr glaubt, ich wüsste es, dabei weißt du selbst ganz genau, dass ich das jetzt nicht tun werde.“

Der Mann starrte ihn wortlos an.

„Kannst du Järring sagen, dass ich mehr erzählen kann, aber nicht hier und jetzt?“

Der Polizist sah ihn unverwandt an, und Miro versuchte zu erkennen, ob er zu ihm durchdrang. Miros Plan war, den Mann aus dem Raum zu bekommen, um sich dann zur gegenüberliegenden Wand zu schleppen und seine Fessel am Rücken aufzuschneiden. Dann wäre er frei. Er redete weiter mit dem Mann.

„Du glaubst, dass du hier sitzt, um mich zu überwachen, weil ICH etwas getan habe, das ich nicht hätte tun sollen. Aber weißt du überhaupt, worum es geht?“

Der Mann antwortete nicht, also fuhr Miro fort: „Es geht weder um Geld noch Drogen oder irgendetwas, das ich getan habe.“

Der Typ schwieg, und Miro wusste, das bedeutete, dass er wenigstens zuhörte.

„Indem du hier sitzt, schützt du eigentlich Pädophile, die kleine Kinder vergewaltigen und es filmen, um es dann bei Pädophilen weltweit zu verbreiten. Es passiert sogar

Kindern hier in Schweden, und vielleicht geschieht es in diesem Augenblick einem kleinen Mädchen namens Moa, das verschwunden ist."

Zuerst wurde der Polizist blass, dann rot. Und Miro wusste, dass er es geschafft hatte. „Vielleicht wurdest du selbst als Kind in den Arsch gefickt, oder wirst es vielleicht jetzt von deinen Chefs."

Als Miro das sagte, sprang der Mann auf, stürzte sich auf ihn und packte ihn am Kragen.

„Du scheiß Jugo, pass bloß auf, sonst klebe ich dir das Maul wieder zu!"

Miro wusste, dass er genau das tun sollte. Der Kerl war simpel gestrickt, impulsiv, leicht gekränkt und daher auch leicht zu manipulieren. Es waren nicht die Schlausten, die bei der Bereitschaftspolizei landeten, sondern die körperlich Fittesten.

„Du willst doch nicht derjenige sein, der dafür sorgt, dass das Schwein weiter Kinder vergewaltigen kann. Mit meinen Infos kann das Schwein dingfest gemacht werden, aber das können wir beide nicht hier und jetzt lösen. Du musst mich gehen lassen."

„Ich habe meine Anweisungen", antwortete der Mann mit zusammengebissenen Zähnen.

„Scheiß auf die Anweisungen!", erwiderte Miro und probierte, wie fest das Band dahinten saß. Er schaffte es, es ein bisschen zu lockern, so dass er die Handgelenke etwas bewegen konnte. „Das weiß ich ja und verstehe es auch. Aber du und ich, wir müssen einfach diese Situation lösen."

Der Polizist, der ihn ein paar Sekunden lang fest an den Schultern gepackt hatte, ließ ihn jetzt los und schubste ihn zurück aufs Sofa, doch Miro schaffte es, sich aufzusetzen und vorzulehnen. Es war jetzt ein Psychospiel auf höchstem Niveau.

Miro konnte weder gehen noch seine Arme bewegen, aber allein schon seine Haltung verändern zu können und seine Handgelenke zu bewegen verlieh ihm neue Kraft.

„Also, was sagst du, können wir einen Deal schließen, du und ich? Kindern soll nicht wehgetan werden. Ist es nicht langsam Zeit, sich um die Pädophilen zu kümmern? Was willst du haben?"

In den Augen des Mannes standen Leere, Schwärze und Schmerz.

„Du kannst mich nicht bestechen. Aber ich werde ein paar Sachen überprüfen. Du bleibst hier."

In der Sekunde, in der er das sagte, wusste Miro, dass er es geschafft hatte und bald frei wäre. Der Mann zweifelte jetzt so sehr, dass er ihn zurücklassen und zu seinen Kollegen fahren würde, um nachzufragen, ob Miro die Wahrheit gesagt hatte. Miro hatte ihn mit seinen Worten direkt im Herzen getroffen.

Er spürte Erleichterung. Der Polizist verließ den Raum, und er hörte das Motorrad wegfahren, gleichzeitig stand Miro auf und schleppte sich zur Wand mit der Glasscherbe.

Es bräuchte etwas Akrobatik und eisernen Willen, doch das war für Miro kein Problem.

Kapitel 92

Malin stand vor dem Zimmer, in dem Tage jetzt mit seinen Eltern saß. Er trank noch eine Limo und aß ein Käsebrot, allerdings hatte er den Käse rausgezogen, der lag jetzt auf dem Tisch und schwitzte. Die Eltern waren bereits bei der zweiten Tasse Kaffee. Die Armen, dachte Malin, dieses Erlebnis wird sie bis ans Lebensende begleiten. Es konnte aber auch etwas Positives haben. Sie würden ihre Kinder jetzt besonders vor möglichen Gefahren warnen und schützen.

Trotz der Hitze war der Junge unterkühlt gewesen, als man ihn fand, aber er war ja auch über Nacht draußen gewesen. Im Krankenhaus hatte er gepinkelt und war untersucht worden, auch intim, und da man nichts Ungewöhnliches fand, durfte er mit seinen Eltern zurück aufs Polizeirevier. Danach dürften sie wieder zum Wohnwagen fahren.

Malin vermutete, dass sie nicht hierbleiben wollten. Es waren jetzt nur noch wenige Gäste hier, und der Campingplatzbesitzer hatte heute schon einige ihrer Kollegen ausgeschimpft, dass sie sein Leben ruinierten. Sie verstand ihn ja durchaus. Es war halt schlecht, dass sie Moa immer noch nicht gefunden hatten, das war richtig schlimm.

„Was hat er erzählt?“ Järring stellte sich neben sie.

„Dass er hinausgegangen war, um zu pinkeln. Es war so hell und warm, da dachte er, es wäre nicht mehr Nacht. Es war wie am Tag, fand er, so hell und warm.“

„Wie ist er dann auf diesem Waldweg gelandet?“

„Er sagt, dass er nach seinen Spielkameraden gesucht hat.“

„Was? Er ist einfach so von seinen Eltern weggelaufen … wirkt das so … als ob es stimmt?“ Järring kam näher und sprach leiser. „Wie geht es ihm?“

Sie wusste, was er meinte, es gab oft wichtige Informationen über das Kind, ob es zum Beispiel normalbegabt war oder irgendeine Diagnose hatte, wodurch es sich abweichend verhielt.

„Bei ihm scheint alles so zu sein, wie es sein soll. Laut den Eltern nichts Abweichendes in der Schule oder sonst, keine Diagnose oder Ähnliches.“

„Und dann hat er ja auch eine Trollfrau gesehen!“

„Jaja, wieder mal Liv, geht sie nachts raus und ist unterwegs? Vielleicht verlässt sie dann ihren Wohnwagen, wenn niemand sie sieht.“

„Ja, das kann sein. Wie lief es übrigens mit Anna und ihrem Gespräch mit Liv?“

„Es lief wohl so, wie es sollte, sie haben Kontakt aufgebaut, sie hat eben angerufen und erzählt. Sie wird noch mal hingehen, ich werde sie bitten, dann auch nach dem Jungen zu fragen.“

„Glaubst du, dass Liv etwas mit den verschwundenen Kindern zu tun hat?“

Järring schüttelte den Kopf.

„Ich will nichts ausschließen, aber eigentlich geht es vor allem darum, die Gegend genau zu untersuchen. Und ich weiß auch, dass Anna sich deswegen engagiert, wodurch sie sicherlich auch Druck macht, damit im Krankenhaus mehr wegen Carl-Magnus passiert, das ist mein eigentlicher Plan dahinter."

„Wie meinst du das?"

Järring machte eine halbe Drehung, um nachzuschauen, dass sie auch niemand sah oder hörte. Er vertraute Malin, er hatte ihre Entwicklung von der Anwärterin bis zur tüchtigen Polizistin verfolgt und wusste, dass er ihr vertrauen konnte. Ihm fiel auf, dass seine Schuhe ziemlich staubig waren, nach seinem Ausflug in den Wald, um Miro weitere Informationen abzupressen. Er hatte das tun müssen, weil ihnen die Zeit davonlief und er langsam verzweifelte.

Er hoffte, dass es Malin nicht auffiel. Seine Methoden, um an die Wahrheit zu gelangen, mussten nicht alle kennen. Es reichte mit den paar Bereitschaftspolizisten, die zu ihm aufsahen.

„Ich glaube, dass das Verschwinden von Carl-Magnus beim Freigang nicht das Übliche ist, sondern dass es sich dabei um etwas oder jemand anderen handelt."

„Was meinst du?"

„Na, genau das, was ich sage, dass er Teil von etwas Größerem ist, mehr kann ich im Moment nicht sagen. Ich hoffe, dass Anna uns helfen wird, in der Klinik mehr darüber zu erfahren."

„Ach so." Malin dachte nach. Anna stand wieder mal im Auge des Sturms. Malin hoffte, dass sie dafür gerüstet war.

Kapitel 93

Der Reporter stand vor der Schranke des Campingplatzes, hinter ihm ein paar Wohnwagen und Wohnmobile. Mit dem Mikrofon in der Hand berichtete er über das, was in den letzten Stunden in Säter passiert war.

Dass der siebenjährige Junge wieder aufgetaucht war, aber Moa immer noch verschwunden. Dass die Polizei die Suche weiter fortsetzte. Jetzt zoomte die Kamera aus und fing eine Frau ein, die neben dem Reporter stand. Anna glaubte, den Campingplatzbesitzer im Hintergrund zu erkennen, auch die Frau sah bekannt aus, sie hatte sie sicher schon mal im Supermarkt gesehen.

„Hallo, Sie wohnen in Säter, wie empfinden Sie im Moment all das, was gerade geschieht?“, fragte der Reporter und drehte sich zu ihr um.

„Einerseits sind wir an solche Dinge schon gewöhnt, andererseits ist es schrecklich. Meine Gedanken sind bei den Eltern des Mädchens“, sagte die Frau in hübschem Dialekt, durch ihren freundlichen Blick glaubte man ihr, was sie sagte.

„Ja, was glauben Sie, die Sie hier in der Stadt wohnen, was passiert ist?“

Die Frau musterte den Reporter und wartete ein paar Sekunden, bevor sie antwortete.

„Was ich glaube?"

„Sie haben mir ja vorhin erzählt, dass Sie selbst in dem Krankenhaus gearbeitet haben, in dem Carl-Magnus eingesperrt war."

„Ja, ich habe dreiundzwanzig Jahre dort gearbeitet, aber jetzt nicht mehr. Ich habe die Stelle gewechselt. Ich hatte meine Gründe." Der Reporter sah erstaunt aus, ging aber nicht näher darauf ein.

„Und, wie denken Sie über sein Verschwinden?"

„Am besten, man mischt sich nicht ein. Was ich jedoch absolut sicher weiß, ist, dass das Personal dort eine fantastische Arbeit leistet. Es ist selten das Pflegepersonal, das Fehler macht."

„Glauben Sie, dass man ihn finden wird? Es sind inzwischen seit seinem Verschwinden ja schon fast zwei Tage vergangen."

„Ja, sie werden ihn finden. Die Frage ist bloß, wann und in welchem Zustand."

Vor der Andeutung, dass Carl-Magnus verletzt sei, tot oder was auch immer sie meinte, zuckte der Reporter etwas zurück.

„Vielen Dank für das Interview, Birgitta Larsson, ehemalige Angestellte der rechtspsychiatrischen Klinik in Säter."

Der Kameramann zoomte jetzt wieder auf den Reporter, dann war der Beitrag zu Ende. Vor dem Fernseher schloss Anna die Augen. Der Name des Reporters war bekannt, hatte er ihr die Nachricht auf ihrer Mailbox hinterlassen?

Die Medien richteten den Fokus erneut auf die Klinik und fragten, ob dort irgendetwas nicht in Ordnung sei. Das beunruhigte sie, sie nahm ihr Handy, um nachzusehen, ob Miro zurückgerufen hatte. Das hatte er nicht.

Inzwischen war es nicht mehr nur ungewöhnlich, sondern besorgniserregend, dass sie noch nichts von ihm gehört hatte. Sollte sie der Polizei melden, dass weder sie noch Jesper ihn gesehen hatten?

Sie überlegte kurz, dann suchte sie nach Jespers Nummer. Hatte er als aktuell Verantwortlicher vielleicht von Miro gehört?

Während es klingelte, ging sie in die Küche, füllte den Wasserkocher und holte einen Teebeutel.

„Jesper!"

„Hallo, Jesper, ich bin's, Anna! Wie läuft's?"

„Bei mir ist alles in Ordnung und bei dir?"

„Ich wollte nur fragen, ob du Miro inzwischen erreicht hast?"

„Nein, ich habe ihn nicht gesehen, und Carl …?"

Über das Rauschen des Wasserkochers hörte sie ihn kaum, deswegen ging sie zurück ins Wohnzimmer, das in ihrer kleinen Einzimmerwohnung auch ihr Schlafzimmer war.

„Was hast du gesagt? Irgendwas mit Carl-Magnus?"

„Nein, auch da nichts Neues, ich tue von hier aus, was ich kann."

„Kann es sein, dass Miro etwas zugestoßen ist?"

„Keine Ahnung. Du kennst ihn besser. Wir können es ja der Polizei melden, die könnten dann mal bei ihm zu Hause nachschauen."

Anna dachte schnell nach. Miro wollte möglichst nichts mit der Polizei zu tun haben. Sie sollten noch warten.

„Wir warten noch ein bisschen", sagte Anna. Das Wasser hatte gekocht, und sie ging zurück in die Küche, das Handy an der Schulter eingeklemmt, goss Wasser ein und tat einen Teebeutel in die Tasse.

„Ich habe kein Auto, aber ich schau mal, ob ich mir später eins leihen kann, um bei ihm vorbeizufahren …"

„Okay, ich kann mitkommen, wenn du möchtest."

„Mmm, mal sehen … im Moment ist einfach alles sehr merkwürdig."

„Melde dich, wenn du willst."

„Das mache ich … aber wir sehen uns ja morgen bei der Arbeit … einen schönen Abend."

„Dir auch, Anna. Tschüss!"

Trotz allem fühlte es sich gut an, mit Jesper zu reden, sie war in alldem nicht allein. Sie hatte das Gefühl, dass sie mit keinem ihrer anderen Kollegen sprechen konnte, da war das Risiko für Gerüchte zu groß.

Sie ließ den Tee ein paar Minuten ziehen, dann nahm sie den Teebeutel heraus und warf ihn weg.

Liv, wie ging es mit Liv weiter? Was könnte sie tun, um die Frau zum Reden zu bringen, was war der richtige Ansatz? Die Zeit war knapp. Der Wettlauf mit der Uhr war jetzt der größte Feind.

Hatte sie irgendetwas bei dem, was Liv gesagt oder getan hatte, übersehen?

Kapitel 94

Wie eine stehende Raupe schleppte sich Miro zur gegenüberliegenden Wand. Als er dort war, musste er einen Weg finden, die Glasscherbe zu greifen, ohne sich zu schneiden. Er musste in die Knie gehen, den Rücken zur Wand und sie packen.

Mit kleinen Schritten drehte er sich um und kniete sich dann hin. Es war schwierig, weil die Füße so eng aneinandergebunden waren.

Mehrmals verlor er fast das Gleichgewicht und kippte nach vorn oder nach hinten, aber am Ende kniete er mit dem Rücken zu Wand, jetzt musste er nur noch näher an die Wand rutschen und mit einer Hand die Scherbe ergreifen.

Nach ein paar Versuchen spürte er die Spitze an seiner Haut und schaffte es, die Scherbe zwischen die Finger zu nehmen. Sie war scharf wie ein frisch geschliffenes Messer, es würde leicht, das Klebeband, mit dem er gefesselt war, einzuschneiden.

Im ersten Versuch klappte es gar nicht. Beim zweiten verlor er die Scherbe, weswegen er laut fluchte. Im dritten Anlauf machte er es, wie er es in irgendeinem Film gesehen hatte, er klemmte die Scherbe zwischen die Fersen, schaute über die

Schulter nach hinten und versuchte dann das Klebeband an die scharfe Kante zu führen.

Es war nicht einfach, er musste die Beine extrem zusammenkneifen und dabei versuchen, das Glas präzise zu treffen. Verfehlte er es oder rutschte ab, könnte er sich die Pulsadern aufschneiden. Aber nach ein paar Versuchen spürte er, wie es lockerer wurde, er ließ die Glasscherbe los, so dass sie zu Boden fiel. Dann bewegte er die Arme, der Schnitt im Klebeband reichte, bald war er frei, und die Fesseln fielen herab.

Miro stand auf, massierte seine Handgelenke, streckte sich und schüttelte seine Schultern.

Er ging hinaus zur Treppe vor dem Haus und sah sich um.

„Wo zur Hölle bin ich?", fragte Miro laut und öffnete die Karte im Handy, gab als Ziel Säter ein und wartete darauf, dass das GPS funktionierte. Er blinzelte in den Himmel, kaum Wolken, dazu die drückende Hitze. Der Wald würde schnell brennen, wenn jemand auch nur eine Kippe in den Straßengraben warf.

Er hatte Durst wie ein Löwe in der Savanne und ging wieder hinein, um die Wasserflasche zu holen und aufzufüllen. Im schlimmsten Fall müsste er noch etwas laufen.

Natürlich könnten sie ihn jederzeit in der Klinik aufsuchen, aber von nun an würde er auf der Hut sein und ihnen zuvorkommen.

Es waren zwölf Kilometer bis nach Säter, und die blaue Linie auf der Handykarte zeigte einen gewundenen Weg, den er mit dem Auto durch den Wald nehmen sollte. Er schaltete auf Fußgänger um, und das war dann ein Spaziergang von ungefähr einer Stunde und fünfundvierzig Minuten. Er warf einen Blick auf die Uhr.

Er füllte die Wasserflasche erneut auf, legte die Jacke über den Arm, denn die Hitze lag immer noch wie eine warme Decke über dem Wald, dann lief er, der Wegbeschreibung folgend, los.

Nach ungefähr einer halben Stunde Fußweg hatte er vollen Empfang auf dem Handy und wählte Annas Nummer. Sie antwortete recht schnell, er hörte ihr an, dass sie sich große Sorgen gemacht hatte.

„Hallo, Miro, wo warst du denn? Ich habe dich so oft angerufen!"

„Hallo, ich bin auf dem Weg in die Klinik. Wo ich war? Das kann ich jetzt nicht erzählen."

„Geht's dir gut?"

„Ja, aber hör mal, was gibt's Neues? Was ist heute Nachmittag und Abend passiert?"

„Also der verschwundene Junge ist wieder da, aber weder Carl-Magnus noch das Mädchen wurden gefunden. Ich war bei Liv auf dem Campingplatz."

„Bei Liv? Anna, sei vorsichtig!"

„Wieso … warum …?"

Die Leitung wurde schlechter.

„Anna, ich rufe dich später an …" Damit brach der Anruf ab.

Der Waldweg, auf dem er ging, war von Glockenblumen und Lupinen gesäumt, und die Vögel, die während der heißen Nachmittagsstunden praktisch völlig verstummt waren, redeten wieder miteinander.

Die Kiefern waren höher als die Fichten, und die Fichten waren höher als die Laubbäume. Uralte Wälder erhoben sich mit großer Würde über alles andere.

Als Miro weiterging, dachte er daran, dass alles beseelt war, was man seit Urzeiten glaubte, bevor die Religionen auftauchten. Dass in allem etwas Leben lag, Animismus. Früher hatte man das zurückgewiesen, aber jetzt gab es neue Forschung, die zeigte, dass die Bäume miteinander kommunizieren konnten und dass sie sogar negative Energie spüren konnten, wie dass jemand mit bösen Absichten den Wald betrat. Das war fantastisch und eigentlich gar nicht so unglaublich, es waren schließlich lebende Organismen, und Miro war der Meinung, dass die Form der Intelligenz, die wir Menschen nutzten, bloß eine Form war von unendlich vielen Formen der Anpassung und Evolution, die man als Intelligenz zusammenfassen konnte.

Durch die Vorstellung, dass der Wald lebte, fühlte sich der Weg nicht einsam und abgeschieden an, sondern als hätte er Gesellschaft.

Verlor er den Verstand? Brachte ihn die Hitze dazu, wirres Zeug zu denken? Der Wald rund um ihn war festlich, mit seinen Bäumen, deren Stämme so dick waren, dass er sie nicht hätte umfassen können. Das Rauschen in den Baumkronen hoch oben war so mächtig und entfernt, dass eigentlich nur eine andere Dimension der Wirklichkeit es verursachen konnte.

Dasselbe galt auch für die Quantenphysik, früher hatte man Theorien über das Gesetz der Anziehung und positives Denken abgelehnt, aber heute wusste man, dass es einen ständigen Fluss von Energie und Molekülen gab in allem, was existiert, und das beeinflusste alles andere. Der Flügelschlag eines Schmetterlings konnte in einem anderen Erdteil einen Sturm auslösen.

Oder die Idee eines einzigen Menschen, aus der Klinik abzuhauen, wirkte sich auf eine ganze Stadt und auf gewisse Weise auf ein ganzes Land aus.

Beim Gedanken an Carl-Magnus biss Miro die Zähne zusammen, und seine Augen wurden zu schmalen Schlitzen. Er würde dafür sorgen, dass Carl-Magnus jetzt seine letzten Momente auf freiem Fuß hatte und dass das Material, das Miro in seinem Zimmer gefunden hatte, in die richtigen Hände gelangte. Und nicht in die falschen.

Miros schwarze Loafer waren vom Kiesweg inzwischen ganz weiß gepudert, und ihm lief der Schweiß über die Stirn. Er hatte jetzt etwas mehr als den halben Weg hinter sich gebracht. Noch hatte er kein Auto gehört oder einen Menschen oder ein Haus gesehen. Was der Polizist jetzt tat, wusste er nicht, wahrscheinlich war er zu seinen Kollegen gefahren, um den ganzen Auftrag in Frage zu stellen, und vielleicht erzählte er was in Richtung: *„Der Jugo war total bekloppt, der war sicher im Krieg, er sah aus, als könnte er jemanden umbringen.“*

Das stimmte allerdings, Miro verfügte über innere Kräfte, die übernehmen konnten, wenn er sie nicht kontrollierte, aber bisher hatte er es noch nicht zugelassen.

Er nahm das Handy wieder heraus und sah, dass er volle Netzdeckung hatte.

Miro schickte eine SMS.

„Sollen wir uns in zwei Stunden in der Klinik treffen? Und erzähl niemandem, dass du mit mir gesprochen hast. Nicht mal Järring.“ Er erhielt sofort „Okay“ als Antwort und steckte das Handy in die Brusttasche.

Kapitel 95

Dass Miro angerufen hatte, war für Anna eine große Erleichterung und verlieh ihr neue Energie. Sie zog sich zum x-ten Mal für heute um. Der Wäschestapel im Badezimmer wuchs und wuchs, sie würde bald waschen müssen, aber das musste warten, bis all das vorbei war. Wann das wohl wäre? Denn es musste doch bald zu Ende sein. Es gab keine Alternative. Oder?

Sie schlüpfte in ein kühles Sommerkleid und wollte bald zur Klinik fahren und dort auf Miro warten. Wo war er bloß gewesen? Warum durfte sie niemandem etwas sagen?

Dann kämmte sie ihre Haare und wusch sich das Gesicht, legte neue Wimperntusche und etwas Lipgloss auf. Sie wollte auf dem Weg noch bei ihren Eltern vorbeischauen. Sie waren nach der Reise müde und würden früh ins Bett gehen, das hatte ihre Mutter ihr geschrieben.

Sie belegte ein Brot mit Käse und Fisch-Paste aus der Tube, eine Kombination, die sie nicht auf Facebook posten würde, aber liebte. Kaum, dass es aufgegessen war, bereitete sie ein zweites zu. Sie hatte Hunger. In den letzten Tagen hatte sie nicht ordentlich gegessen.

Schließlich band sie einen Pferdeschwanz, nahm ihre Handtasche, steckte Schlüssel, Handy, Geldbeutel und die inzwischen obligatorische Wasserflasche ein. Dann noch Sandalen an die Füße und schon schloss sie die Tür hinter sich ab.

Als sie am Hotel anhielt, stellte sie ihr Rad vorm Eingang ab und trat ein. Die Zimmer waren deutlich ausgeschildert, und sie stieg die Treppe hinauf zum Zimmer ihrer Eltern im zweiten Stock. Ihr Vater öffnete, nachdem sie ein paar Mal angeklopft hatte, er sah müde aus.

„Komm rein, Anna. Wir haben uns ein bisschen hingelegt."

„Entschuldigt, ich will nicht stören. Aber wir können ja ausmachen, dass wir uns morgen früh treffen, dann zeige ich euch die Stadt."

„Komm rein, Anna", hörte sie ihre Mutter aus dem Zimmer rufen.

Anna trat ein, ohne die Sandalen auszuziehen. Ihre Mutter lag auf dem Bett und entspannte sich. Es war lustig, sie hier im Hotel in Säter zu sehen, fast ein bisschen unwirklich.

„Was ist euer erster Eindruck?"

„Wunderschön ist es hier in Dalarna, Anna, da stimme ich dir zu."

„Das freut mich."

„Wir würden auch gern deine Arbeitsstelle sehen."

„Ja, aber die kann ich euch nicht zeigen, das heißt, wir können natürlich hinfahren und sie von außen ansehen, ich kann euch allerdings nicht mit reinnehmen, aber das können wir morgen machen."

„Heute Abend gehen wir es ruhig an, Papa und ich. Oder was meinst du?", rief sie, und er antwortete murmelnd aus dem Badezimmer.

„Stimmt denn das, was man sich in der Stadt erzählt?" Annas Mutter stand auf.

„Was erzählt man sich denn?" Waren es die Gerüchte über die Klinik und die Polizei in Borlänge?

„Dass das Mädchen von dem Pädophilen ermordet wurde? Und dass es die Schuld von jemandem im Krankenhaus ist, dass er entlassen wurde."

„Was?" Ihr Magen verkrampfte sich.

„Nein, das hoffe ich doch nicht, wer hat das behauptet?"

Ihre Mutter flüsterte fast, damit nur Anna hörte, dass es der Mann an der Rezeption gewesen war. Er hatte sogar gescherzt, dass sie als Alte auf jeden Fall sicher waren.

„Bah, was für ein schwarzer Humor. Und wir alle, die in der Klinik arbeiten, geben immer unser Bestes, das sollt ihr wissen."

Anna fühlte sich gekränkt, beleidigt und dumm, denn irgendwie hatten sie ja recht. Es gab eben Gerede, aber dieses Mal wurde dabei über sie geredet, und das fühlte sich schrecklich an. Es war bloß eine Zeitfrage, bis ihr Name genannt würde, als eine derjenigen, die für den Freigang gestimmt hatten. Sie wagte gar nicht, darüber nachzudenken, welche Hetzjagd daraus werden konnte.

„Stimmt schon, aber es war trotzdem witzig, findest du nicht?" Ihre Mutter grinste.

Anna fiel erneut auf, dass dieser Ausflug nach Säter ihre Eltern aufgemuntert hatte, aber ein bisschen aus den falschen Gründen.

„Also, um es zusammenzufassen: Ich hoffe, dass so etwas nicht passiert ist, aber ja, beide sind im Moment verschwunden, und mir tut die arme Mutter des Mädchens so leid und natürlich auch das Mädchen. Und wer weiß, vielleicht braucht sogar Carl-Magnus Mitleid."

„Ein Pädophiler?"

„Ja, aber er ist trotzdem ein Mensch, habt ihr mir als Kind nicht beigebracht, dass *‚alle Kinder Gottes‘* sind?"

„Ja, sicher, aber solche Taten darf man nicht begehen, das ist Sünde und verstößt gegen alles."

„Er ist krank. Sehr krank", probierte Anna die Diskussion etwas ausgeglichener zu machen.

Ihre Mutter schien nachzudenken, Anna drehte sich um und wandte sich an ihren Vater.

„Dann sehen wir uns also morgen. Ich kann zum Frühstück kommen, wenn ihr wollt, dann können wir zusammen essen."

„Ja, das wäre schön." Ihre Mutter hatte offensichtlich aufgehört, über die Verschwundenen in Säter zu grübeln, hatte sich wieder hingelegt und gähnte laut. Anna verabschiedete sich also und verließ das Hotel.

Auf der Straße stieg sie auf ihr Rad, was eine der besten Investitionen ihres Lebens war. Wohin sie damit schon überall gefahren war. Ein echter Alltagshelfer. Als Kind hatte sie sich vorgestellt, dass ihr Fahrrad ein Pferd war, und wenn sie trat, dann schienen es nicht ihre eigenen Beine zu sein, die sie voranbrachten, sondern Pferdehufe, im Schritt, Trab und Galopp.

Das Fahren wurde plötzlich ganz schwer. Sie schaute aufs Rad. Was zum Teufel? Hatte sie einen Platten? Bloß nicht! Sie stieg ab, fühlte das Hinterrad und fluchte. Es war völlig platt.

Ihr lief es eiskalt den Rücken hinunter. Hatte jemand hineingestochen? Nein, jetzt wurde sie paranoid. Es lag etwas Unheimliches in der Luft. Die Ruhe nach den Suchketten und dem Polizeiaufgebot, und gleichzeitig verstrichen die Stunden rasend schnell, und bald würde Moa nicht mehr leben, sollte sie sich im Wald verirrt haben.

Die Leute hatten sich zurückgezogen, hatten sie aufgegeben, waren weggefahren, zu sich nach Hause, zu ihren Frauen und Männern, zu ihren Kindern, hatten das letzte Bier getrunken und das Fest verlassen? Hatten sie Angst und blieben zu Hause?

Die Hubschrauber flogen nicht mehr, die Reporter machten Pause und warteten auf neue Ereignisse.

War das die Ruhe vor dem Sturm? Anna schob ihr Fahrrad, es würde dauern, bis sie die Klinik erreichte, sie war frustriert und wütend. Sie sog den Duft des feuchten Holzes ein, das beim Sägewerk gestapelt lag. Ein Duft, den sie vom ersten Augenblick an geliebt hatte. Jetzt wollte sie tief in einen Teil der Geschichte Säters eintauchen, den sie noch nicht kannte.

Kapitel 96

Anna war endlich an der Klinik angekommen, stellte das platte Fahrrad in den Ständer, ging durch die Sicherheitssperren, schloss ihr Büro auf und fuhr den Computer hoch. Jetzt wollte sie mehr über Liv erfahren. Und Miro müsste bald auftauchen, wenn er sich an ihre Verabredung hielt. Ansonsten war die Klinik leer und verlassen. Der Bereitschaftsdienst schlief, und die Patienten hatten ihre Schlaftabletten bekommen.

Teilweise waren die alten Patientenakten digitalisiert worden, andere befanden sich im alten Archiv, zu dem sie keinen Zugang hatte.

Aber wenn Liv eine Tagespatientin war und Kontakt mit der Tagesklinik, Betreuern oder der ambulanten Klinik hatte, dann könnte sie deren Notizen lesen.

Sie öffnete das Programm mit den Krankenakten und tippte Livs kompletten Namen ein. Damit tat sie etwas, wozu sie gar keine Berechtigung hatte. Liv war nicht ihre Patientin, und man konnte nachverfolgen, dass sie sich ihre Akte angesehen hatte. Das war ihr jetzt egal, sie würde später mit Miro darüber reden.

Es war möglich, die Spuren der Suche im Programm zu verwischen, dachte sie, aber das würde dauern, und der Ernst der Lage wog schwerer als das Risiko, angezeigt zu werden.

Liv Eriksson. Beim Nachnamen dachte sie daran, dass sie mal die häufigsten Namen in Dalarna gegoogelt hatte. Anna war anscheinend der häufigste Frauenname und Lars der häufigste Männername. Sie hatte hier bisher noch keinen Lars getroffen.

„So, sehen wir mal, welches Leben du hattest."

Es gab zwei Liv Eriksson, und sie schaute auf die Personennummer, um zu entscheiden, welche Akte sie öffnen sollte. Das war einfach, da die andere Liv erst in den 10er Jahren geboren war.

Sie öffnete die Akte von Liv, der Älteren, und wartete ein paar Sekunden, während sie lud.

Anna gähnte und wickelte eine Haarsträhne um ihre Finger. Sie schaute hinaus in den Flur, er war leer, aber bald würde Miro hoffentlich kommen. Wo zum Teufel hatte er gesteckt? Ein Blick auf ihr Handy, aber es gab keine Nachricht von ihm.

Die Akte war offen, und sie sah, dass es regelmäßige Anmerkungen gab, was bedeutete, dass sie einen kontinuierlichen Kontakt zur Psychiatrie hatte. Es war die Tagesklinik, nicht die Rechtspsychiatrie, deswegen musste sie noch eine Sicherungsebene höher anklicken, um die Notizen zu öffnen.

Sie begann, die Anmerkungen zu überfliegen. Ihr Blick ging auf dem Schirm hin und her, sie scrollte nach unten.

Es war immer derselbe Pfleger, der Anmerkungen machte. Mit anderen Worten, Liv hatte nur zu einer einzigen Person Kontakt. Einmal pro Woche hatten sie sich getroffen oder gesprochen.

Aber da war eine Lücke: In den letzten zwei Wochen gab es keine Notizen. Die letzte stammte vom 10. Juni 08.45. Könnte es sein, dass sie verschlampt wurden, dass eine Sekretärin vergessen hatte, sie einzutragen, oder vielleicht war der Pfleger auch einfach nur im Urlaub? Und niemand vertrat ihn als Kontakt zu Liv. Das war gegen die Regeln, so kranke Patienten sollten ständig Kontakt zu Pflegern haben.

In den Notizen ging es hauptsächlich um Medikamente und die tägliche Routine. Sie waren knapp und wiederholten sich.

Nichts Auffälliges, sie schien eine typische entlassene Patientin zu sein, die regelmäßigen und offensichtlich lebenslangen Kontakt zur Psychiatrie hatte.

Aber warum hatte Liv in Säter gelebt? Die Antwort würde sie wohl nur in den Papierakten finden, oder gab es irgendwo in ihrer Akte eine Zusammenfassung ihrer Geschichte? Manchmal machte ein ehrgeiziger Arzt im Praktikum oder ein Psychologe in Ausbildung etwas umfassendere Notizen, die waren dann genauer, detaillierter. Anna klickte sich durch Livs Akte.

Keine Angehörigen.

Kein Alkohol.

Wortkarg.

Einzelgängerin.

Zwangsgedanken.

Wutanfälle.

Sonderling.

Unberechenbar.

Anna hörte auf zu lesen und dachte nach. Wie konnte sie Liv gegenübertreten, damit sie sich ihr öffnete? Hatte sie etwas mit den verschwundenen Kindern zu tun? Hatte sie etwas gesehen, das sie nicht erzählen konnte oder wollte? Sie las weiter.

Paranoide Gedanken.

Ängste.

Aggressionen.

Auf Kinder fixiert.

„Was?“ Anna stoppte. Wie, auf Kinder fixiert, worum ging's da? Hatte sie Zwangsgedanken über Kinder? War sie pädophil? Was war das denn jetzt? Natürlich gab es auch pädophile Frauen, genau wie pädophile Männer. Sie spürte, wie ihr Herz schneller schlug.

Anna schloss die Akte und öffnete ein neues Fenster in ihrem Browser. Sie googelte nach Nachrichten über pädophile Frauen und holte tief Luft.

Im Internet gab es Netzwerke für Kinderpornographie, in denen auch Frauen waren. Ein pädophiler Kreis, zu dem zwanzig Frauen gehörten, war über kinderpornographische Bilder auf Computern entdeckt worden. Übergriffe auf die Kinder anderer. Auf die eigenen Kinder. Laut Statistik waren ein Viertel aller Pädophilen Frauen.

„Scheiße, meine Güte.“ Anna war überrascht, dass sie das bisher nicht gewusst hatte. Es war so einfach, Männer als die schlimmsten Täter zu sehen, die sich an Kindern vergriffen. Es war natürlich naiv zu glauben, dass die Übergriffe von Müttern und Frauen generell meist psychische oder körperliche Misshandlungen waren, keine sexuellen, oder aber sie machten die eigenen Kinder krank, das berühmte Münchhausen-Stellvertretersyndrom. Sie klickte auf einen Artikel und las weiter.

Eine Forscherin in Norwegen hat *Bergens Tidende* ein Interview gegeben:

„Es herrscht die allgemeine Vorstellung, dass Frauen keine pädophilen Straftaten begehen, meint eine der Forscherinnen, Gunnhild Nystad Haugland. Tatsächlich ist die Pädophilie unter Frauen deutlich stärker verbreitet, als man glaubt, das ergaben ihre Forschungen. Außerdem haben die Übergriffe der Frauen oft schlimmere Konsequenzen für die Opfer, weil sie von einer Person ausgeübt werden, die dem Kind generell nähersteht. Es ist eine doppelte Verletzung, wenn der Täter eine Person ist, zu der man eine enge Verbindung hat. Für das Opfer ist ein Übergriff durch eine Sorgeberechtigte auch mit großer Scham verbunden."

Weiter stand da, dass pädophile Frauen oft milder bestraft würden als Männer und dass in Schweden fünfundzwanzig Prozent der verurteilten Pädophilen Frauen waren, während andere Zahlen behaupteten, dass nur ein Prozent der in Schweden für Pädophilie Verurteilten Frauen waren. Welche Zahl stimmte?

Es war heutzutage generell schwer zu wissen, was von dem, was im Internet stand, wahr war. Anna schüttelte den Kopf, sie spürte ein ängstliches Unbehagen.

Sie hatte bisher noch nichts mit pädophilen Frauen zu tun gehabt, es gab noch keine in Säter, oder hatte sie jetzt ihre erste getroffen, Liv?

„Liv, hast du den Kindern etwas angetan?", sagte sie laut. Ihr war klar, dass ihre Gedanken jetzt mit ihr durchgingen, aber man durfte nichts ausschließen. Es stimmte wohl in jedem Fall, dass es hier eine Dunkelziffer gab, und was die Gerichtsurteile anging, so waren ungefähr zehn Prozent derjenigen, die Kinder sexuell missbrauchten, Frauen.

Aber egal, ob nun ein Viertel oder zehn Prozent, es war jedenfalls plausibel und möglich. Anna fand das schwer zu akzeptieren. Es zeigte nur, welche Vorurteile sie über Männer und Frauen hatte, dachte sie und seufzte. „*Frau vergewaltigte einen Jungen 50 Mal.*" Nein, mehr ertrug sie nicht mehr. Sie machte den Browser zu und öffnete wieder Livs Akte. Es gab dort keine Diagnose oder Beweis dafür, dass Liv sich von Kindern sexuell angezogen fühlte, nur weil da stand, dass sie auf Kinder fixiert war.

Sie musste mit dem Pfleger sprechen, der Kontakt zu Liv hatte, und versuchen, ihre alten Papierakten zu finden, bevor sie noch mal auf den Campingplatz ging und bei Liv anklopfte. Die Akte, die sie jetzt las, ging nur fünfzehn Jahre zurück, und sie musste mehr erfahren.

Plötzlich hörte sie, wie eine Tür geöffnet wurde, dann Schritte draußen im Flur, sie stand schnell auf. Wer war das?

„Hallo?"

Sie hörte schlurfende Schritte und sah auf einmal einen Schatten vor der Tür, und dann stand Miro vor ihr.

„Ach du meine Güte, was ist denn mit dir passiert?" Sie starrte ihren Chef an, nasse Stirn, schmutzige Hose, staubige Schuhe, verschwitztes, aufgeknöpftes Hemd und in der Hand eine leere Wasserflasche.

Kapitel 97

Liv konnte nicht schlafen und war in ihrem Wohnwagen hin und her gelaufen. Sie wusste, dass sie eigentlich schlafen sollte. Liv muss essen. Liv muss schlafen. Liv muss nett sein. Wenn sie nicht freundlich gewesen war, dann war sie dumm. Sie war dumm gegenüber Kindern gewesen. Das haben die Leute gesagt. Und das glauben sie. Aber sie hatte ja nicht die Absicht, dumm zu sein. Sie war doch nett zu ihnen. Sie war zu Kindern netter als zu allen anderen. Sie verstand Kinder besser, als andere es taten.

Das Nachthemd reichte fast bis auf den Boden, und sie setzte sich auf die Bettkante. Sie wusste nicht, wem sie jetzt vertrauen konnte. Der Einzige, mit dem sie normalerweise sprach, war für ein paar Wochen weggefahren. Liv wollte niemand anderen treffen.

Vielleicht wäre es besser, wenn sie wegging. Liv stand auf. Sie ertrug es nicht, dass lauter Leute an ihre Tür klopften, dass sie Fragen stellten, dass sie sich hier in ihr Zuhause setzen wollten, dass sie Kaffee und Kuchen anbieten musste. In ihrer Brust spürte sie etwas. Es war ihr pochendes Herz. Es war fast so laut, wie wenn jemand mit der Faust an die Tür schlug.

Sie stand auf und zog die Gardine vom Fenster. Es war draußen noch hell und würde heute Nacht auch kaum dunkler werden.

Liv beschloss, dass sie jetzt nicht mehr im Wohnwagen bleiben wollte. Sie legte sich ihre dünne, hellgelbe Jacke über die Schultern. Schlüpfte in ein Paar Sandalen, dann öffnete sie die Tür und schaute hinaus wie ein Vogel aus seiner Nisthöhle. Sie sah niemanden in der Nähe. Sie blickte nach rechts und nach links, dann geradeaus. Sie schien freie Bahn zu haben.

Dann drehte sie sich um und schloss die Tür ab. Schließlich ging sie los. Sie wollte so lange gehen, wie sie konnte.

Kapitel 98

Anna war betroffen, ihren Chef in einem Zustand zu sehen, den sie nicht erwartet hatte, und führte ihn zum Sessel in ihrem Büro.

„Anna, es sieht schlimmer aus, als es ist. Es liegt an der Hitze und daran, dass ich lange zu Fuß gelaufen bin."

„Woher denn?" Anna schüttelte verwirrt den Kopf.

„Eins nach dem anderen, kannst du bitte meine Flasche auffüllen?"

Sie drehte den Wasserhahn auf und ließ das Wasser eine Weile laufen, bis es richtig kalt war, dann füllte sie seine Flasche und gab sie hm.

„Zuerst mal, das hier muss zwischen uns beiden bleiben, zwischen diesen vier Wänden."

Anna nickte und setzte sich ihm gegenüber. Er holte tief Luft.

„Also, ich habe in Carl-Magnus' Zimmer Verschiedenes gefunden."

„Okay, was?"

„Wie soll ich sagen, Material, Unmengen an Kinderpornographie auf einem USB-Stick."

„Was? Wie kommt der hierher, wie hat er …?"

„Ja, genau, viele solcher Fragen stellen sich, nicht wahr?" Jetzt zog Miro einen Mundwinkel lächelnd hoch und war wieder er selbst, trotz seiner wilden Haare. „Man könnte glauben, dass er von jemandem hier drinnen Hilfe bekam."

„Aber hat er sich das hier angesehen?", fragte Anna erschrocken. Sie fand es schon schlimm genug, dass in der Klinik Drogen genommen wurden, aber dass sie sogar ihre Verbrechen ausleben konnten, war einfach abscheulich und unakzeptabel.

„Nein, das bezweifle ich, aber er hatte es hier, und es sind Unmengen an Bildern und Videos darauf."

Anna verzog angewidert das Gesicht.

„Aber das ist noch nicht alles. Da war auch ein Handy mit nur einer Nummer, die er anrufen konnte."

„Ein Telefon? Machst du Witze?"

„Ich weiß, das ist völlig verrückt."

„Wessen Nummer ist es?"

„Das weiß ich noch nicht, ich habe angerufen, aber niemand ging ran."

Miro stand jetzt auf und knöpfte sein Hemd auf, so dass seine behaarte Brust zu sehen war, Anna wandte den Blick ab.

„Es ist furchtbar heiß, ich würde es am liebsten ganz ausziehen."

„Ich wäre dankbar, wenn du es anbehieltest", sagte sie und lächelte verlegen.

Miro erzählte, wie er überfallen und entführt wurde, und zwar von Personen, die wollten, dass er mehr über Carl-Magnus und über das, was in der Klinik passierte, erzählen sollte.

„Wer macht so was, das klingt ja völlig krank?"

„Ich weiß nicht, irgendwelche Männer."

Anna war geschockt, verstand jetzt aber auch, wieso er nicht zu erreichen gewesen war, weil er sich den ganzen Nachmittag und Abend nicht hatte melden können.

„Haben sie dich verletzt?"

„Nein, gar nicht, das siehst du doch, niemand kann mich verletzen." Er lächelte großkotzig.

Sie war geneigt, ihm zu glauben, denn sie konnte sich nur schwer vorstellen, dass Miro nachgeben würde oder sich von jemandem brechen ließ.

„Aber wie bist du entkommen?"

„Ich habe die Situation gelöst, könnte man sagen, außer, dass ich danach bestimmt zwanzig Kilometer in der Hitze durch den Wald gehen musste."

„Du solltest die Polizei anrufen, Miro!"

Miro machte eine abweisende Handbewegung. „Nein, nicht jetzt, das bringt nichts. Was ist währenddessen hier passiert?"

„Was auf den Stationen passiert ist, musst du Jesper fragen und die anderen, die Dienst hatten. Ich war heute viel unterwegs. Du kannst ihn anrufen, er hat Feierabend gemacht, aber das Bereitschaftstelefon mitgenommen."

„Gut."

„Ich war, wie gesagt, unterwegs", Anna hatte das Gefühl, dass es etwas dämlich klang, „also ich habe versucht, mit der alten Liv auf dem Campingplatz zu reden. Es gibt Hinweise, dass sie dort mit den Kindern gesprochen hat. Sie hat ja in Säter eingesessen."

„Liv, ja, ich wollte dich warnen, aber was hat sie gesagt?"

„Nicht viel."

„Nein, sie sagt nie viel, das ist bekannt. Soweit ich weiß, gibt es nur einen Pfleger, der zu ihr durchdringt."

„Ja, genau, das wollte ich herausfinden. Diese Person war ein paar Wochen nicht mehr bei ihr."

„Urlaub?"

Anna nickte.

„Miro. Hast du Livs Akte gelesen?"

„Nein, dazu gab es keinen Grund. Aber du anscheinend schon, Anna, du weißt, dass das ein Dienstvergehen ist!"

„Ja ..." Sie schaute weg. „Kannst du mir he...?"

Als hätte Miro ihre Gedanken gelesen, unterbrach er sie.

„Anna, das kriegen wir hin, ich rede mit der IT."

„Okay, danke. Da gab es etwas, das mich aufhorchen ließ."

„Was?"

„Da steht, dass sie auf Kinder fixiert ist."

Miro legte eine Hand ans Kinn und knetete es.

Anna sprach weiter: „Das muss nicht unbedingt etwas bedeuten, aber jetzt, wo zwei Kinder vom Campingplatz verschwinden und von einer Trollfrau erzählen ..."

„Einer Trollfrau?"

„Ja, das habe ich gehört. Deswegen glaubt man, dass sie die Kinder getroffen hat. Sie hat mir erzählt, dass sie Moa ein Bonbon gegeben hat."

„Aber glaubst du ernsthaft, dass diese alte Frau ein oder zwei Kinder entführen könnte?"

Sie dachte nach, Liv mit ihrem üppigen, verfilzten Haar, das wie ein Stahlschwamm aussah, dem Blumenkleid, Pantoffeln, den groben Gesichtszügen, aber einer sanften Stimme. Mit Karamellbonbons in knisterndem Papier und süßem Inhalt.

„Ich weiß es nicht. Die Kinder mögen sie vielleicht. Ich glaube nicht, dass sie Gewalt anwendet."

„Ich glaube überhaupt nicht, dass sie so etwas tun kann."

„Miro, ich muss ihre alten Akten lesen, die aus der Zeit, als sie hier in der Klinik war. Sie war so lange hier, aber niemand weiß genau, warum sie in Säter einsaß, und das kann eine wichtige Information für uns sein. Kannst du mir helfen, das Archiv öffnen und sie raussuchen?"

„Ja, das kann ich, aber ich muss noch einiges anderes erledigen, wie du dir denken kannst, das Wichtigste zuerst."

„Ich helfe dir, sag mir einfach, was ich tun soll."

„Gehen wir in mein Büro." Miro stand auf und ging am Spiegel in ihrem Zimmer vorbei, blieb stehen und befeuchtete seine Hände, um mit ihnen durch seine Haare zu gehen. Dann machte er eine Papierserviette nass und fuhr damit ein paar Mal über seine Schuhe. Jetzt sah er jedenfalls nicht mehr wie ein Obdachloser aus.

Kapitel 99

Liv befand sich jetzt im Wald und fand, dass die Stille dort schön war, Vögel redeten mit ihr, der Wind rauschte ein bisschen, und Insekten folgten ihr. Mücken surrten in ihrem Nacken, und eine Fliege war ein ganzes Stück weit mit ihr geflogen, summend hatte sie abwechselnd auf ihrer Wange und ihrer Stirn gesessen.

Alles war einfacher, wenn man nichts mit Menschen zu tun hatte. Es gab nur wenige Menschen, mit denen sie es aushielt. Oft waren es die kleinen Menschen.

Die anderen verstand sie nicht. Sie verstand die Natur und die Tiere besser. Und manchmal die Kinder. Sie wusste, was sie wollten und was sie mochten. Sie selbst hatte nie richtig Kind sein dürfen, deswegen war sie am liebsten unter Kindern. Dann fühlte sich alles wieder gut an.

Sie blieb mitten auf einem Kiesweg stehen, Blaubeerbüsche und kniehohes Gras rahmten ihn ein. Wohin sollte sie jetzt gehen? War es der Wald oder der Weg, der sie gerufen hat? Sie lauschte, es gab immer eine Stimme, der man folgen konnte, das wusste Liv. Sie blickte in den Himmel und sah plötzlich ein paar riesige, pechschwarze Wolken näher kommen.

Jetzt kämen die Dunkelheit und der Regen. Liv wusste es.

Das war Gott, der wütend war. Gott gab es überall in der Natur und in allem, was geschah, das hatte ihre Mutter gesagt, als sie noch klein war. Man sollte immer auf die Stimme Gottes hören, und jetzt war er sehr wütend.

Liv musste intensiv nach innen horchen, um zu hören, was Gott ihr sagte. Sie hielt sich deswegen die Ohren zu.

Im selben Moment erklang rund um sie herum ein ohrenbetäubender Knall, und sie hörte irgendwo tief im Wald einen Wolf wie wahnsinnig heulen.

Durch den Knall zuckte Liv zusammen, hielt sich weiter die Ohren zu und kniff die Augen zusammen, um dieses schreckliche Geräusch auszusperren.

Kapitel 100

Miro tippte den Code in den Tresor ein, der sich im verschlossenen Kleiderschrank in seinem verschlossenen Büro befand. Anna stand hinter ihm und schaute zu.

„Darf ich sehen, was auf dem USB-Stick ist?"

Miro drehte sich mit zweifelndem Gesichtsausdruck um.

„Nein, ich glaube nicht, dass du diese Bilder im Gedächtnis haben willst, Anna."

„Was? Damit komme ich schon klar."

„Wenn ich ganz ehrlich sein darf, ich habe nur einen Bruchteil davon gesehen, und mir geht's deswegen immer noch schlecht. Du solltest es sein lassen."

Anna sah ihn trotzig an. Doch dann erinnerte sie sich, wie blass ihr Chef zuletzt an seinem Computer gesessen hatte. Da hatte er wohl das gesehen, was sie lieber nicht anschauen sollte. Aber sie wollte mehr darüber wissen, wie Pädophilennetzwerke arbeiteten.

„Okay, ich sage nein, nicht als dein Chef, sondern als Mitmensch."

„Bitte."

„Anna, es ist eigentlich nicht nur, dass man auf den Bildern oder in den Videos sieht, was sie den Kindern antun. Es sind …"

„Was?"

„Die Geräusche sind fast am schlimmsten."

„Welche Geräusche?"

„Die Stimmen kleiner Kinder, sie weinen, schreien und rufen um Hilfe."

Anna spürte, wie das Blut aus ihrem Gesicht wich und sie erbleichte. Sie sah sich um und setzte sich dann auf einen Stuhl.

„Und dass man die Kinderstimmen hört und gleichzeitig, wie die Männer stöhnen und keuchen, und ja, du weißt schon … dann … dann wird es unerträglich." Miro schüttelte betroffen den Kopf.

Anna wollte nichts mehr sehen, was auf dem Stick war, das wusste sie jetzt.

„Was machen wir damit?"

„Ich denke, ich werde ihn einem Reporter geben, einem richtig scharfen. Ich will ihn nicht hierbehalten."

„Nicht der Polizei?"

„Nein, das hier soll nicht zur Polizei."

„Machst du vielleicht eine Kopie?"

„Oh Gott, nein, auf keinen Fall."

„Aber, was, wenn er auf dem Weg dorthin verloren geht?"

„Ich denke, wir verabreden ein Treffen mit einem der Reporter, die gerade hier sind."

Anna fiel der Reporter ein, den sie vor kurzem in den Nachrichten gesehen hatte, als er Leute auf dem Campingplatz interviewte.

„Ich kenne einen, ich glaube, ich weiß sogar, wo er wohnt, im Stadshotell. Er hat mich angerufen."

„Das klingt gut, das hier ist was für ein landesweites Medium, nicht für die Lokalpresse." Miro sah sie entschlossen an.

„Ja, also Miro, mitten in all dem Chaos sind jetzt auch noch meine Eltern hergekommen, sie wohnen auch in diesem Hotel."

„Ach wie schön", neckte er.

„Du verstehst, dass sie echt kein Gefühl fürs Timing haben."

Miro nickte verständnisvoll.

„Aber dann kannst du ihn ja nehmen und dem Reporter übergeben."

Miro hielt ihr den Stick hin.

Sie verspürte starke Abscheu und wollte ihn nicht mal anfassen.

„Kannst du ihn nicht in einen Umschlag stecken?"

Miro drehte sich um, öffnete die Schreibtischschublade und nahm einen Umschlag heraus. Dann steckte er den Stick hinein und gab ihn Anna.

„Besser so?"

„Ja, das ist besser." Sie steckte den Umschlag widerwillig in ihre Tasche. Es fühlte sich plötzlich so an, als sei die Tasche eine Tonne schwer.

„Und das Handy?"

„Darum kümmern wir uns später. Jetzt muss ich auf die Stationen."

Anna stand auf und verabschiedete sich, dann bat sie ihn: „Miro, kannst du mir nicht vorher helfen, das alte Archiv zu öffnen? Dann kann ich nach Livs Akte suchen."

„Ja, klar, das machen wir." Miro warf einen Blick auf die Uhr. Die Nachtschicht war jetzt dran, und es sollte reichen, dass er eine Runde machte. Er winkte Anna, dass sie ihm folgen sollte.

Sie gingen durch einen Flur, öffneten die Tür zum nächsten und folgten dem. Anna schielte ab und zu in Miros Richtung. Er war also entführt und irgendwo ein paar Stunden lang festgehalten worden, und jetzt war er wieder auf der Arbeit. War er in Ordnung?

„Miro, geht es dir gut? Ich meine, du bist überfallen und entführt worden. Vielleicht solltest du … dich ausruhen oder so?"

Er drehte sich im Gehen zu ihr um und schüttelte den Kopf.

„Das war alles bloß Theater, aber sie werden nicht lockerlassen, wenn wir das hier nicht geschickt lösen. Hier, Anna." Er blieb vor einer Tür stehen und zog seine Schlüssel heraus.

Die Tür war so massiv wie eine zu einem Bankgewölbe und hatte ein schweres Rad, das man auch noch drehen musste. Aber trotzdem glitt sie lautlos auf, und Annas Blick fiel auf Regalmeter um Regalmeter voller Ordner.

„Mein Gott!"

„Der hat nichts damit zu tun", scherzte Miro. „Das ist das, was im Krankenhaus passiert ist, nicht Gottes Werk. Die Akten von vielen Jahren, von all den Tausenden Patienten, die hier gelebt haben."

„Oder aber es ist genau das, Gottes Werk …" Anna machte vorsichtige Schritte hinein. Das war das erste Mal, dass sie ins alte Papierarchiv voller Akten durfte, von dem sie bisher nur gehört hatte. Es roch nach altem, vergilbtem Papier, die Luft stand still.

„Ich lass dich dann hier allein, in Ordnung?" Miro legte den Kopf schief. Plötzlich hörten beide Schritte draußen im Flur.

„Hörst du das?" Anna drehte sich zu Miro um. Hier sollte doch eigentlich niemand sein?

Miro schüttelte den Kopf. Sie hielten beide ganz still und lauschten. Jetzt war es wieder mucksmäuschenstill. Miro ging zur Tür, öffnete sie und sah gerade noch einen Schatten hinten im Flur verschwinden.

„Hallo!", rief er, aber nur das Echo kam zurück. Hatten sie gehört, wie jemand den Raum verließ, und hatte er einen Schatten im Korridor gesehen?

„Miro, alles okay?", fragte Anna laut aus dem Archiv.

„Ja, es war nichts." Er wollte sie nicht beunruhigen, aber tatsächlich vermutete er, dass gerade eben jemand vor der Tür gewesen war. „Ich gehe jetzt. Mach die Tür hinter dir zu, wenn du fertig bist."

„Natürlich, aber hör mal, mach die Tür nicht ganz zu!", bat Anna.

Die Vorstellung, im Archiv eingeschlossen zu werden, erschreckte sie. Der fensterlose Raum erinnerte an eine Zelle. „Kannst du etwas zwischen die Tür legen, damit sie nicht schließt?"

Miro sah sich um, ein staubiger Aktenordner lag auf einem Sideboard, den nutzte er als Keil im Türrahmen.

„So, jetzt kannst du ganz beruhigt sein. Ich bin in meinem Büro, komm hoch, wenn du so weit bist. Die Tür schließt automatisch ab, wenn man sie zumacht."

Anna murmelte eine Antwort, sie war in Gedanken bereits woanders, hatte schon begonnen, im Archiv zu suchen: … c … d … e … Hier irgendwo musste sich eine Liv Eriksson befinden.

Kapitel 101

Der Wald um sie herum bewegte sich, ein kräftiger Wind wehte. Die Baumkronen schwankten, und Liv sah, wie sich ein dicker Ast nach ihr streckte. Sie duckte sich weg und stolperte ein paar Schritte zurück, spürte Regentropfen auf ihrer Stirn. Tief im Wald wuchs ein grollender Donner, Äste knackten, und jetzt hörte sie noch mehr Gebell und Geheul.

Das Geräusch kam hinter ihr näher, und sie drehte sich schnell um. Es knackte im Wald, und jetzt sah sie plötzlich ein großes Wolfsrudel keuchend und bellend heranlaufen, direkt auf sie zu, so viele stürmten aus dem Wald.

Liv legte die Hände vor ihre geschlossenen Augen und schrie mit aller Kraft. Der Regen rauschte über sie. Aber egal wie fest sie die Augen zukniff, sie sah immer die Wölfe mit ihren leuchtenden Augen, geifernden Lefzen und dem offenen Maul. Sie würden sie schnappen.

Jetzt würden die Wölfe sie endgültig töten. Sie rasten alle direkt auf sie zu.

Jetzt würden sie sie auffressen wegen all der Sünden, die sie begangen hatte.

Kapitel 102

Auf dem Weg zurück in sein Büro betrat Miro eine Toilette. Er betrachtete sich im Spiegel und stellte fest, dass er fast wie immer aussah. Nicht verschwitzter als irgendwer sonst in diesem teuflisch heißen Sommer. Er wusch noch mal sein Gesicht und desinfizierte die Hände.

Auf einmal dachte er an Lina, hatten sie in dieser Toilette Sex gehabt? Mit ihr war der Sex immer supertoll gewesen. Jedes Mal. Wie sie völlig ausrasten und einen Patienten hatte töten können, begriff er immer noch nicht. Aber trotz allem, was geschehen war, hatte sie niemandem verraten, dass sie eine Beziehung gehabt hatten, und dafür war er ihr nicht bloß dankbar, er bewunderte sie auch dafür. Integrität. Lina verfügte darüber. Sie wollte so viel, und sie war talentierter und intelligenter als die anderen Ärzte. Hätte er sie von dem, was passiert ist, abhalten können? War es am Ende sogar seine Schuld? Weil er nicht nur ihr Mentor, sondern auch ihr Liebhaber gewesen war? Die Scham, die er nur selten wegen irgendetwas fühlte, bohrte sich tief in seine Brust, wenn es um Linas Schicksal ging. Könnte es tatsächlich so sein, dass er selbst zum Teil schuld an dem war, was den Mord an Ronny ausgelöst hatte? Hatte sein schlechtes Urteilsvermögen, eine sexuelle Beziehung mit jemandem einzugehen, den er ausbilden sollte, dazu geführt, dass sie nicht die Unterstützung erhalten hatte, die sie brauchte, weswegen sie schließlich einen Patienten umgebracht hatte?

Er verließ die Toilette und schloss die Tür hinter sich. Dann kam er an einem Fenster vorbei und stellte fest, dass es draußen dunkel geworden war, und regnete es etwa? War die Hitzewelle endlich durch ein Gewitter beendet?

Vielleicht sollte er Lina schreiben oder Kontakt zu ihr im Gefängnis aufnehmen. Sie hatte wahrscheinlich das Gefühl, dass er sie im Stich ließ.

Miro öffnete die Tür zur Station und sah gerade noch, wie Jesper ein Patientenzimmer betrat. Er war überrascht.

„Jesper, sind Sie heute Abend hier?", rief er, und Jesper machte einen Schritt zurück auf ihn zu.

Jesper hob die Augenbrauen und sah etwas erstaunt aus.

„Hallo! Miro, Sie sind hier, wie gut. Ich war zu Hause, konnte aber nicht abschalten, weil ich Bereitschaft hatte, also bin ich wieder hergekommen. Ich habe mich nicht getraut, die Verantwortung und die Kontrolle schleifen zu lassen."

„Ach so, das verstehe ich." Miro wollte ihn fragen, ob er eben unten in der Nähe des Archivs war, ließ es aber sein.

„Und ja, mich wird man so leicht nicht los", sagte Miro. „Sollen wir eine Übergabe machen, damit Sie die Kontrolle abgeben können?"

„Absolut, geben Sie mir nur fünf Minuten, ich will bloß schnell das hier zu Ende bringen." Jesper zeigte in das Zimmer, in dem er Anmerkungen aufschrieb.

Miro setzte sich auf ein niedriges Sofa vor dem Zimmer und wartete darauf, dass Jesper fertig war. In seiner Tasche hatte er das Handy, das er in Carl Magnus' Zimmer gefunden hatte. Wenn er wieder in seinem Büro war, würde er noch einmal versuchen, die Nummer darin anzurufen.

„So, danke, jetzt bin ich fertig. Ich bin hier noch so neu, dass ich leicht den Fokus verliere." Trotz des langen Tages lagen Jespers blonde Haare in perfekten Wellen nach hinten gekämmt, und er war braun gebrannt, als hätte er Urlaub im Süden gemacht.

„Meine Güte!" Jesper zeigte zum Fenster. „Was für ein Unwetter!"

Jetzt regnete es so richtig, und man sah kaum etwas. Miro bemerkte gerade noch Jespers sehr besorgten Gesichtsausdruck. Machte er sich Sorgen, dass seine Frisur auf dem Nachhauseweg ruiniert würde, oder war es etwas ganz anderes?

Kapitel 103

Die Wölfe hatte sie zerrissen und aufgefressen. Nach ihren hungrigen, raubgierigen Bissen lief ihr das Blut über Stirn und Wangen. Teile von Livs Körper lagen nun in kleinen Stücken in ihren Bäuchen und alles war dunkel. Jetzt war das, wovor sie sich ihr Leben lang gefürchtet hatte, geschehen. Die Wölfe hatten sie schließlich doch erwischt. Und nun war alles zu Ende. Endlich war es vorbei.

Ihre Mutter hatte ihr das gesagt, seit sie ein kleines Mädchen war. Wenn Liv nicht nett ist, dann kommen die Wölfe und holen sie.

Und sie hatte die Wölfe oft gesehen. Sie hatten sie gejagt, geheult und sie mit ihren leuchtenden, gelben, durchdringenden Augen angesehen.

Als sie im Krankenhaus war und die Wölfe durch die Säle gestürmt kamen und auf sie sprangen, hatten die Pfleger sie im Bett gefesselt oder ihr eine Zwangsjacke angezogen, damit sie widerstandslos an ihr kauen konnten. Dann hatte sie sich gar nicht rühren können, und die Wölfe konnten an ihren Kleidern zerren, ohne dass sie sich verteidigen konnte.

Die Pfleger halfen den Wölfen, sie in Stück zu reißen, weil sie böse gewesen war. Liv hatte jedes Mal geschrien und geweint, weil sie so große Angst hatte und verschreckt war. Aber die Wölfe hatten es nie geschafft, Teile von ihr zu verschlucken, wie sie es jetzt taten.

Wenn die Wölfen kamen, hatte das Personal im Krankenhaus ihr Tabletten in den Mund gedrückt, damit sie es mit den Wölfen aushielt. Nach einer Weile waren sie verschwunden, und wenn sie dann die Augen aufschlug, waren sie weg. Dann war es hell und still und ruhig gewesen.

Aber jetzt war alles schwarz, und sie gab es nicht mehr, nur noch als kleine Stücke in den Bäuchen all der Wölfe. Jetzt würde sie endlich Ruhe und Frieden haben. So war es zu sterben, wenn die Wölfe einen schließlich Stück für Stück verschluckt hatten

Sie fraßen nur böse Menschen. Liv war böse. Sie hatte einem Kind wehgetan.

Kapitel 104

Miro drückte auf den Knopf, so dass die Ampel über seiner Tür rot leuchtete. Auf seinem Schreibtisch lag ein Stapel Rechnungen, die er unterschreiben musste, aber die konnten warten. Seine Sekretärin sammelte sie und gab sie ihm dann in Stapeln. Sie musste vor kurzem erst hier gewesen sein und sie hingelegt haben.

In der internen Post innerhalb des Programms mit den Krankenakten waren ein paar neue Nachrichten gekommen. Er überflog sie, um zu wissen, worum es ging. Neue Medikamentenlisten. Die nächste Mitarbeiterversammlung. Ein Patient in Isolation, nachdem er beim Essen gewalttätig geworden war. Beschwerden über die Hitze und die Belüftung.

Miro seufzte. Im Moment erschien alles nachrangig, verglichen mit dem Verschwinden von Carl-Magnus.

Das Handy, das er in Carl-Magnus' Zimmer gefunden hatte, war ausgeschaltet. Miro machte es an und wartete darauf, dass es startete.

Als er sich in der Küche eine Tasse Kaffee geholt hatte, hatte er die neue Vertretung gesehen. Die Vorstellung, ihr den Kittel auszuziehen, sie auf den Hals zu küssen und sie fest, aber dennoch sanft am Nacken zu packen, an sich zu drücken und sie auf den Mund zu küssen, machte ihn heiß. Und die Vorstellung, dass sie unter ihrem Kittel nackt war, keinen Slip trug, machte ihn hart.

Das Handy leuchtete.

Er drückte auf die zuletzt gewählte Nummer.

Carl-Magnus hatte sein Handy nicht mitgenommen, als er abgehauen war. Warum nicht? Das Handy war sicher nicht auf ihn registriert, man hätte ihn dadurch also nicht orten können.

Miro wog das Handy in der Hand, dann drückte er auf die Nummer und hielt es ans Ohr. Es klingelte, einmal, zweimal, dreimal. Dann ein leichtes Rauschen.

„Ja, hallo", antwortete eine Stimme.

Die Stimme war Miro wohlbekannt. Er ließ das Handy auf den Tisch sinken, seine Augen wurden schmäler, er beendete den Anruf. Dann stand er auf, stützte die Hände in die Taille, stellte sich ans Fenster und sah hinaus. Er wusste, wer da geantwortet hatte, diese Person wusste jedoch nicht, wer angerufen hatte. Das würde er ausnutzen, um sowohl Carl-Magnus als auch seinen Komplizen dingfest zu machen.

Miro schnappte seine Autoschlüssel, knallte die Tür hinter sich zu und lief zu seinem Wagen.

Kapitel 105

Anna schaltete eine Deckenlampe an, legte Livs Krankenakte auf einen kleinen Tisch und beugte sich darüber. Sie blickte durchs Fenster vor sich und sah, dass der Himmel sich geöffnet hatte. Bleigraue, dicke Wolken hingen über ganz Säter, und der Regen prasselte ans Fenster.

Der Ordner war vergilbt und staubig, und sie blies den Staub wirbelnd weg, dann schlug sie vorsichtig die erste Seite auf. Da standen, in einer länglichen Handschrift, Livs persönliche Angaben und ihre Maße. Auf der nächsten Seite die Jahreszahl, als sie nach Säter gekommen war. Anna sah genauer hin und las die erste Anmerkung. Es wurde beschrieben, wie Liv bei der Aufnahme in Säter war, ihre ersten Stunden, der erste Tag … Sie las weiter, die Berichte einer Woche, eines Monats: *„Liv bekam die Zwangsjacke, Liv wurde fixiert, Liv bekam Schlaftabletten, Liv schrie, Liv bekam einen Anfall. Liv spuckte, schlug und kratzte die Pfleger.“*

Anna verstand es nicht. Die Frau, bei der sie vor kurzem im Wohnwagen gesessen hatte, war doch relativ beherrscht und ruhig, abgesehen von ihrem Schreianfall und dass man nicht an sie rankam. Aber nach ihrem Treffen mit Liv wäre sie auf nichts von dem, was hier stand, gekommen. Wer war sie eigentlich? Und wieso war sie überhaupt nach Säter gekommen?

Anna las weiter: kein Besuch, eine Mutter, bei der sie zuletzt gewohnt hatte, die sie jetzt aber nicht sehen wollte. Vater unbekannt, keine Geschwister. Da musste es doch irgendwo eine Ermittlung gegeben haben, es waren schließlich die fünfziger Jahre, nicht das 19. Jahrhundert? Sie las weiter. *„Liv hat aufgehört zu reden. Verweigert sogar Blickkontakt."* Notizen über Aktivitäten, bei denen Liv stickte, pflanzte, als sie im Hof Freigang hatte, als sie in Isolation war, im Bad. Als sie eine schwangere Krankenschwester angegriffen hat und die Station wechseln musste.

Eine Akte unterschied sich von den anderen, sie war aus dickerer Pappe. Anna zog sie heraus. Es war ein Entscheid, unterschrieben vom damaligen Oberarzt. Darin gab es eine Beschreibung aus dem Jahr, in dem Liv in Säter aufgenommen worden war, mit der Überschrift: *„Sehr aggressive Frau, gefährlich für die Öffentlichkeit, es wird empfohlen, sie lebenslang in Säter einzusperren."*

Aber was hatte sie getan? Anna drehte das Blatt um, und ihr lief es eiskalt den Rücken hinunter.

„Liv wurde von der Polizei aufgegriffen, sofort verhaftet und in die geschlossene Abteilung nach Säter verbracht, weil man bei ihr zu Hause ein totes Mädchen fand. Das Kind, das vier Jahre alt war, ist erwürgt worden."

Anna stand auf, und das Zimmer drehte sich um sie, sie ließ den Ordner auf dem Tisch liegen und ging wackelig aus dem Archiv, zog die Tür hinter sich zu.

Wusste Järring das? Wusste die Polizei, dass Liv ein Kind getötet hat, das ungefähr im selben Alter war wie Moa? Wussten sie, dass die alte Frau das getan hat? Sie merkte, wie Angst in ihr aufstieg, und lief durch den Korridor. Das unterlag der Schweigepflicht, was sollte sie tun? Sie lief in Miros Büro. Ihr Herz raste.

Konnte sie Järring erzählen, was Liv getan hat? War das verjährt, verstieß es gegen die Schweigepflicht, sie wusste weder ein noch aus.

Vor allem dachte sie an Moa. War sie tot? Hatte Liv sie erwürgt? Und hatte Anna gerade erst mit einer Kindermörderin Kekse gegessen? Sie war vollkommen aufgebracht, als sie Miros Tür erreichte. Sie stand einen Spalt auf, und sie erwartete Miro drinnen. Aber da stand Jesper und sah sie erstaunt an.

„Was? Bist du immer noch hier?"

„Ich suche nach Miro. Ich wollte ihn etwas fragen. Er ist nicht hier." Seine Stimme brach leicht, und er trampelte gestresst auf der Stelle.

Anna sah sich verwirrt um.

Ihr fiel auf, dass sich Jespers Augen veränderten und die Pupillen groß wurden. Ein Stresszeichen, Kämpfen oder Fliehen. Dabei war er vorher immer so ruhig und beherrscht gewesen. Aber sie sagte nichts, sondern nickte nur.

„Ich wollte nur noch eine letzte Sache mit ihm besprechen, damit ich Feierabend machen kann." Daraufhin drehte Jesper sich schnell um und eilte in den Korridor.

Kapitel 106

Anna lief zurück in ihr Büro, holte ihre Handtasche, schloss die Tür hinter sich ab und ging schnell durch die Sicherheitsschleusen. Als sie mit dem Fahrradschloss kämpfte, das oft klemmte, fiel ihr wieder ein, dass sie ja einen Platten hatte. Mist! Das hatte sie ganz vergessen. Sie müsste das Rad den ganzen Weg schieben, damit sie es irgendwo in der Stadt reparieren lassen konnte.

Jetzt floss ihr der Schweiß über die Stirn, während es schüttete.

Sie eilte durch den strömenden Regen und war schnell klatschnass.

Auf dem Weg versuchte sie auf ihrem Handy den Namen, die Telefonnummer und E-Mail-Adresse des Reporters zu googeln. Sie würde den USB-Stick abgeben und dann Järring kontaktieren.

Als sie am Hotel ankam, war sie nass bis auf die Haut. Ihr Fahrrad lehnte sie an die knallgelbe Hotelfassade.

Sie wählte die Nummer des Reporters, als sie zur Rezeption ging, aber niemand antwortete, eine Mailbox sprang an, und sie legte auf. Ihre Augen brauchten eine Weile, um sich an die Dunkelheit zu gewöhnen, dann ging sie zur Rezeption, wo ein schlaksiger Rezeptionist auf einem Computer tippte.

Sie fragte sich, ob er es war, der sich verplappert und behauptet hatte, dass es ihre Schuld sei und dass das Mädchen tot sein könnte. Sie sah ihn vorsichtig an.

„Ja, hallo, ich heiße Anna … ich … ich wollte etwas für jemanden abgeben, der hier im Hotel wohnt."

„Kein Problem. Das können Sie hier an der Rezeption lassen, dann kümmere ich mich darum, dass die Person es erhält."

„Gut, aber es eilt."

„In dem Fall kann ich das sicher schneller klären."

Der Rezeptionist, der in beiden Ohren große Tunnelohrringe trug, lächelte sie an.

„Im Moment ist es hier ziemlich verrückt, viele sind abgereist, und die Stadt passt gerade zu ihrem Werbespruch ‚verrückt nach Säter'. Obwohl, darüber sollte man wohl keine Witze machen, die halbe Stadt liebt ihn, die andere Hälfte hasst ihn."

„Ja, den habe ich schon ein paar Mal gehört, ich bin nicht neu hier, aber hören Sie, meine Eltern wohnen auch hier, haben Sie die vielleicht gesehen?"

„Ja, natürlich, ein älteres Ehepaar, das heute angekommen ist. Klar."

Wenn der junge Typ gewusst hätte, was in dem Umschlag war! Anna schüttelte sich bei dem Gedanken, bedankte sich aber höflich, dann lief sie die Treppe hoch, um ihren Eltern kurz hallo zu sagen.

Kapitel 107

Die Ermittlungsphase, in der sie sich jetzt befanden, könnte viele Probleme lösen, wenn alles lief, wie Järring hoffte. Er wollte, dass Säter volle Verantwortung dafür übernahm, dass sie so kranke Menschen herausließen, die das Wohl der Allgemeinheit gefährdeten. Eine Person wie Carl-Magnus hätte nicht mal mit Wachmännern Freigang erhalten dürfen, wenn es nach Järring ginge. Die Sicherheit von kleinen Kindern zu riskieren, stand in keinem Verhältnis zu den Bedürfnissen eines Pädophilen.

In den letzten Jahren hatte er außerdem Tipps und Hinweise über ein Pädophilennetzwerk bekommen, zu dem auch hochrangige Personen, wie es hieß auch aus Dalarna, gehörten und mit dem Carl-Magnus zu tun hatte. Järring hatte mehrmals versucht, eine Ermittlung einzuleiten, aber hatte sie wegen fehlender Beweise abbrechen müssen.

Jetzt befand er sich im Kreuzfeuer zwischen den Geheimnissen in Säter und dem Pädophilennetzwerk. Seine persönliche Theorie war, dass Carl-Magnus sozusagen die Spinne im Netzwerk war und dass sie in Säter geschlampt hatten und ihn mit seinen entsetzlichen, kranken Handlungen weitermachen ließen, so dass er Übergriffe sogar noch aus der Klinik heraus weiterverbreiten konnte.

Miro stand einem echten Ermittlungserfolg im Weg. Järrings Männer hatten versucht, aus ihm herauszupressen, ob er mehr wusste, als er erzählte, aber vergeblich. Das war eigentlich zu erwarten gewesen, dachte Järring, der auf dem Sofa saß, auf dem Tisch vor sich eine Karte von Dalarna, die er grübelnd studierte.

Der gespielte Überfall auf Miro war ein Teil der Taktik, hatte aber nicht so funktioniert wie erhofft.

Die höchste Priorität war jedoch selbstverständlich, Moa zu finden, natürlich unverletzt, das Nächste, Carl-Magnus wieder in Säter hinter verschlossene Türen zu bringen und das Netzwerk, zu dem er gehörte, aufzudecken. Er dachte an Anna und fragte sich, was sie herausgefunden hatte.

Im Moment fühlte er sich schlecht, und nicht mal der Whisky, den er sich zu Hause im Wintergarten eingeschenkt hatte, schmeckte wie sonst.

Kapitel 108

Miro war ans Seeufer gefahren und dann in seinem Auto sitzen geblieben, über ihm dunkle Wolken und der Scheibenwischer kämpfte gegen den strömenden Regen. Er dachte nach, dann nahm er sein Handy und rief Anna an.

„Hallo, Miro."

„Wie lief's?"

„Ich habe den USB-Stick abgegeben."

„Gut. Sehr gut!"

Miro drückte wieder auf den Startknopf des Wagens und fuhr rückwärts, dabei drehte er mehrmals am Lenkrad, das sich lautlos bewegte. Durch den Regen war die Straße voller großer Pfützen, die beim Durchfahren hoch aufspritzten.

„Miro, ich habe Livs Akten gelesen. Sie wohnt ja in einem Wohnwagen, ein paar Plätze neben Moa und dem kleinen Jungen. Es ist nicht bloß so, dass sie auf Kinder fixiert ist. Ich kann es dir erzählen, du bist ja mein Chef, und Liv hat lange in Säter gelebt."

„Sie hatte in den letzten Jahren wie gesagt immer denselben Pfleger, es gibt also kaum sonst jemanden, der Einblick hatte."

„Ja, das weiß ich. Ich glaube, ich muss Kontakt zu ihm aufnehmen."

„Warum?"

„Weil …" Anna verstummte. Miro hörte im Hintergrund Freudenschreie von zwei Kindern. „Sie spielen im Regen", sagte Anna fast flüsternd.

„Glaubst du, dass Moa inzwischen tot ist?"

Miro schwieg ein paar Sekunden lang.

„Leider ist das wahrscheinlich so. Ich befürchte es, Anna. Aber wir können nicht mehr tun, als wir bereits machen. Warum also musst du mit Livs Pfleger sprechen?"

Anna dachte nach, was war es eigentlich, das sie noch erfahren musste?

„Liv hat ein Kind getötet, Miro."

Er bremste und hielt am Straßenrand an.

„Weiß die Polizei das?"

„Das weiß ich nicht, es liegt schon so lange zurück, sie gilt heute wohl vor allem als *Sonderling*. Sie war ja noch so jung, als das passierte, Ende der fünfziger Jahre kam sie nach Säter. Ich glaube nicht, dass das heute noch bekannt ist."

„Wie hat sie das Kind umgebracht?"

„Sie hat es erwürgt. Das Mädchen war vier Jahre."

„Also fast im selben Alter wie Moa? Aber glaubst du, dass sie heute noch zu so etwas in Lage wäre, sie ist ja eine alte Frau."

„Genau darüber würde ich gern mit dem Pfleger sprechen", antwortete Anna.

Ein paar Augenblicke herrschte Schweigen. „Du kannst versuchen, ihn anzurufen. Selbst wenn er Urlaub hat, so sind das doch außergewöhnliche Umstände."

„Gut, dann noch was. Du hast gesagt, auf dem USB-Stick befand sich Kinderpornographie. Und auf dem Handy?"

„Da gab es nur eine Nummer, und die habe ich angerufen." Er zögerte kurz. „Es hat jemand geantwortet ..." Er hielt inne. „Ich erzähle es später."

Miro lehnte sich zum Handschuhfach vor, öffnete es und nahm die Pistole heraus, drehte sie in seiner Hand und steckte sie in die Jackentasche.

Kapitel 109

Malin hatte das Gefühl, dass Tage mehr zu erzählen hatte, also hatte sie die immer noch etwas aufgebrachten Eltern angerufen und sie gebeten, zu einer weiteren Befragung herzukommen. Obwohl es schon ziemlich spät abends war, hatten sie zugestimmt, und jetzt saß sie im Revier und wartete auf sie. Da sah sie den Vater mit seinem Sohn an der Hand kommen. Der Junge sah müde aus, sie hatten ihn wahrscheinlich geweckt und aus dem Bett geholt.

Malin war stets berührt, wenn sie Vaterliebe sah, weil sie ihr immer gefehlt hatte. Ihr Vater hatte sie nie an der Hand gehalten, sie umarmt, er war überhaupt nicht da gewesen. Deswegen tat es ihr manchmal ganz besonders weh, dass sie nicht ständig bei ihren Söhnen sein konnte. Aber wenn sie bei ihnen war, dann war sie immer für sie da.

Sie öffnete ihnen die Tür und führte sie in denselben Raum, in dem sie früher schon gewesen waren. Auf dem Weg dorthin lobte sie den Jungen, dass er zuletzt so tüchtig gewesen war, und sagte, dass sie jetzt nur noch ein paar kleine Fragen hatte.

Der Vater sah jetzt deutlich ruhiger aus als früher.

„Ja, ich wollte nur wissen, ob du deinem Papa oder deiner Mama noch mehr über das erzählt hast, was passiert ist, als du nachts draußen warst?"

Der Junge sah sie an und dann seinen Papa.

„Nein, sonst nichts", sagte der Junge, und der Papa hinter ihm nickte und bestätigte die Aussage seines Sohnes.

„Ich habe ja einen Troll getroffen."

Der Vater unterbrach ihn.

„Es gibt in Wirklichkeit keine Trolle", sagte der Vater und legte seine Arme um die Schultern des Jungen.

„Es war ein nette Trollfrau. Sie hat mir Bonbons gegeben."

Malin war sehr gespannt.

„Kannst du noch etwas über diese Trollfrau erzählen? Wo hast du sie gesehen?"

„Als ich pinkeln musste."

„Hat sie etwas zu dir gesagt?"

„Ja."

Der Vater sah nervös aus und schaute Malin besorgt an, die blickte beruhigend zurück.

„Die Trollfrau hat gesagt, dass es gefährlich für mich ist, wenn ich nachts allein draußen bin, dass es da gefährliche Menschen gibt."

„Was ist dann passiert?"

„Sie hat mir Bonbons gegeben und gesagt, dass ich mitkommen soll."

„Und bist du mitgegangen?" Malin biss sich auf die Zunge, sie sollte doch keine Suggestivfragen stellen. Es wäre besser, wenn Anna jetzt hier wäre.

„Wir sind gegangen, damit mich das Gefährliche nicht erwischt."

„Was war denn das Gefährliche?"

„Gefährliche Wölfe und Menschen."

„Und wohin seid ihr gegangen?"

„In den Wald."

„Na hör mal, das hättest du doch sofort erzählen müssen." Der Vater umarmte den Jungen neben sich, und der Junge sah ihn ängstlich an.

„Die Trollfrau hat gesagt, dass ich es nicht erzählen darf, sonst würde das Gefährliche euch auch schnappen." Der Junge sah seinen Papa mit großen Augen an.

Er zog den Jungen fest an sich, und die Geste rührte Malin.

„Es war sehr mutig von dir, von der Trollfrau zu erzählen. Hat sie auch gesagt, wie sie heißt?"

„Es war eine Frau, aber ich erinnere mich nicht, wie sie heißt. Sie war nett."

„Das war's dann, du warst wirklich super, aber jetzt muss ich dich nichts mehr fragen."

Malin bedankte sich beim Vater, dann ging sie schnell in ihr Büro, schloss die Tür hinter sich und rief Järring an, der sofort antwortete.

„Hallo, ich bin's Malin, entschuldige, ich weiß, dass es spät ist, aber jetzt ist es bestätigt."

„Was?", fragte Järring und klang etwas undeutlich. Hatte er getrunken?

„Dass es die alte Frau war, die Tage weggeführt hat …"

„Aha, gut, ja wie gesagt, man muss alle Ermittlungsrichtungen offenhalten. Ich bin noch nicht überzeugt, aber gut, dass ihr daran arbeitet."

Malin seufzte genervt. „Ja, aber es muss schneller gehen. Sven, du kannst nicht einfach Anna hinschicken und dann abwarten. Wir müssen die Frau jetzt abholen."

„Ich verstehe deine Frustration, Malin, aber hier gibt es so viele Teile, und wir müssen eins nach dem anderen bearbeiten."

Malin legte auf und merkte, dass ihr Herz schneller schlug. Konnte sie darauf vertrauen, dass ihr alter Chef die richtigen Entscheidungen traf und die Ermittlungen in die richtige Richtung lenkte?

Kapitel 110

Es war spät, und durch die Regenwolken am Himmel war es zum ersten Mal seit Wochen nachts dunkel. Diese Tage waren die längsten in Annas Leben gewesen, und jetzt war Mittsommer bald vorbei.

Sie war so müde, dass ihr Körper schmerzte. Sie machte sich auf den Heimweg, zu Hause angekommen, machte sie sich bettfertig, um auszuschlafen. Miro hatte recht, sie hatte getan, was sie konnte, heute schaffte sie nichts mehr. Sie würde morgen Järring anrufen, wegen dem, was sie in Livs alten Akten gelesen hatte.

Kurz bevor sie einschlief, schaute sie noch ein letztes Mal auf ihr Handy, ob es neue Nachrichten gab. Der Reporter müsste inzwischen den USB-Stick bekommen haben, wie lange würde es dauern, bis er etwas darüber veröffentlichte? Noch stand nichts davon in der Zeitung.

Sie schaltete die Lampe aus. Draußen hörte sie den Regen rauschen, das beruhigte sie.

Aber sie dachte an Moa. Wo war das kleine Mädchen jetzt, wo es regnete? Es waren inzwischen zwei Tage vergangen. Die

Polizei, *Missing People* und sie selbst hatten gesucht. Sie war immer noch wie vom Erdboden verschluckt.

Hatte Carl-Magnus sich an dem kleinen Mädchen vergangen? Hatte Liv sie verletzt, sie erschreckt oder erwürgt?

Anna schlief ein. Ihre Gedanken verlängerten sich in einen Traum, in dem sie durch dunkle und helle Wälder ging und nach Moa suchte. Und irgendwo im Traum gab es ein kleines Kind, das ihre Hand nahm, und sie drehte sich zu dem Kind um, und ihre Blicke trafen sich lang. Das Kind stand ganz still, und sie empfand im Traum ein beruhigendes Gefühl, das blieb, bis sie durch den Wecker ganz erschrocken aufwachte.

Als sie die Augen aufschlug, sah sie als Erstes aufs Handy. Sie ging auf die Nachrichtenseite des Reporters. Das Handy brauchte ein paar Sekunden, um die Seite zu laden, dann sah sie die Hauptschlagzeile: „*Schwedische Prominente im Kinderpornonetzwerk*"

Der Reporter und seine Kollegen waren sicher die ganze Nacht wach gewesen, um das Material durchzugehen, das Miro ihr nicht hatte zeigen wollen. Sie schüttelte sich, als sie den Text las, in dem stand, dass mehrere hochrangige Beamte und Beamtinnen zu einer Datenbank mit Kinderpornographie gehörten. Das hatte sie nicht gewusst, obwohl es eigentlich keine Rolle spielte. Missbrauch ist Missbrauch, egal, wer ihn verübt. Aber ihr wurde bewusst, dass Carl-Magnus durch seine hohe Stellung ein aktiver Teil all dessen gewesen war. Das Material zeigte sexuelle Übergriffe an Kindern ab fünf Jahren.

Anna atmete tief durch. Es war eine Erleichterung, dass nicht mehr Sündenböcke in Säter gesucht wurden, sondern sich der Fokus jetzt auf die wahren Täter richtete. Die Schuld und Verantwortung, die sie in den letzten Tagen belastet hatten, wogen immer noch bleischwer, aber wurden etwas leichter.

Sie war erleichtert, dass der Reporter seinen Job gemacht hatte, aber gleichzeitig unendlich traurig über das, was all diesen Kindern angetan worden war, und die Wut auf Carl-Magnus, für den sie Sympathie gehabt hatte, wuchs.

Sie und Miro hatten jetzt jedenfalls getan, was sie konnten, und nun hatte der Reporter übernommen. Was das ganz praktisch bedeutete, traute sie sich nicht vorherzusagen, aber Miro hatte sicherlich einen entsprechenden Plan.

Sie war dankbar, dass sie ihren Chef als Unterstützung hatte.

Schnell putzte sie sich die Zähne, diese zwei Minuten, die man eigentlich im Mund rumfuhrwerken soll, hatte sie auf eine Minute gekürzt. Dadurch hatte sie zwar immer ein schlechtes Gewissen, aber irgendwie ließ sich das nicht ändern.

Es war fast acht, und sie zog eine Shorts und eine Bluse an. Noch ein bisschen Wimperntusche, Lipgloss und Rouge.

Dann schnappte sie ihre Handtasche und schloss schließlich ihre Haustür ab.

Währenddessen suchte sie auf ein paar anderen Webseiten, ob die Neuigkeiten weiterverbreitet und kommentiert wurden. Auch wenn noch keine Persönlichkeiten namentlich genannt wurden, würde das früher oder später passieren, wenn nicht im Original, dann auf anderen Seiten. Sie vermutete, dass die Polizei jetzt rotierte und die Personen zur Vernehmung oder Verhaftung aufsuchte.

Sie ging schnell zum Hotel. Das Fahrrad müsste sie an einem anderen Tag reparieren lassen.

Der übliche, schlaksige Rezeptionist begrüßte sie.

„Guten Morgen, treffen Sie heute Ihre Eltern?"

„Ja, ich wollte hier frühstücken, das geht doch, oder?"

„Ja, natürlich, soll ich es auf die Zimmerrechnung setzen?"

„Nein, ich kann sofort bezahlen." Sie nahm ihren Geldbeutel und zog die Mastercard heraus.

Der Rezeptionist wusste wohl über das Meiste, was im Hotel geschah, Bescheid.

„Übrigens danke für die Hilfe mit dem Umschlag."

„Ach ja, kurz nachdem Sie ihn abgegeben haben, kam er und hat ihn abgeholt."

„Haben Sie ihn danach noch mal gesehen?"

Der Mann legte den Kopf schief.

„Nein, tatsächlich nicht, aber vor einer Weile war jemand hier und hat nach ihm gefragt."

Anna runzelte die Stirn. Könnte das die Polizei gewesen sein?

„Es war ein Mann, sah nett aus, ich habe ihm den Weg zum Zimmer des Reporters gezeigt, dann bin ich gegangen. Aber er ist jetzt weg."

„Aha." Der Rezeptionist schien den Überblick zu haben. Sie musste vorsichtig sein, was sie ihm erzählte. Vielleicht wusste er sogar, dass sie im Krankenhaus arbeitete.

Anna sah sich um, die Rezeption lag so, dass alle Treppen überwacht werden konnten, außerdem der Eingang zum Speisesaal und der Haupteingang.

„Und Sie haben von hier aus alle Eingänge im Blick?"

„Ja, absolut, außerdem haben wir ja Kameras, allerdings funktionieren die im Moment leider nicht, besser gesagt, sie funktionieren seit Jahren nicht. Wir haben sie einfach nicht gebraucht, wir haben so wenige Gäste."

Anna setzte sich aufs Sofa gegenüber der Rezeption und rief ihre Mutter an, die nach kurzem Klingeln antwortete und sagte, dass sie auf dem Weg nach unten waren.

Kapitel 111

„Hilfe, Hilfe!!!“

Anna schreckte vom Sofa auf, als sie ihre Mutter mit weit aufgerissenen Augen auf sich zulaufen sah. Sie wedelte mit den Armen und schrie, als wäre sie von einer Hornisse gestochen worden.

„Was ist los, Mama? Was ist passiert? Ist was mit Papa?“

Sie packte ihre Mutter an den Armen, um sie zu beruhigen.

„Er ist tot! Er ist tot!“

„Was? Papa ist tot?“

Der Blick ihrer Mutter schweifte entsetzt durchs Zimmer.

„Wer ist tot, Mama? Ist Papa tot?“ Anna versuchte, ruhig zu bleiben, und legte einen Arm um die Schultern ihrer Mutter.

„Er blutet, überall im Flur ist Blut. Nein, nicht Papa, jemand anderes.“

Der Rezeptionist, der aus seiner Kabine kam, war plötzlich ganz blass und griff nach dem Telefon.

„Ich rufe 112.“

Anna nickte.

„Mama, setz dich jetzt hierhin.“ Sie führte ihre Mutter zum Sofa. Anna drehte sich verwirrt zum Rezeptionisten um.

„Sollen wir hochgehen und nachsehen?“ Er sah unentschlossen aus.

„Der Mörder ist vielleicht noch hier!“, schrie ihre Mutter, „ihr müsst Papa holen, er sitzt auf dem Klo.“

„In Ordnung, ich gehe hoch, Mama.“ Anna stand auf. Sie dachte an ihren Vater. „Kommen Sie mit?“ Der Rezeptionist sah ängstlich aus.

Aber er nickte, und die beiden gingen zur Treppe, Anna hinter ihm, sie warf noch einen Blick zurück zu ihrer Mutter. Sie sah wirklich mitgenommen aus, wie sie da auf dem Sofa lag.

Sie gingen zwei Treppen hoch, öffneten die Tür und schauten in den Korridor. Eine Zimmertür stand einen Spalt offen, dadurch fiel Licht. Sie folgte schweigend dem Rezeptionisten. Als sie das Zimmer erreichten, schrie der Rezeptionist grell auf, als er den blutenden Mann sah, und Anna musste sich sehr beherrschen, um nicht auch zu schreien. Stattdessen musste sie sich abwenden und sah einen Papierkorb, in den sie sich erbrach.

Kapitel 112

Eine Weile später saßen Anna und ihre Eltern an der Rezeption und warteten auf die Polizei, die sie und die anderen Zeugen im Hotel vernehmen wollte. Sie hatten 112 gewählt, und der Krankenwagen war gekommen und hatte den Reporter, der Gott sei Dank noch einen Puls hatte und am Leben war, mitgenommen. Die Stichwunden an den Schultern und im Brustkorb sahen furchtbar aus, und das Blut hatte seine Kleider dunkel gefärbt, aber er atmete noch und hatte Farbe im Gesicht.

Minuten fühlten sich wie Ewigkeiten an. „Was für ein Glück, dass er noch nicht tot ist, aber ich hatte wirklich geglaubt, er wäre es“, sagte Annas Mutter.

Das Frühstück, nach dem Anna sich so gesehnt hatte, konnte sie überhaupt nicht runterbringen. Vor das Treppenhaus waren Stühle gestellt worden, und der Rezeptionist warnte alle Gäste, die nach dem Essen wieder hochgehen wollten. Der Korridor war abgesperrt, und im gesamten Gebäude war es gruselig still. Ein paar Gäste standen an der Rezeption, andere hatten das Hotel verlassen. Jetzt war sogar das Stadshotell in Säter ein Tatort.

Schließlich hörten sie draußen Sirenen, und Anna atmete auf, weil die Polizei endlich kam und übernahm.

Anna versuchte, ihre Gefühle zu unterdrücken, aber spürte so starke Schuldgefühle, die so schwer wogen, dass sie sich fragte, ob sie jemals wieder vom Sofa aufstehen könnte. Das hier war ja teilweise auch ihre Schuld.

Kapitel 113

„Hallo, mein Name ist Malin." Die Polizistin reichte Annas Mutter die Hand. Anna war froh, dass Malin hergekommen war, und umarmte sie zur Begrüßung. Ihre beruhigende Art löste den inneren Druck etwas, durch den ihr sogar das Atmen schwerfiel.

„Es war furchtbar, meine Mama steht richtig unter Schock."

„Sollen wir sie mitnehmen, damit sie mit jemandem sprechen kann?"

Anna schielte zu ihrer kleinen Mama, sie tat ihr so leid. Ihr Papa saß neben ihr, und Anna fiel plötzlich etwas Neues in seinem Blick auf. Er wirkte ziemlich munter, das hier war schlimmer als alle Fernsehserien, die er regelmäßig sah. Was sie alles zu erzählen hätten, wenn sie nach Hause kamen! Anna musste bei diesem Gedanken unwillkürlich innerlich lächeln.

„Wir können noch etwas warten, aber vielleicht ist es nötig."

„Also, was ist passiert?"

Anna gab es kurz wieder und bat ab und an ihre Mutter um Ergänzungen. Während Anna mit Malin sprach, sah sie andere Polizisten die Treppe hinaufgehen, sie kamen nicht zurück.

„Ich weiß, wer er ist." Anna wurde etwas unsicher, aber sie hatte nichts zu verlieren.

„Ja, wir haben ihn identifiziert."

„Er ist Reporter."

„Ja, das wissen wir."

„Aber wisst ihr auch, dass er es war, der heute Morgen über das Pädophilennetzwerk geschrieben hat?"

Malin hielt inne und hörte auf, sich Notizen zu machen.

„Aha, das war er?"

Anna nickte.

„Was anderes", Malin schob sie etwas von ihren Eltern weg, „du hast doch mit Liv gesprochen, soweit ich weiß. Wir müssen sie jetzt aufs Revier bringen."

Anna stimmte zu. „Ja, das ist das einzig Richtige."

Auch wenn sie Mitleid mit der alten Frau hatte, so war Liv immer verdächtiger geworden.

„Ich kann euch noch mehr über Liv erzählen, aber dazu später."

Malin nickte. „Ich muss mich zuerst um dieses Blutbad kümmern, bevor die Kollegen übernehmen."

Anna hatte kurz daran gedacht zu erzählen, dass sie dem Reporter den USB-Stick hatte zukommen lassen, aber machte es dann doch nicht. Sie war nicht bereit, auf die Fragen zu antworten, die sich daraus ergeben würden.

Malin stellte noch ein paar Fragen, dann ging auch sie die Treppe hoch.

Anna wandte sich an ihre Eltern und schüttelte den Kopf. „Völlig krank, dass ihr so etwas miterleben müsst."

„Wer sollte jemanden in Säter auf diese Weise angreifen?“, meinte ihre Vater kopfschüttelnd.

Der Rezeptionist kam zu Anna.

„Übrigens habe ich mich jetzt an diesen Mann erinnert, der heute Morgen hier war und nach ihm gefragt hat. Das hatte ich völlig vergessen, wahrscheinlich durch den Schock.“

„Das sollten Sie am besten der Polizei erzählen“, meinte Anna und zeigt die Treppe hoch.

„Mein Gott, natürlich, wie konnte ich das vergessen!“

Der Rezeptionist lief mit großen Schritten die Treppen hoch.

Anna setzte sich zwischen ihre Eltern.

„Was machen wir jetzt?“

„Ich will nach Hause fahren“, sagte ihre Mutter und seufzte erschöpft.

„Nein, das können wir nicht machen. Wir können Anna doch nicht mitten in alldem allein lassen. Jetzt ist man nicht nur ‚verrückt nach Säter‘, sondern ‚verrückt vor Angst in Säter.‘“ Ihr Vater lachte über seinen eigenen Witz, und Anna musste einfach lächeln, obwohl sie im Innern immer noch diesen riesigen Klumpen Schuld spürte. Wenn sie dem Reporter nicht den USB-Stick gegeben hätte, wäre er nicht überfallen worden.

Sie stand auf.

„Es tut mir leid, aber ich habe jetzt noch tausend Dinge zu erledigen, ich muss zur Arbeit und mit meinem Chef sprechen und dann jemanden auf dem Campingplatz treffen. Ich kann nicht mehr bleiben, ich rufe euch später an.“

„Wir fahren vielleicht nach Hause, mal sehen.“

„Ich schlage vor, dass ihr über den Markt geht und frühstückt, danach packt ihr eure Koffer und fahrt nach Hause.

Es wird hier jetzt viel los sein, und ich habe sehr viel zu tun. Vielleicht kann ich ja in ein paar Tagen stattdessen zu euch kommen."

Annas Vater hielt das für einen guten Vorschlag und hakte sich bei seiner Frau ein.

„So machen wir's. Du wirst sicher auch noch vernommen", meinte er an seine Frau gewandt.

„Ach Gott, das will ich gar nicht. Ich will nie wieder an diesen armen Mann denken und daran, was ich gesehen habe, als ich unser Zimmer verlassen habe."

„Das Bild wird sicher klar werden, wenn er aufwacht und selbst erzählen kann, was passiert ist", beruhigte ihr Mann sie.

Anna ging mit ihren Eltern zum Café und dann weiter Richtung Krankenhaus. Sie ärgerte sich, dass sie so viel Zeit verlor, weil ihr Fahrrad kaputt war. Sie beschleunigte ihren Schritt und ging so schnell, dass sie laut keuchte. Es regnete, und noch dunklere Wolken tauchten am Horizont auf. Der Regen war wohl nur der Beginn eines echten Unwetters.

Kapitel 114

Anna schaukelte auf ihrem Stuhl. Sie hatte das Gespräch mit dem Mann, der seit all den Jahren Livs Kontaktperson war, beendet. Auch wenn alles vielleicht schon zu spät war, wollte sie verstehen, wie Liv tickte und was geschehen war. Der Pfleger war auf Mallorca und ziemlich wortkarg, aber hilfreich genug, so dass all ihre Fragen beantwortet wurden.

Glaubte er, dass Liv gewalttätig werden konnte und dass sie etwas mit dem verschwundenen Mädchen zu tun hatte? War sie pädophil? Glaubte er, dass Liv Übergriffe begehen oder ein Kind verletzen könnte?

Wie könnte sie Liv dazu bringen, sich zu öffnen?

Die Antworten waren wie erwartet, eher offen. Ja, es war möglich, vermutlich nicht, vielleicht, wer weiß, ja, sie hat früher Dinge gemacht, aber sie war jetzt ja alt. Liv war schwierig und noch schwieriger, wenn man sie nicht kannte. Sie könnte es weiter versuchen, meinte der Pfleger, der auf Mallorca wieder zurück auf seinen Liegestuhl wollte. Er meinte, er sei froh, Mittsommer woanders zu feiern.

Anna nahm erneut das Telefon und wählte Svens Nummer. Es klingelte, und sie klopfte beim Warten laut mit dem Stift auf den Tisch, sie fühlte sich gestresst.

„Hallo, Sven."

„Hallo, Anna. Erzähl mir alles über Liv."

„Ich denke, ich sollte das nicht am Telefon besprechen. Außerdem verstoße ich damit gegen die Schweigepflicht, kannst du mir garantieren, dass ich damit nichts riskiere?"

Anna hatte begonnen, über die Konsequenzen nachzudenken, wenn sie der Polizei auf Kosten ihrer Arbeit half.

„Mach dir da keine Sorgen. Aber gibt es etwas Besonderes, was wir deiner Meinung nach über Liv wissen müssen?

Anna hielt ihr Telefon näher. Flüsterte.

„Sie hat ein Kind erwürgt, Järring."

Als sie aufgelegt hatte, ging sie in den Personalraum, kontrollierte ihr Postfach, ging ein paar Nachrichten durch und holte sich einen Kaffee. Die Tatsache, dass Carl-Magnus immer noch verschwunden war, dass Moa noch nicht wieder aufgetaucht war und dass ein Reporter gerade im Stadshotell niedergestochen worden war, fühlte sich surreal und wie ein Albtraum an.

Doch es war die Wirklichkeit. Als sie eine Hand auf ihrer Schulter spürte, drehte sie sich um und sah Miro in die Augen, da wachte sie wieder auf. Sie hatte ganz vergessen, sich mit ihm abzustimmen.

„Anna, können wird kurz reden?"

Sie trat etwas näher an ihn heran, mein Gott, sie hat auch ganz vergessen, ihm von dem Reporter zu erzählen, sie war völlig auf Liv fokussiert.

„Hast du gehört, was im Hotel passiert ist?"

„Ja, dass ein Mann mit einem Messer angegriffen wurde, das stand in den Nachrichten, also dass man einen verletzten

Mann im Stadshotell in Säter gefunden hat. Ich vermute ein Eifersuchtsdrama oder so was."

„Nein, Miro, es war der Reporter, dem wir den USB-Stick gegeben haben, ihm wurde ein Messer in die Brust gerammt, ich habe ihn gesehen, unfassbar viel Blut."

„Was?" Miros Gesichtsausdruck veränderte sich, er fuhr sich mit der Hand über die Stirn und schaute betroffen zu Boden.

„Meine Mutter hat ihn als Erste entdeckt, dann habe ich ihn auch gesehen. Ich habe gekotzt, Miro."

Miros Gesichtsfarbe veränderte sich, von blass zu normal, bis die Haut fast rot war. Ein bisschen wie eine Tomate, die vor ihren Augen reifte, dachte Anna und verdrängte den Gedanken sofort wieder. Solche Assoziationen passten nicht zum blutigen Ernst.

„Wer kann das gewesen sein?"

„Der Rezeptionist hat von einem Mann erzählt, der frühmorgens nach ihm gefragt hat. Das könnte er gewesen sein."

Miro hörte zu, aber sagte nichts.

„Ich werde jetzt jedenfalls noch mal zum Campingplatz gehen, mal sehen, ob ich noch was aus Liv herauskriege. Sie hat mit alldem zu tun, vielleicht hat sie Moa nicht entführt oder verletzt, aber irgendwas ist da. Sie hatte ja offensichtlich etwas mit dem Verschwinden des Jungen zu tun."

Miro nickte, war aber in Gedanken ganz woanders und legte bloß eine Hand auf ihren Arm.

„Anna, sei vorsichtig, du weißt, dass ich finde, du solltest dich nicht zu sehr einmischen."

„Ich weiß, aber ich habe das Gefühl, als sei das alles meine Schuld und als müsste ich es wiedergutmachen oder doch tun, was ich kann, um meinen Fehler auszubügeln."

Miro nickte verständnisvoll.

Anna trank den letzten Schluck Kaffee, stellte die Tasse in die Spüle, ging hinaus und zum x-ten Mal hinunter zum Campingplatz.

Es dauerte nur ein paar Minuten, bis sie am verlassenen Platz war, ein paar wenige Wohnmobile und Wohnwagen standen noch verstreut herum. Anna dachte an den schmuddeligen Campingplatzbesitzer, der jetzt wahrscheinlich wegen seiner Lebenssituation in Sorgen versank. Aber sie sah ihn nicht.

Die Gardinen in Livs Wohnwagen waren zugezogen, und als sie näherkam, wirkte er leer.

Sie ging die Stufen zur Tür hinauf und klopfte an. Die Tür blieb zu. Sie rief nach ihr.

„Liv, ich bin's, Anna. Mach auf!"

Anna machte ein paar Schritte zurück. War Liv mitten im Gewitter weggegangen? Sie musste sie finden.

Ein Blitz erleuchtete plötzlich den Himmel, und Anna blickte hinauf und sah, wie die pechschwarzen Wolken von der Elektrizität aufgerissen wurden, dann folgte der Donner, der so laut war, dass Anna sich erschreckte. Sie lief zur Toilette und stellte sich wegen des Regens dort unter. Sie musste Liv finden. Sie hatte das Gefühl, dass sie weggegangen war, aber sie konnte nicht weit gekommen sein.

Kapitel 115

Es galt, sich zu verstecken, sich so gut anzupassen, wie es ging, und sich nicht zu verraten. Der Mann mit den Händen hatte die Kindheit zerstört, aber das wusste niemand, und jetzt ging es weiter. Auf dem Computerbildschirm berührten zwei Männer das Geschlecht eines kleinen Jungen, und der ganze Körper kribbelte. Es war doch besser, nur zu schauen, aber nichts zu tun?

Das ganze Leben drehte sich darum, das Begehren, die Besessenheit zu verbergen, niemand durfte es wissen, es ging darum, es zu verstecken, zu isolieren, zu planen, damit niemand ahnte, was passierte. Es hatte schon als Teenager begonnen, als die anderen sich verliebten, geschah das andere im Körper. Der Versuch, so zu sein wie die anderen, funktionierte nicht. Es war schwer, ein doppeltes Spiel zu spielen, aber es ging.

Wie wäre das Leben gewesen, hätte der Mann mit den schweren Händen nicht weitermachen dürfen, wenn er aufgehalten worden wäre und nicht über all die Jahre in der Schule Kinder hätte missbrauchen können? So etwas durften Lehrer nicht mit Kindern machen. Das war falsch. Wie wäre das Leben dann gewesen?

Die Gedanken daran kamen oft. Genauso oft wie der Selbsthass kam, kam die Besessenheit im Internet oder auf einem öffentlichen Platz, nach einem Kind zu suchen. Kinder waren die Droge, die sexuelle Droge, die es überall gab. Zwangsgedanken wuchsen und wurden immer stärker, die Angst wurde unerträglich und unbeherrschbar. Am Ende wurden aus Gedanken Taten.

Kapitel 116

Anna sah sich um, gab es hier ein Fahrrad, das sie leihen konnte? Not kennt kein Gebot. Am Wohnmobil neben Livs Wohnwagen entdeckte sie eins. Sie blickte sich schnell um. Niemand da, der sie beobachten konnte. Sie würde es später zurückbringen. Also stieg sie aufs Rad, trat langsam und versuchte, sich in Liv einzufühlen, wohin sie wohl gegangen ist. Eine einsame, ältere Frau, wahrscheinlich mit autistischen Zügen, vielleicht mit einer paranoiden Schizophrenie und einem starken Trauma.

Liv war ohne Fortbewegungsmittel unterwegs, musste im Regen losgegangen sein. Gegangen, nicht geradelt. Anna vermutete, dass sie irgendwohin gegangen war, wo keine Menschen waren, dass sie den Menschen aus dem Weg gehen wollte. Außerdem hatte sie kein Ziel, sie musste also dorthin unterwegs sein, wo sie niemanden treffen würde.

Könnte sie bei Moa sein? Anna schaute in die einsamste Richtung, nicht zum Weg in die Stadt oder zum Strandbad.

Sie fröstelte, der Regen war eiskalt, und es war auch etwas windig. Während sie auf einem einsamen Weg durch den

Wald fuhr, fluchte sie leise vor sich hin. Ihre Kleider klebten an der Haut, ihre Haare lagen platt und nass auf der Stirn, und sie musste immer wieder nasse Strähnen aus dem Gesicht streichen.

Sie trat mit voller Kraft, unter den Rädern knirschten die Steine und spritzten hoch an ihre Schuhe, die schmutzig wurden, ja sogar die Beine wurden dreckig.

Plötzlich entdeckte sie etwas.

Ungefähr zwanzig Meter vor ihr schauten zwei Füße aus dem Straßengraben.

Als Anna sich näherte, sah sie auch ein Kleid und bald die ganze Liv.

„Liv! Liv!!!", rief Anna, als sie näherkam, aber Liv regte sich nicht. Anna warf das Fahrrad in den Straßengraben und lief zu der Frau. Sie lag mucksmäuschenstill im Graben, Blumen standen wie ein Kranz um das verfilzte, graue Haar. Durchnässt, der Blick friedlich. Über ihnen ballten sich Regenwolken, und erneut zerbrach ein Blitz den Himmel in lauter kleine Stücke, und fast sofort danach donnerte es. Anna fühlte ihren Puls. Sie lebte! Sie klopfte auf ihre Wange.

„Liv, hier ist Anna, wach auf, Liv!"

Sie rührte sich nicht. Anna wurde lauter und begann, sie zu schütteln.

Liv öffnete langsam die Augen, sie waren trüb und grau. Der Graue Star war deutlich sichtbar, und Anna hatte Mitleid, als sie den hilflosen Blick der alten Frau im Unwetter sah.

„Liv, ich helfe dir. Wenn du uns hilfst."

Sie reichte ihr die Hand, und sie ergriff sie.

„Vielleicht haben die Wölfe sie auch aufgefressen?", sagte Liv plötzlich.

„Wen?"

„Das kleine Mädchen. Die Wölfe haben mich aufgefressen und sie wahrscheinlich auch."

Anna hielt Liv, als die aus dem Graben aufstand. Sie war überraschend leicht, wand sich aber.

„Ich habe sie nicht getötet!"

„Wen hast du nicht getötet, Liv?"

„Das Mädchen, das vier Jahre alt war."

Anna verstand zunächst nicht, was sie da redete.

„Es waren die Wölfe, die sie geholt haben. Ich habe versucht, sie zu retten. Ich habe versucht, die Wölfe zu töten."

Anna atmete tief ein. Aha, ging es um das Mädchen, das sie erwürgt hatte? Könnte es sein, dass Liv über Wölfe halluzinierte und darüber, dass Wölfe das Mädchen, das bei ihr zu Hause war, fressen würden? Sie glaubte, dass sie es vor den Wölfen beschützte, dass sie die Tiere tötete, doch stattdessen tötete sie das Mädchen.

Das war passiert, als Liv noch sehr jung war, und etwas, womit sie ihr ganzes Leben gelebt hat. Vielleicht hat sie nie mit jemanden darüber gesprochen.

Anna nickte ihr freundlich zu, umfasste ihre Hand. „Das verstehe ich, Liv. Kein Problem. Aber wo ist das andere Mädchen, Liv, wo ist sie?"

Liv drehte sich zu ihr um. Die Pupillen zogen sich zusammen, und sie sah ängstlich aus.

„Liv, wir müssen sie vor den Wölfen retten." Anna probierte aus, Livs eigene Welt zu nutzen.

Liv schaute zur Seite, als wolle sie sich vergewissern, dass niemand sie hörte.

„Ich habe sie versteckt, damit die Wölfe sie nicht holen. Sie brauchte mich. Niemand hat sich um sie gekümmert. Niemand hat sie beschützt."

Anna dachte an Moas Mama und ihren nichtsnutzigen Freund, die das Mädchen vernachlässigt hatten, gefeiert hatten und nicht anwesend waren. Liv war da gewesen, als Moa eine Erwachsene brauchte. Anna nahm das Bonbonpapier aus ihrer Tasche.

„Liv, das hast du doch dem Mädchen gegeben? Hast du ihr noch mehr Bonbons gegeben, auch hier im Wald?"

Liv nickte matt.

„Ja, sie mochte sie. Sie muss das verloren haben."

Anna umfasste noch einmal Livs Hand. Dann waren Liv und Moa also zusammen im Wald.

„Jetzt gehen wir beide zu dem Mädchen, Liv, und du musst mir helfen."

Anna sah auf ihre geschwollenen Füße, mit kleinen Verletzungen und blauen Zehn. Die alte Frau hatte es nicht leicht gehabt. Wäre sie heute geboren worden, hätte man wahrscheinlich festgestellt, dass sie autistische Züge hatte und Schizophrenie, und sie hätte eine bessere Therapie und Medikamente bekommen, jedenfalls hoffte sie das.

Anna war traurig, als sie an Livs Lebensgeschichte dachte und dass sie eine neue Wendung bekäme, wenn sie den Wald verließ. Was würde jetzt mit ihr geschehen? Kindesentführung, das könnte in eine Gefängniszelle führen, oder vielleicht wäre das sogar das Beste, zurück auf eine Station, wo sie wusste, wie das Leben funktionierte und täglichen Kontakt zu Menschen hatte, anstatt isoliert auf einem Campingplatz zu leben?

„Ich weiß nicht, wo sie ist, oder doch, sie ist im Krankenhaus."

„Was? Nein, Liv, sie ist nicht im Krankenhaus."

„Doch, sie ist im Krankenhaus."

Anna war verwirrt. Redete Liv Unsinn?

„Was meinst du?"

„Sie ist da, geschützt vor den Wölfen."

Anna nickte und zog sie sanft aus dem Gras, so dass sie aufstand.

„Gut, wir müssen dorthin gehen, du musst mir den Weg zeigen."

Liv gehorchte und ging folgsam neben Anna. Sie liefen durch Pfützen, und ab und zu wrangen sie Wasser aus ihren Kleidern. Hin und wieder hörte Anna einen monotonen, dunklen Ton von Liv, als murmelte sie vor sich hin, als redete sie mit jemanden, aber sie verstand nicht, was sie sagte und mit wem sie zu sprechen glaubte.

Als sie im Gebiet Skönvik war, blieb Liv stehen. Sie schaute sich verwirrt um. Durch das Gewitter war niemand draußen, alle hatten Schutz gesucht.

Anna überlegte, dass sie eigentlich 112 wählen sollte, damit die Polizei und ein Krankenwagen herkämen. Aber sie hatte Angst, dass die Liv stören würden, vielleicht würde sie dann wieder zumachen. Dann würden sie Moa nie finden.

Liv zeigte geradeaus.

„Sollen wir weitergehen, Liv? Das Krankenhaus liegt doch hier, nicht dort."

Anna war durcheinander. Was meinte die alte Frau?

Sie nickte. Sie gingen an der Schule und dem Arztzentrum vorbei und passierten bald die rechtspsychiatrische Klinik.

„Noch weiter?"

Liv murmelte etwas, und sie gingen weiter. Anna war erstaunt, dass die alte Frau den ganzen Weg schaffte. Ihr selbst taten die Füße in den nassen Schuhen weh, und durch den Regen war ihr inzwischen richtig kalt.

Und je länger sie gingen, umso ängstlicher wurde sie. Was würden sie sehen, wenn sie ankamen? Was, wenn Liv sich alles nur ausgedacht hatte? Was, wenn sie sie verletzen würde? Oder, falls Moa wirklich dort war, war sie vielleicht in einem schlimmen Zustand, falls Liv sie verletzt hatte, oder vielleicht tot. Je näher sie kamen, umso mehr zitterte Anna.

„Da!"

Anna wandte sich nach rechts und sah in die Richtung, in die Liv zeigte. „Sie ist da drinnen." Liv deutete auf das alte Nebengebäude.

Das schreckeinflößende Gebäude, in dessen Nähe Anna sich nie traute. Die Tür war zugemauert, es war also nicht leicht, hineinzukommen. Sie hatte gehört, dass es auf der Gebäuderückseite eine Strickleiter geben soll, hatte sich aber nie dorthin gewagt.

„Aber Liv, hier hast du das Mädchen versteckt?" Anna schaute sie nervös an.

„Ja, sie ist da drin. Da drinnen im Krankenhaus, damit sie Hilfe bekommt", wiederholte Liv und deutete mit der ganzen Hand.

„Das ist kein Krankenhaus, Liv, das ist eine alte Ruine." Anna war ganz verzweifelt. Die Frau war völlig verwirrt. Aber sie half Liv auf dem letzten Stück bis zum Gebäude.

„Wie kommt man da rein, Liv?"

„Das weiß Liv", sagte sie bloß und ging weiter auf das Gebäude zu.

Irgendwo hier in diesen alten Gebäuden musste Liv den größten Teil ihres Lebens verbracht haben, dachte Anna, daher wusste Liv es. Dieses Gebäude war nur für Männer gewesen, aber die anderen waren bereits abgerissen, vielleicht irrte sie sich. Sie war schließlich eine verwirrte, alte, psychisch kranke Frau.

Liv steuerte nicht auf den Eingang zu, sondern begann, ums Haus herumzugehen. Es war dunkel im Wald, denn das heftige Unwetter verdeckte die Sonne völlig, so dass es immer düsterer wurde, als sie hinter das Gebäude und in den Wald kamen. Anna blickte durch die alten, vergitterten Fenster.

Durch die Dunkelheit und die Einsamkeit schlug ihr Herz schneller, und sie atmete flach. Die Haare auf ihren Armen stellten sich auf, und sie blickte ängstlich zu Liv, die durch das hohe Gras stapfte. Vielleicht war sie gefährlicher und stärker, als Anna dachte? Könnte sie sich verteidigen, sollte Liv sie angreifen? Hatte sie dort drinnen eine Waffe? Sie wurde unsicher, sollte sie sich zurückziehen? Weglaufen und die Polizei rufen? Aber jetzt hatte sie die Chance, Moa zu finden und ihren Fehler wiedergutzumachen.

Sie half der alten Frau, als sie durchs Gestrüpp zur Rückseite des Hauses gingen. Dort lag der Hof für den Freigang, umgeben von einer hohen Mauer, über die man nicht klettern konnte.

„Das weiß Liv", murmelte Liv erneut, und sie folgte ihr, aber jetzt mit etwas größerem Abstand. Im Gebüsch sah Anna einen großen, langen Ast, sollte sie ihn aufheben, um vorbereitet zu sein, sollte Liv einen Anfall kriegen?

Anna dachte gleichzeitig, dass es unwahrscheinlich schien, dass die alte Frau mit Moa hierhergekommen war, ohne dass sie jemand gesehen hatte, und auch dass sie überhaupt die Kraft dazu hatte. Aber Liv war nicht wie andere Menschen, diese Urkraft und der Willen, über die sie verfügte, waren schwer vorherzusehen.

„Da drinnen ist sie." Liv zeigte auf ein Loch in der Mauer, wo die Ziegelsteine nachgegeben hatten, nicht sehr groß, aber groß genug für eine kleine Erwachsene oder ein Kind. „Dorthin können die Wölfe nicht kommen."

Anna wurde immer panischer. Welche Wölfe? Was bedeutete all das?

Liv begann plötzlich zu schwanken und fiel innerhalb von Sekunden zusammen. Anna lief zu ihr, ihre Augen waren verdreht, so dass man das Weiß sah, sie keuchte und zuckte. War das ein epileptischer Anfall? Dazu hatte in der Krankenakte nichts gestanden. Oder war das ein psychogener Anfall, der durch Stress und Trauma ausgelöst wurde? Darüber hatte sie gelesen. Der war nicht gefährlich, aber sie wäre dann eine Weile nicht ansprechbar. Anna fing sie auf, als sie fiel, und zog sie unter einen Baum, damit sie vor dem Regen geschützt war.

Sie nahm nun ihr Handy und wählte 112. „Hilfe, wir brauchen hier einen Krankenwagen und die Polizei", rief sie. „Kommen Sie schnell zum alten Klinikgebäude im Gebiet Skönvik, eine alte Frau hat einen Anfall, und vielleicht befindet sich auch das verschwundene Mädchen hier.“

Anna zog ihre Jacke aus und legte sie unter Livs Kopf. Die Frau zuckte noch heftig und war nicht ansprechbar. Anna schielte zum Loch in der Mauer. Sollte sie selbst hineingehen?

Kapitel 117

Sven saß in einem von mehreren Polizeiwagen, die jetzt auf dem Weg nach Säter waren, nachdem der Notruf vom alten Gebäude eingegangen war. Sogar Malin saß neben ihm. Sie war aufs Revier gekommen, um über den verletzten Reporter zu berichten, und sie hatten eine Strategie ausgearbeitet, um Liv zu verhaften.

Es schüttete heftig, und beide waren direkt aufgesprungen, als der Notruf eingegangen war. Die Sicht war miserabel, aber Malin gab trotzdem Gas.

„Glaubst du, das ist der Durchbruch?", fragte Malin, während sie mit heulenden Sirenen so schnell fuhr, dass das Wasser um das Auto hoch aufspritzte.

Die Scheibenwischer arbeiteten auf höchster Geschwindigkeit, aber trotzdem sahen sie den Weg vor sich kaum. Die Scheibe war trüb und voller Regentropfen, so dass die anderen Autos und Laternenpfähle bloß verschwommene Konturen waren.

„Dass wir jetzt das Mädchen finden?"

„Das werden wir bald sehen", antwortete der alte Kommissar mit zusammengebissenen Zähnen und hielt sich an der Tür fest, als der Wagen auf der Straße hin und her schwankte.

Sie könnten jederzeit Aquaplaning erleben.

Aber das Risiko mussten sie eingehen. Es ging es um Leben und Tod.

Kapitel 118

Anna ließ Liv allein unterm Baum liegen. Sie musste nachsehen, ob Liv die Wahrheit gesagt hatte. Vor ihr war das Loch in der Mauer, es war nicht groß, und sie musste sich hindurchdrücken. An den kaputten Steinen riss sie sich das Bein auf und spürte das warme Blut über ihr Schienbein fließen. Im alten Krankenhaus war es pechschwarz, hier waren die gefährlichsten Täter des Landes eingesperrt gewesen. Es tropfte von der Decke und roch scharf und muffig. Auf dem Boden schritt sie durch Pfützen aus Regenwasser.

Neben ihrem Fuß raschelte es, sie machte die Taschenlampe am Handy an und sah einen Rattenschwarm an der Wand verschwinden.

Sie leuchtete den Raum aus, in dem sie sich befand. Er war hoch und kalt, und sie hatte Todesangst, aber musste einfach nach Moa suchen.

Draußen blitzte es erneut, und direkt danach donnerte es. Das Gewitter befand sich jetzt direkt über Säter. Sie sah sich um.

Die alten Zellen hatten offene Türen, die Gitter waren verrostet, sie musste über eine umgeworfene Bank klettern,

Papierbögen lagen auf dem Boden, jemand hatte irgendwann mal einen Haufen Gerümpel angezündet. Da standen zwei leere Eimer. Stammten sie von den Jugendlichen, die früher gern dieses alte Gebäude durchsuchten? Oder stammten sie noch aus der Zeit, als die kriminellen Kranken hier lebten? Ein Gang war mit unverständlichen Figuren, Ziffern und Buchstaben vollgekritzelt. Anna fuhr mit dem Finger darüber und spürte Unbehagen. Sie hörte ein Geräusch und drehte sich schnell um.

Kapitel 119

Plötzlich lief eine Ratte an ihren Füßen vorbei. Anna sprang hoch und sah, dass sie etwas Schimmerndes im Maul hatte. Es war etwas Dunkelrotes, Spitzes, Glänzendes. Sie erstarrte vor Schreck. Die Ratte hatte an etwas gefressen.

Konnte das Moa sein?

Auf einmal sah sie den Schatten einer Person in einer der Öffnungen zu den Zellen auftauchen. Sie wollte vor Schreck aufschreien. Würde sie jetzt sterben? Aber ihr versagte die Stimme. Es kam kein Laut über ihre Lippen. War das Carl-Magnus? Sie wollte sich umdrehten und weglaufen, doch ihre Beine waren durch den Schock wie gelähmt.

Die Person kam langsam auf sie zu, und im Lichtschein einer Fensterluke sah sie zu ihrer großen Erleichterung Haare, die sie sofort erkannte, eine blonde, zurückgekämmte Frisur.

„Jesper! Du hier? Meine Güte, wie toll!" Sie atmete auf und spürte, wie ihr ganzer Körper sich entspannte.

„Anna."

Er sah sie an und sagte ihren Namen, aber auf eine kurze, abgehackte Art, die sie überhaupt nicht wiedererkannte.

„Gott sei Dank, dass du hier bist … ich habe echt Todesangst. Ich suche nach …“ Sie verstummte. Sie ging auf Jesper zu, doch der starrte sie bloß an, und als sie näherkam, sah sie, dass sein Gesichtsausdruck ganz versteinert war, er war blass, sein Blick bohrte sich in sie, er verzog keine Miene, sondern wirkte völlig gelähmt.

Dann sah sie auf seinen Hals, sein Hemd war blutverschmiert.

Sie trat ein paar Schritte zurück. Sie hatte das Gefühl, dass sie schnell von hier verschwinden, laut schreien, um Hilfe rufen sollte, aber es kamen keine Worte. Sie war noch immer wie gelähmt.

„Carl-Magnus“, sagte Jesper mit kalter Stimme und ging auf sie zu. Sie sah, dass seine Hände voller Blut waren.

„Was, was ist mit ihm, Jesper?“

Plötzlich begriff sie. Jesper hatte Carl-Magnus gefunden. Und er musste unter Schock stehen.

„Jesper, was ist passiert, hast du Carl-Magnus gefunden?“

Bei Jesper blitzte etwas auf. Da sah sie, dass er ein Messer in der Hand hielt.

Sie blickte sich rasch um. Was war überhaupt los?

Mit dem Handy leuchtete sie um sich.

Da erst entdeckte sie den Mann auf dem Boden, ein Stück entfernt. Sie erkannte ihn sofort. Es war Carl-Magnus. Noch eine Ratte mit der Nase voller frischem Blut kam angelaufen.

Dort auf dem Betonboden, zwischen all dem Gerümpel, sah sie Carl-Magnus’ Gesicht mit blutigen Augenhöhlen und Bisswunden am Hals. Anna spürte Galle aufsteigen, wandte sich um und erbrach sich auf den Boden. Dann wischte sie sich mit der Hand den Mund ab. Jesper stand stumm da, das Messer in der Hand, und starrte sie an.

Schnell begann Anna den Weg, den sie gekommen war, zurückzulaufen, zur Maueröffnung.

„Du hast mich entdeckt, und jetzt bist du auch ein Problem geworden", zischte Jesper sie an und machte einen Schritt auf sie zu.

„Was? Ich verstehe nicht ..."

„Ich habe Carl-Magnus die ganze Zeit hier festgehalten, habe ihn unter Druck gesetzt, damit er mir Dinge gibt, die er hat und die ich will. Dinge, die mir und anderen schaden können. Jetzt hat er seine Strafe bekommen."

Anna schüttelte den Kopf. Alles drehte sich.

Hier drinnen war sie nicht sicher. Sie hörte hinter sich ein Geräusch und sah plötzlich, wie Jesper auf sie zulief.

„Anna, du darfst nicht ..."

„Was?" Sie drehte sich schnell um und konnte sich gerade noch ducken, als er mit dem Messer nach ihr stach.

Mit einem Mal bekam Anna Kräfte, von denen sie nicht gedacht hätte, dass sie sie besaß. Sie sah das Loch in der Mauer. Da musste sie durch. Sie rannte so schnell sie konnte darauf zu. Sie hob die Beine nicht richtig, blieb mit einem Fuß hängen, brüllte vor Schmerz, riss ihn los, senkte den Nacken, drückte sich durch das Loch und fiel kopfüber auf die Erde.

Jesper kam ihr nach, und sie hörte, wie er hinter ihr fluchte und brüllte. Sie stand auf und lief vom Gebäude weg. Der Fuß tat ihr schrecklich weh, sie konnte ihn kaum belasten.

Sie sah Liv unter der Kiefer liegen, und als Anna sich umdrehte, um weiterzulaufen, hatte Jesper sie eingeholt. Er stürzte sich auf sie, und sie spürte einen unbeschreiblichen Schmerz, als er sie überwältigte, so dass sie auf dem Boden landete. Der Aufprall auf der Erde betäubte ihren ganzen Körper.

Aus den Augenwinkeln sah sie, wie er das Messer hob, und sie schaffte es gerade noch, ihre Schulter wegzuziehen, so dass das Messer in die Erde eindrang anstatt in ihren Rücken. Mit einem Arm drückte er ihr Gesicht in den Dreck, und die Erkenntnis, dass sie jetzt sterben würde, einen entsetzlichen, schrecklichen Tod, ließ sie vor Angst aufheulen und wie einen frisch gefangenen Fisch zappeln. So leicht würde sie sich nicht ergeben. Sie schrie vor Angst, als er am Messer zerrte, um es aus der Erde zu ziehen und noch einmal auf sie einzustechen.

Sie konnte sich nicht befreien. Er war stärker, als sie gedacht hatte. Aber in derselben Sekunde, in der Anna dachte, sie hätte ihren letzten Atemzug getan, hörte sie einen scharfen Knall. Was war das, ein Donner? Aber dann spürte sie, wie die Kraft aus Jespers Körper schwand, er fiel leblos auf sie. Es musste also ein Schuss gewesen sein. Anna hielt die Luft an, lag da, von ihm zu Boden gedrückt. Sie versuchte, den Kopf zu heben, ihn von sich wegzurollen. Würde sie jetzt auch sterben? War Carl-Magnus von den Toten auferstanden? Oder war es die Polizei?

Sie hob vorsichtig den Kopf vom Boden, und ein paar Meter weiter im Unterholz sah sie die Silhouette eines Mannes. Er stand breitbeinig da und schaute sie an. Hinter ihm leuchtete der Mond zwischen den dunklen Gewitterwolken.

Die Konturen wurden deutlicher. Das dunkle, wellige Haar, die blaugrünen Augen, die sie ansahen, und dann die blendend weißen Zähne in einem kleinen Lächeln. Miro ließ seine Pistole sinken.

Kapitel 120

Als Järring und Malin am alten Gebäude ankamen, trafen sie auf einen Anblick, den sie niemals erwartet hatten. Miro hielt Anna, neben ihm lag eine Pistole und etwas weiter entfernt ein erschossener, jüngerer Mann mit sorgfältig gekämmten, blonden Haaren im dunklen Moos.

Sven schaute zu seiner Kollegin, und beide schüttelten den Kopf. Die Wirklichkeit hatte mal wieder die Fiktion übertroffen. Eingemauerte Ex-Freundinnen, zerstückelte Leichen in einem alten Volvo ein Ritualmord im Wald. Jetzt hatten sie es mit etwas Ähnlichem zu tun.

„Er ist da drinnen“, sagte Anna matt und zeigte auf die Öffnung in dem baufälligen Gebäude.

„Wer? Carl-Magnus?“, fragte Malin nach.

Sie nickte.

Malin und Järring quetschten sich durch das Loch und leuchteten mit ihren großen Taschenlampen. Schnell entdeckten sie den Mann auf dem Boden, die Haare verfilzt und nass, die früher schicken Kleider jetzt dreckig und schmutzig von der Feuchtigkeit, die von der Decke tropfte.

Seine Arme und Beine waren mit Vorhängeschlössern an alten Rohren festgekettet. Sein Gesicht war zerbissen, und am schlimmsten war, dass die Augen fast völlig fehlten. Er hatte mehrere Messerstiche in der Brust.

Auch wenn Sven und Malin abgebrüht waren, mussten sie sich Mund und Nase zuhalten.

„Wir sperren alles ab und rufen die Spurensicherung. Sagst du ihnen Bescheid, Malin?"

„Klar." Sie nahm sofort ihr Funkgerät und machte Meldung.

Dann standen beide eine Weile da und betrachteten den schrecklichen, menschlichen Verfall vor ihnen.

„Ich habe noch kein klares Bild, Sven."

Er schüttelte ebenfalls den Kopf.

„Der Mann da draußen ist tot, warum ist er tot, und was machte der hier drinnen, und vor allem, wer ist er?"

„Und warum waren Anna und Liv überhaupt hier?"

„Ja, warum, ich muss mit ihnen reden, bevor sie Liv wegbringen. Ich gehe wieder nach draußen." Sven bahnte sich vorsichtig zwischen dem Gerümpel einen Weg zurück zum Loch in der Mauer.

Malin blieb drinnen. Sie versuchte, den Raum mit der Taschenlampe abzusuchen, ließ den Lichtkegel über den Boden wandern, über die Wände, die Decke. In einer Ecke an der Decke rührte sich etwas Schwarzes, und das Geräusch von Flügeln ließ sie zusammenzucken. Fledermäuse?

Plötzlich entdeckte sie etwas Auffälliges. Auf dem Boden leuchtete etwas rosa.

Sie stieg über das Gerümpel vor sich und sah die kleine Haarspange. Eine Plastikrose an einem Gummiband. Sie zog Handschuhe an und hob sie vorsichtig hoch.

„Verdammt! Carl-Magnus, was hast du mit dem Mädchen gemacht?“

Sie hätte den bereits toten Mann am liebsten getreten.

Das war die Haarspange, die Moa getragen hatte, als sie verschwand.

Das Mädchen war hier gewesen, aber wo war es jetzt?

Kapitel 121

Malin lief hinaus zu Sven. Sie sah, dass Liv aufgewacht war. Man hatte ihr eine orange Decke umgelegt, und jetzt wurde eine Trage gebracht.

„Wir helfen Ihnen, bleiben Sie nur sitzen." Ein Sanitäter sprach freundlich mit der alten Frau.

Polizisten zogen rund um Jesper Absperrband. Miro hatten sie zu einem Polizeiwagen geführt, und er und Anna wechselten immer wieder Blicke. Sie sah dankbar aus. Er hatte ihr das Leben gerettet.

Anna versuchte aufzustehen, aber die Beine trugen sie nicht, plötzlich kippte sie zur Seite. Malin war gerade in der Nähe und fing sie auf.

„Du musst völlig fertig sein!" Malin half ihr, sich auf eine Trage zu setzen, die die Sanitäter herausgezogen hatten.

„Ihr müsst Liv helfen", murmelte Anna, dann legte sie sich zurück und schloss die Augen. „Sein Gesicht war so eklig, Malin."

„Ja, ich weiß, das stimmt, aber er ist jetzt tot. Und der andere, wer war das?"

Anna bemühte sich, zu antworten.

„Das war Jesper, mein Kollege, ein neuer Arzt am Krankenhaus."

Malin sah verwirrt auf. Wo steckte Sven bloß? Wie hing all das zusammen?

„Hat er Carl-Magnus umgebracht und ist dann verrückt geworden … ich verstehe es nicht …", murmelte Anna.

„Ruh dich jetzt aus." Malin tätschelte ihre Stirn.

Ein Sanitäter kam zu ihnen.

„Sie hat einen Blutdruckabfall", sagte der Sanitäter. „Der Schock, die Kälte. Es ist aber nichts Gefährliches." Er legte ihr eine Infusion. Anne wimmerte beim Einstich, dabei tat ihr Fuß schrecklich weh.

Malin nahm noch einmal ihre Hand.

„Anna, was hat Liv eigentlich gesagt?" Malin hatte sie das mehrmals gefragt, aber sie hatte noch keine Antwort geben können.

„Liv will jetzt nicht sprechen, sie ist ganz stumm."

Anna nickte, sie verstand vollkommen. „Ja, sie leidet manchmal an Mutismus."

Als sie jetzt erzählen wollte, fühlte Anna sich plötzlich ganz dumm. Wie sie von Liv hierhergelockt worden und mitgegangen war.

„Wir sind hergekommen, weil Liv mir Moa zeigen wollte, sie redete sehr wirr. Sie hat nur gesagt, dass das Mädchen irgendwo hier sei. Aber das war wohl reine Fantasie. Sie hat von Wölfen erzählen, als wir hier ankamen." Anna schloss die Augen, um Malin nicht in die Augen sehen zu müssen.

Sie hatte sich wegen einer alten, psychisch kranken Frau in Lebensgefahr gebracht.

„Doch, das kann schon stimmen. Das hier lag im Gebäude."

Anna öffnete die Augen und sah die Polizistin an. Malin hielt die Haarspange hoch, und sie bekam wieder Hoffnung. In dem Moment tauchte Sven auf.

„Sven, das hier kann von Moa sein. Liv hat Anna gesagt, dass Moa irgendwo hier ist."

Sven rief laut all seine Kollegen.

„Wir müssen jetzt alle Räume und Gebäude durchsuchen. Moa kann hier sein."

Kapitel 122

Anna wünschte, sie hätte die Kraft, um bei der Suche nach Moa zu helfen, aber durch den Schock von allem, was sie heute erlebt hatte, trugen ihre Beine sie nicht mehr.

Jesper hatte versucht, sie zu töten, ihr eigener Kollege, warum? War er total durchgedreht, nachdem er nach Säter gekommen war und eine Hexenjagd nach Carl-Magnus begonnen hatte? Hatte er den USB-Stick gemeint, als er von Dingen gesprochen hatte? Und Miro, er hatte ihr das Leben gerettet, wieso war er mitten in der Nacht hier? Sie begriff gar nichts.

Sie hatte jetzt das Gefühl, Zuschauerin in einem absurden, unangenehmen Film zu sein, in dem Polizisten mit und ohne Hunde herumliefen und in Gebäuden suchten. Dort wurde gerufen, etwas angehoben, geöffnet und gezogen.

Sie sah zum Krankenwagen, in dem Liv sich befand, er war immer noch hier. Anna überlegte, ob sie zu Liv gehen sollte, um zu versuchen, mit ihr zu sprechen. Vielleicht könnte sie noch mehr erzählen.

Sie stand auf, ihre Beine waren wackelig. Sie machte einen Schritt nach dem anderen durch das nasse, hohe Gras.

Ein Sanitäter ging vor dem Wagen auf sie zu.

„Hallo, darf ich mit Liv sprechen, ich bin mit ihr hergekommen."

„Hmm … sie ist in einem schlechten Zustand, nicht ansprechbar, glaube ich", sagte der Sanitäter vorwurfsvoll.

„Bitte, ich möchte es versuchen, ich glaube, mit mir wird sie sprechen."

Anna ging am Sanitäter vorbei und öffnete die Tür, dort im Wagen lag Liv jetzt auf einer Trage. Sie bekam Sauerstoff und eine Infusion. Es sah aus, als schliefe sie.

Anna nahm ihre Hand, sie war kalt, also wärmte sie sie. Die Frau lag mit geschlossenen Augen da und rührte sich nicht. Die einzige Bewegung war ihr Brustkorb beim Atmen. Ein anderer Sanitäter saß dabei und überwachte sie.

„Kann sie mich hören?"

„Das wissen wir nicht, vielleicht."

„Liv, hier ist Anna. Wir haben Moas Haarspange gefunden. Kannst du dich erinnern? Wo hast du sie vor den Wölfen versteckt?"

Liv bewegte sich nicht, sie hörte sie nicht. Anna umfasste ihre Hand, aber ohne Reaktion.

Liv, bitte, bitte, rede mit mir, dachte Anna. Moa lebt vielleicht noch.

„… im warmen … Zimmer …"

„Was sagst du, Liv?"

Anna beugte sich über die Frau. „Ist Moa in einem warmen Zimmer?"

Liv atmete wieder schwer und tief, sie reagierte nicht, als Anna ihre Hand losließ. Sie war wieder weg.

Anna ging hinaus und rief den ersten Polizisten, den sie sah, zu sich.

„Liv sagt, dass sich das Mädchen in einem warmen Zimmer befindet, gibt es so eins?"

Der Polizist sah verwirrt aus.

„Da ist wohl kaum etwas warm, es gibt hier ja keinen Strom mehr."

Anna dachte nach.

„Ja, aber vielleicht meint sie einen alten Heizungskeller oder so was, auch wenn der heute nicht mehr warm ist?"

„Natürlich, ich gebe es weiter, dann suchen wir dort."

Der Polizist lief wieder zum Gebäude.

Jetzt war aus dem Regen Hagel geworden, und der prasselte hart auf den Boden.

Anna legte eine Hand schützend über ihr Gesicht und sah, wie die Leute am Tatort versuchten, sich vor den spitzen Eiskugeln, die auf die Erde fielen, zu schützen. Anna versteckte sich unter einer dicken Fichte, lehnte sich an den Stamm und beobachtete weiter, was um sie herum vor sich ging.

Plötzlich bellte ein Hund, jemand rief etwas, mehrere riefen etwas, jemand kam mit Decken angelaufen, Telefone klingelten, es war eine völlig chaotische Situation. Anna zog die Beine eng an sich und zitterte vor Kälte.

Sie schloss die Augen, alles fühlte sich unwirklich an, aber sie schlug sie schnell wieder auf, als sie die helle Stimme eines kleinen Mädchens hörte: „Mama … Mama …" Sie sah Malin, die behutsam ein kleines Mädchen zum zweiten Krankenwagen trug, der gerade eingetroffen war.

Malin schaute zu Anna, und eine Sekunde lang trafen sich ihre Blicke, und sie spürte die enorme Erleichterung, die beide empfanden. Sie lächelten sich an.

Die Sirenen der Polizeiwagen heulten rund um Malin, als sie mit großen, langsamen Schritten ging und das Mädchen trug, als sei sie das Zerbrechlichste überhaupt. Sie streichelte ihr sanft über die Haare. Das Mädchen legte seinen Kopf an ihre Brust.

Anna stand auf und ging auf sie zu, sie bekam neue Kraft, von der sie nicht geglaubt hatte, dass sie sie noch in sich hatte. Sie war Psychologin, und wenn man sie jemals brauchte, dann genau jetzt.

Kapitel 123

Zwei Polizisten trugen das kleine, zarte Mädchen vorsichtig heraus. Es bekam dann eine Blaubeersuppe zu trinken, eine weiche Decke um die Schultern und ein Kuscheltier auf den Schoß, schließlich wurde es auf eine Trage im Krankenwagen gesetzt. Sie sah sich verwirrt um, und Anna, die jetzt genau neben ihr stand, hatte den Eindruck, dass Moa nicht wusste, ob das ein Traum oder die Wirklichkeit war.

Falls das Mädchen weder gegessen noch geschlafen hatte, könnte es halluzinieren, es war auch nicht merkwürdig, dass es die aktuelle Situation kaum begriff.

Aber abgesehen von ihrer Verwirrung schien sie körperlich unversehrt.

Anna war sich ziemlich sicher, dass Liv sie nicht verletzt hatte. Liv hatte geglaubt, sie würde das Mädchen vor den Wölfen oder den Eltern retten. Malin kam zu ihr.

„Sie scheint in Ordnung zu sein", flüsterte sie und beugte sich zu Anna vor.

Anna nickte.

„Jesper hat Carl-Magnus offensichtlich hier gefangen gehalten, er hat etwas in der Art zu mir gesagt, bevor er … also, erschossen wurde", meinte Anna.

„Dann war es also vielleicht reiner Zufall, dass das Mädchen und Carl-Magnus sich im selben Gebäude befunden haben, wenn auch in unterschiedlichen Teilen?", vermutete Malin.

Anna nickte. „Ja, das glaube ich auch. Das hier ist der einzige Ort, den Liv richtig gut kennt. Und Jesper hat ihn ausgewählt, weil … ja, weil niemand auf die Idee käme, hier zu suchen."

Malin nickte zustimmend.

Anna bemerkte, dass der Krankenwagen, in dem Liv saß, jetzt abfuhr. Sie nahm Moas kleine Hand und hielt sie fest. Das Mädchen schaute sie an und lächelte so breit, dass die Zahnlücke zu sehen war. Anna war enorm erleichtert. Eine Träne lief über ihre Wange.

„Moa, alles wird gut, deine Mama ist bald hier."

„Ich will meine Mama sehen. Aber wo ist die Trollfrau?"

„Du meinst Liv?", fragte Anna und sah sie liebevoll an.

Das Mädchen nickte.

„Sie ist im Krankenhaus."

„Sie hat früher da gewohnt."

„Ja, ich weiß", antwortete Anna.

„Sie hat mich vor den Wölfen gerettet. Ich habe sie manchmal brüllen gehört."

„Du hast die Wölfe gehört?"

Moa nickte eifrig. „Ja, sie klangen wie Tony, so wütend, und schrien so viel. Ich hatte Angst vor ihnen."

„Deswegen bist du dortgeblieben und hast dich nicht herausgewagt?" Anna wusste, dass das eine Suggestivfrage war, aber sie stellte sie trotzdem.

„Ja, ich hatte Angst, habe mich nicht getraut zu gehen, sonst würden die Wölfe mich schnappen. Aber die Frau war nett, sie hat mich gerettet, damit die Wölfe mich nicht erwischen."

Anna lächelte sie an und umfasste ihre Hand.

„Ja, Liv ist nett, sie hat dich gerettet."

Ein Polizist kam und unterbrach sie, er sagte, dass sie jetzt Kontakt zu Moas Mama hatten, sie würden sie abholen und ins Krankenhaus bringen.

Freude breitete sich in Anna aus, als sie daran dachte, wie es für Anette sein wird, ihre Tochter zu umarmen.

„Moa, du warst toll, jetzt wird alles gut."

Sie ließ die Hand des Mädchens los und ging weg, sie winkte ihr, und Moa winkte zurück.

Anna schaute auf ihr Handy und entdeckte mehrere verpasste Anrufe von Miro, von einer privaten Nummer und eine SMS von ihrer Mutter. Die letzten Stunden fühlten sich wie eine Ewigkeit an.

„Hallo Süße, Papa und ich haben beschlossen, nach Hause zu fahren. Wir melden uns, wenn wir angekommen sind."

Anna las die SMS zweimal und fühlte sich plötzlich verlassen, ein Gefühl, dass sie schon ihr ganzes Leben begleitete. Ihre Eltern, die wie so oft ihre eigenen Bedürfnisse an erste Stelle setzten, hatten bekommen, was sie sehen oder erleben oder haben wollten, in diesem Fall einen Einblick in ihr Leben in Säter, jetzt waren sie zufrieden und verschwanden.

Erst nach ein paar Therapiestunden während ihrer Psychologenausbildung hatte Anna verstanden, wie sehr dieses Muster sie geprägt hatte. Und dass sie sich deswegen nie wirklich traute, sich auf jemanden einzulassen, aus Angst, dass derjenige verschwinden könnte.

Ihre eigenen Gedanken ließen sie verstummen, das Gefühl der Verlassenheit überwältigte sie.

Nach allem, was heute passiert war, hatte Anna sich gewünscht, sie könnte zu ihren Eltern fahren, würde dort umarmt und könnte für einen Augenblick noch mal klein sein. Das war ein Gefühl, nach dem sie sich ihr ganzes Leben gesehnt und das sie noch nie erlebt hatte.

Sie antwortete ihren Eltern nicht und verdrängte die Gedanken an sie.

„Sollen wir dich irgendwohin mitnehmen?" Malin kam zu ihr.

Anna nickte müde. „Ja, ich will jetzt nach Hause. Mein Fahrrad hat einen Platten, und ich kann wirklich keinen Meter mehr gehen!"

„Ich muss mit Miro aufs Revier fahren. Aber ich werde einen Kollegen darum bitten. Wir sprechen uns dann später noch, großartige Arbeit, Anna."

Malin umarmte sie herzlich.

„Aber Miro wird dafür doch wohl nicht verurteilt? Er hat mir das Leben gerettet, Malin. Das ist doch Notwehr oder so was?"

„Das kann ich nicht entscheiden. Auf Notwehr wird er sich sicher berufen, und du wirst es bezeugen müssen. Dann ist da noch der Waffenbesitz und so weiter. Wir werden sehen, was daraus wird."

Anna nickte erschöpft.

„Kann ich noch kurz mit ihm sprechen, bevor ihr losfahrt?"

Malin schwieg ein paar Sekunden lang. „Eigentlich nicht, das verstößt gegen die Regeln und wäre ein Dienstvergehen." Sie sah sich rasch um, keine Kollegen in der Nähe. „Ja, mach nur, aber schnell. Und ich weiß von nichts."

Anna hinkte zum Auto, in dem Miro saß.

Kapitel 124

Anna öffnete die Tür. Miro saß entspannt im Sitz und lächelte sie an. „Anna, was hatten wir für einen Mittsommer!“

„Machst du Witze!“ Beide lachten plötzlich trotz der ernsten Situation los.

„Aber hör mal, ich verstehe es nicht – Jesper? Und wieso warst du hier?“

„Du erinnerst dich doch, dass ich in Carl-Magnus’ Zimmer ein Handy gefunden habe?“

Anna nickte.

„Die einzige Nummer darin führte zu Jesper, als ich anrief, hat er geantwortet.“

„Was?“

„Deswegen war ich hier. Ich bin ihm gefolgt, um herauszufinden, was er vorhatte, und von meinem Büro aus sah ich plötzlich, wie er zu den alten Gebäuden ging. Ich bin dann hinterher und habe mit etwas Abstand gewartet. Ich dachte, er hätte vielleicht Moa, er kam ja genau dann nach Säter, als Moa verschwand. Und dann sehe ich dich auf einmal mit Liv kommen.“

„Und die Waffe, Miro?“

Er lehnte sich näher zu ihr. „Die habe ich schon lange. Ich habe sie zur Sicherheit mitgenommen und in die Jackentasche gesteckt, als ich begriff, dass Jesper etwas im Schilde führte."

Anna schüttelte den Kopf, sie verstand immer noch nicht, wie alles zusammenhing. War Jesper nicht einfach durchgedreht, als er Carl-Magnus umgebracht hatte? „Aber welche Rolle spielt Jesper eigentlich in alldem?"

„Jesper ist sicher einer von denen, die auf dem USB-Stick zu sehen sind, Anna. Er kannte Carl-Magnus. Ich denke, er hat sich in Säter beworben, um an Carl-Magnus und die Bilder zu gelangen, weil er nicht wollte, dass die bekannt werden. Vielleicht hat Carl-Magnus ihn und noch andere von dem USB-Stick erpresst?"

Anna war immer geschockter. Jesper, den sie gemocht hatte, langsam sogar etwas mehr als nur als Kollege, dem sie vertraut hatte.

„Ist Jesper pädophil?"

„Ja, das ist er, oder war, sollte ich wohl sagen", meinte Miro nachdrücklich.

Anna verstand es immer noch nicht.

„War er hier, um ihn auszuspionieren?"

„Ja, um zu spionieren, aber vor allem, um die Bilder zu finden, vermute ich, und als Carl-Magnus nicht vom Freigang zurückkam, hat er Panik bekommen und alles getan, um ihn zu finden."

„Wie meinst du das?"

Jetzt rief Malin nach ihr. Anna hob die Hand, sie solle noch warten.

„Er tat wohl alles, um ihn zu finden, vielleicht hatten sie sogar einen Treffpunkt abgemacht."

„Kann es sein, dass Jesper der Mann war, mit dem ich Carl-Magnus gesehen habe?“

Miro nickte. „Sicher. Sie kannten sich ja. Dann wollte Carl-Magnus wohl nicht das tun, was Jesper wollte, also hat Jesper ihn überwältigt. Sie haben gesagt, dass Carl-Magnus da drinnen gefesselt war. Hast du das auch gesehen?“

Anna nickte, sie hatte seinen verdrehten Körper gesehen.

„Vielleicht hat er ihn dort gefesselt und versucht, ihn wegen der Bilder unter Druck zu setzen. Er ließ ihn dort gefesselt zurück, aber Carl-Magnus gab nicht nach, und dann hat er ihn getötet.“

Anna war entsetzt über das, was sie hörte. „Glaubst du, es war auch Jesper, der den Reporter angegriffen hat?“

Malin kam und unterbrach sie. „Anna, wir müssen jetzt fahren.“

Dann schloss sie die Tür des Autos, in dem Miro saß.

Anna winkte ihm zu. Ihre Blicke trafen sich eine kurze Sekunde lang.

DER TAG NACH MITTSOMMER

Kapitel 125

Malin beobachtete Anette, die auf der Bettkante saß und ihrer Tochter übers Haar streichelte. Moa schaute immer mal wieder zu ihrer Mama, aber am meisten auf ihren Schoß, wo ihr Einhorn lag und das Kuscheltier, das sie bekommen hatte, als man sie im alten Gebäude gefunden hatte.

„Jetzt ist alles wieder gut, Moa", sagte Anette.

„Bei Liv war es auch gut", antwortete Moa und schaute zu ihr auf.

Malin ging etwas näher, um besser zu hören.

„Sie war nett zu mir, sie hat mir zugehört, sie hat mich beschützt."

Anette rutschte näher zu ihr.

„Das werde ich jetzt auch machen, du brauchst keine Angst mehr vor Tony zu haben, und ich werde dich beschützen."

Malin sah, dass Anette erneut zu weinen begann, und reichte ihr ein paar Papierservietten.

„Danke, es ist so … traurig und wunderbar auf einmal", sagte Anette, und Malin nickte.

„Das verstehe ich!"

Moa erzählte, dass sie mit der Frau tief in den Wald gegangen war, als es auf dem Campingplatz so laut und chaotisch war, sie hatte ihre Hand gehalten und war nett zu ihr.

„Sie hat gesagt, dass es Wölfe gibt, die gefährlich sind und mich schnappen würden, wenn sie mich nicht versteckt, also war sie nett und hat mich versteckt."

„Es gibt keine Wölfe, Moa, die Frau hat sich die Wölfe nur eingebildet."

Moa sah ihre Mama fragend an, die sie auf die Stirn küsste.

„Doch Mama, ich habe die Wölfe ja gehört, sie haben gebrüllt und geschrien, so wie Tony es tut."

Anette blickte zu Malin, die mit einem Blick ihre Gedanken bestätigte. Moa hatte die Männer gehört, die im selben Gebäude waren.

„Daran musst du nicht mehr denken. Das Wichtigste ist jetzt, dass du hier bist, bei mir und dass ich mich besser um dich kümmern werde, als ich es bisher getan habe."

„Und Tony?"

„Tony ist zu sich nach Hause gefahren, und wir werden ihn nie wiedersehen. Jetzt heißt es du und ich, Moa. Du bist das Wichtigste in meinem Leben und wirst es immer sein."

Moa lehnte sich vor und legte ihren Kopf auf die Brust ihrer Mutter und umarmte sie. Bei der Geste wandte Malin sich ab, um nicht weinen zu müssen. Diese Liebe einer Mutter für ihr Kind wäre immer eine offene Wunde für sie. Und im Moment wollte sie nicht daran rühren. Jetzt war sie einfach nur so unglaublich froh und erleichtert, dass Moa wieder da war und auch kein Pädophiler mehr frei herumlief. Dass sie sich jetzt allerdings um einen Mord kümmern mussten, damit hatte sie nicht gerechnet. Es klopfte an der Tür, und Sven Järrings Gesicht tauchte auf.

„Hallo, Malin, hast du mal eine Sekunde?"

Sie sagte Moa und ihrer Mutter, dass sie sie jetzt allein ließ, und ging hinaus zu Järring.

„Gute Arbeit, Malin, ich bin stolz auf euch."

„Na ja, es war Anna, die sie gefunden hat."

Malin fuhr sich mit der Hand durch die Haare. „Du musst ihr danken, Sven. Du hast an sie geglaubt, und damit hattest du recht."

Kapitel 126

Die Polizei hatte sie nach Hause gebracht, und Anna war sofort eingeschlafen. Als sie jetzt, am Tag danach, aufwachte, fühlte sie sich so leicht wie schon lange nicht mehr. Als wäre ein Zementblock aus ihrem Körper gewichen. Vielleicht war es draußen auch frischer geworden? Das Gewitter hatte reinigend gewirkt.

Sie schaute auf ihre Wetterapp, die rund zwanzig Grad anzeigte anstelle der knapp dreißig in den letzten Tagen.

Es war fast acht Uhr, und sie hatte richtig ausgeschlafen.

Auf dem Handy waren mehrere verpasste Anrufe, die sie abhörte. Ihre Eltern, die wieder zu Hause waren, und noch mal Lina, die sich nur mal melden wollte.

Als sie sich fertig machte, spürte sie, wie ihr Körper nach Jespers Angriff schmerzte, und sie konnte kaum auf den Fuß auftreten, mit dem sie hängengeblieben war, als sie durch das Loch in der Mauer gekrochen war. Sie fühlte sich ausgelaugt, und die Vorstellung, sich jetzt auf ein Gespräch oder Arbeit am Computer zu konzentrieren, war unmöglich. Jetzt war wirklich eine Krankschreibung angebracht. Nach den letzten

Tagen müsste sie sich erst mal sammeln. Und Miro war auch nicht da.

Wer leitete die Arbeit in Säter jetzt? Daran hatte sie noch gar nicht gedacht.

Und weil er ihr das Leben gerettet hatte, saß er nun im Borlänge auf dem Revier.

Anna zog die Gardine beiseite und schaute in den Hof. Die Sonne stand schon hoch am Himmel. Die Blumen reckten sich ihr entgegen. Säter fühlte sich genauso an wie immer.

Die letzten Tage waren wie ein Traum gewesen.

Sie beschloss, den Tag damit zu beginnen, sich auf dem Markt einen Kaffee zu holen, wie sie es immer tat.

Vor diesem schrecklichen Mittsommerwochenende war sie da gewesen, und damals war alles genau wie üblich gewesen.

Sie schlüpfte in ein dünnes Sommerkleid und Sandalen und ging die Treppe hinunter

Anna trat ins Sonnenlicht und fühlte einen Stolz in der Brust wie noch nie. Sie holte tief Luft und ging in Richtung Marktplatz.

Sie hatte den größten Fehler ihres Lebens begangen, aber bei der Wiedergutmachung auch fast ihr Leben verloren.

Nachwort

Ich hoffe, es hat euch Spaß gemacht, über Anna Varga und ihre Kollegen in der rechtspsychiatrischen Klinik in Säter zu lesen. Alle eventuellen Ähnlichkeiten mit wirklichen Begebenheiten sind rein zufällig, es gibt keine Parallelen zu authentischen Geschehnissen.

Säter ist ein wunderbarer, kleiner Ort, und das alte Krankenhaus kann man sich immer noch ansehen. Das Museum der Nervenheilanstalt lohnt einen Besuch, wenn man mehr darüber erfahren möchte, wie Patienten früher dort behandelt und psychische Krankheiten therapiert wurden.

Wenn ihr mehr über Anna Varga lesen wollt, dann möchte ich das erste Buch der Serie empfehlen, *Zimmer 55*, und achtet auch auf kommende Bände der Serie über die Psychologin Anna in Dalarna.

Folgt mir gern auf Facebook und Instagram, weitere Infos finden ihr auf www.helenakubicek.se

Danksagung

Danke allen, die ich liebe. Ihr seid viele, und ihr wisst, wer ihr seid.

Ein besonderer Dank geht an meine wunderbaren Kinder, die solche Geduld mit ihrer Mutter haben, die das Unmögliche möglich machen möchte und Bücher schreiben will.

Danke Anne-Marie, Jocke, Anna-Karolina und alle anderen, mit denen ich den Inhalt des Buchs besprochen habe.

Danke Lasse, weil du mir vertraust, und Björn und Jakob, die dafür sorgen, dass meine Bücher bekannt werden.

Und Dank an meinen schwedischen Lektor, Håkan Peterson, der mir mit seinem Gefühl für das Ganze und die Details geholfen hat, dieses Manuskript zu verbessern.

Und vor allem einen großen Dank an euch als Leserinnen und Leser meines Buchs! Ohne euch wäre es niemals möglich gewesen!